Best Time

白马时光

莫晨欢

著

百花洲文艺出版社
BAIHUAZHOU LITERATURE AND ART PRESS

图书在版编目（CIP）数据

春光和你 / 莫晨欢著. — 南昌：百花洲文艺出版社，2020.12（2021.2 重印）
ISBN 978-7-5500-3904-9

Ⅰ. ①春… Ⅱ. ①莫… Ⅲ. ①长篇小说－中国－当代 Ⅳ. ① I247.5

中国版本图书馆 CIP 数据核字（2020）第 211266 号

春光和你
CHUNGUANG HE NI
莫晨欢　著

出 版 人　章华荣
出 品 人　李国靖
特约监制　何亚娟　夏　童
责任编辑　刘　云　陈　愉
特约策划　茶小贩
特约编辑　茶小贩　张　丝
封面绘图　画画的陶然
封面设计　小茜设计 Miniqian Designstudio/QQ:310094811
版式设计　赵梦菲
出版发行　百花洲文艺出版社
社　　址　南昌市红谷滩世贸路 898 号博能中心 I 期 A 座 20 楼
邮　　编　330038
经　　销　全国新华书店
印　　刷　河北鹏润印刷有限公司
开　　本　880mm × 1230mm　1/32
印　　张　9
字　　数　207 千字
版　　次　2021 年 1 月第 1 版
印　　次　2021 年 2 月第 2 次印刷
书　　号　ISBN 978-7-5500-3904-9
定　　价　45.00 元

赣版权登字：05-2020-217

发行电话　0791-86895108　　网　址　http://www.bhzwy.com
图书若有印装错误，影响阅读，可向承印厂联系调换。

目录

contents

目录

contents

第一章
喜获徒弟

八月，火辣辣的太阳烧遍长江中下游。

苏州郊区，某高级别墅区，最中央的一栋三层别墅。

电视机里放着高温预警的新闻，一个穿着红色旗袍、戴着大金手镯的富态中年妇女看着电视机，把苹果削好，递给在一旁复习公考的儿子。

电视机里的主持人再三强调高温预警，中年妇女忧心忡忡："天这么热，儿子，咱们下午不去补习班了吧？"

季小礼一听："妈，过两个月就考试了，您儿子再不复习，能考上吗？"

季妈妈嘟囔："复习了也考不上。"

季小礼："……"

这还是亲生的吗？！

开门声响起，坐在沙发上的年轻人回头爬上沙发，喊道："爸，您快劝劝妈，她又不让我去上补习班。钱都交了，4000 多呢。"

季爸爸把头上的草帽摘了，拎着一篮子活蹦乱跳的鲜鱼，先去厨房把东西交给保姆，回来后二话不说从裤袋里掏出了一张卡递给儿子："什么东西 4000 块？快，去买了，爸爸有钱。"

"……"季小礼无话可说。

等把事情说清楚，季爸爸疑惑地看着自家儿子："小礼，你还想着去考那公务员？考那东西干什么？每天上班，咱们家去市区开车也得一小时，你早上七点就得起。儿子，咱们怎么能受那苦？你上什么班？等着继承爸爸的遗产啊！"

"爸，您还没死呢。"

季妈妈也道："就是，说什么死不死的，那叫财产。"

季爸爸点点头，改了口："儿子，你要上班了，谁来继承爸爸的财产啊？"

夫妻俩一起忧心忡忡地盯着儿子，生怕他再想不开去上班。

"……"

季小礼无语地拿着公考书回了房间，往软绵绵的大水床上一躺，整个人就陷了进去。他埋在床上左思右想，最后觉得爸妈说的话也不是没有道理，干脆把书一扔。

"我们受那苦干什么！"

季小礼把砖头似的复习书全扔进垃圾桶，然后趴在床上打开手机。

一阵悠扬的音乐声过后，季小礼登录进游戏。

手机屏幕上出现一个穿着蓝白相间衣服的英俊剑客，头顶六个白色大字"老师立正敬礼"，季小礼操控剑客，一步步做起日常。

现在的游戏越来越解放双手，只要游戏角色拥有一定实力，完全可以挂机让角色自己战斗。

季小礼把蓝衣剑客送进一个副本，霸气地单挑两个副本 BOSS，自己则打开游戏商城，开始找极品装备。

他玩的这款游戏叫《侠客行》，是当下最火的古风 RPG 游戏，端游、手游互通，上线不久就因为能在手机上随时随地地玩，立刻风靡起来。

季小礼最近才开始玩这个游戏。

他买好装备，正好副本打完，游戏角色升到 60 级。

60 级就可以收徒了，季小礼摩拳擦掌。

他骑了匹浑身发散着金光的大宝马，价值 688 元人民币，蓝衣剑客豪气冲天地奔向桃李堂。

桃李不言，下自成蹊。

《侠客行》和所有 RPG 游戏一样，收徒得满足一定等级要求，找师父也一样。按理说季小礼刚刚 60 级，是第一次收徒，可他却走得熟门熟路。他径直进了桃李堂，找到收徒 NPC 赵夫子，买了个收徒道具“名师招牌”。

道具：名师招牌。

等级：60 级。

功能：可在桃李堂发布名师宣言，招收一名弟子。

四合院一样的桃李堂里已经坐了十几名玩家，每人手里都举着一个牌子，大家席地而坐。

牌子分不同等级，都能收徒，但是牌面不一样，价格也不一样。绝大多数玩家的牌子是灰色的，有一个是青铜色。

季小礼操控着蓝衣剑客，一撩衣摆，从包裹里取出一块牌子，坐下了。

刹那间，金色的光芒充斥着整个桃李堂，亮瞎众人眼。

桃李堂里骤然一静。

坐在季小礼左边的少林惊讶不已，在当前频道发言：土豪啊！这牌子 88 元人民币，收个徒弟这么下血本，给大佬跪了。

季小礼没看到这话，因为他正在商城里埋头买装备。

目前，《侠客行》的最高等级是 138 级，新人有等级加成，正常情况下，只要一两天，角色就能练到 60 级。事实上，季小礼这个号也才建了两天，可他的实力却不低。

少林暗搓搓地点着季小礼的装备看，惊呼：才 60 级修为就 7800 了！大佬，真的是大佬！

桃李堂的其他玩家见状，纷纷点开季小礼的人物资料。

修为是《侠客行》游戏里直观体现玩家实力的数值，根据玩家的装备、等级、秘籍，将虚幻的武力值数字化。普通玩家 60 级的时候才 4000 修为，人民币玩家可以达到 6000 以上。

玩家们的偷窥季小礼并不知道，他还在商城埋头奋战。

奋战了半天，季小礼终于找到一双还算不错的靴子。他美滋滋地穿上，看到修为又提高了 50 点。

只见一道金光从蓝衣剑客的身上冲天而起，隐隐散发着酸酸的铜臭味。

蓝衣剑客依旧举个牌子坐在地上，不远处坐着个和他一模一样的剑客，可季小礼怎么看怎么觉得自己比那人厉害，还颇有高人风范，霸气侧漏，连腰间佩着的那把剑都透着大侠的风采。

可不是嘛，大家都 60 级，一个 7850 修为，一个只有 4500，两人 PK，季小礼闭着眼睛都能把对方打死。

坐在地上等了一会儿，桃李堂没人进来。

季小礼终于觉着不对了，他在当前频道贴了旁边少林的ID，问：哥们儿，怎么没人？

少林：土豪！

季小礼一愣，转念想道：没毛病，我就是土豪。他气定神闲地接受这个设定，继续打字：正常不是十分钟就能收到徒弟吗？这都一小时了，怎么一个人都没有？发生啥事了？新人都消失了？

没等少林回答，旁边的峨眉就道：大佬没看喇叭吗？大家都去吃瓜看八卦了，哪还有人来桃李堂拜师啊？

季小礼一愣，赶忙翻起喇叭来。

不看不知道，一看吓一跳。就在季小礼奋战商城买极品装备的时候，游戏里已经掀起了一番轰轰烈烈的求爱大戏。本区第一峨眉，也是全服第一峨眉大师姐北苑疯狂地刷了五百二十个喇叭，向全服第一、华山大师兄越见春和告白。

《侠客行》游戏里，玩家想在世界上发言，只需要花费五百个铜币，但想发喇叭，就要花人民币。喇叭也分不同的等级，北苑发的是价值28元人民币的粉色喇叭。喇叭飘过游戏页面，撒下一瓣瓣樱花，十分浪漫。

五百二十个喇叭，就是14560元人民币……

季小礼目瞪口呆，感到一阵肉疼。

真是吃瓜都赶不上新鲜的，季小礼开始吃瓜时，这场告白大戏已经到了尾声。

北苑刷完喇叭，等了半天都没等到男主角回应，五分钟后，北苑又发了几条喇叭。

北苑：春和，我看到你在线了。

北苑：春和，我在三生石等你。

北苑：春和……

十分钟后。

越见春和：挂机没看见，不打算找对象。5 万元人民币收所有金色技能，高级技能 10 万起，可议价。欢迎私聊，不卖号、不倒金。

刚过两秒。

越见春和：5 万元人民币收所有金色技能，高级技能 10 万起，可议价。欢迎私聊，不卖号、不倒金、不找对象。

北苑：……

季小礼：……

众人：……

这个不找对象神了！还是两条最便宜的 4 块钱喇叭！季小礼都替他感到丢人！

世界上顿时沸腾起来，有说北苑热脸贴冷屁股的，有说越见春和渣男的。

小小的桃李堂里，也闹成了一团，当前频道里不断刷过几条发言。

女峨眉：越老板真是个渣男！我前两天还看到他和北苑老板一起下副本，就两个人，单独下副本！孤男寡女，啧啧啧！

少林：不是吧……大家都知道北苑是越老板的绑定奶，两个人一起下副本很正常吧。

另一个扎着丸子头的女峨眉：大师姐刷了五百二十个喇叭呢，他要不想找对象，干吗不在发第一个喇叭的时候就站出来拒绝，非得等人家刷完五百二十个？1 万多块钱呢！渣男根本就是在享受这种被人表白的感觉！

桃李堂里一共就俩华山，季小礼和另一个男华山。峨眉奶妈倒是很多，你一句我一句的，把越见春和说成了《侠客行》第一渣男。

少林眼看说不过那群女弟子，拉过季小礼：嘿，大佬，你们华山大师兄的八卦，你不说两句？

他还没说完，就见一个亮闪闪的喇叭从头顶飞过——

老师立正敬礼：越见春和你个渣男，受死吧！！！

少林：……

世界上骂越见春和是渣男的玩家很多，但发喇叭的只有季小礼一个。不过别人点开他资料一看——哦，60 级的小新人啊，压根儿没人把他放在心上。

季小礼发完喇叭也不解释一句，冷哼一声，站了起来，角色还拍了拍屁股。

少林喊道：哎，大佬，你怎么走了？

季小礼：我收到徒弟了啊。

少林：哎？！

系统：桃李不言，下自成蹊。玩家“奶茶小酥”请求拜你为师。接受 / 拒绝。

这名字一听就是妹子，还是萌妹子！

季小礼赶紧点接受，他举着自己的土豪金牌子，乐颠颠地在桃李堂里寻找起来，奶茶小酥站在 NPC 赵夫子面前，转过身，一眼便看到了那个发出万丈光芒的金牌子，还有举着牌子的蓝衣剑客。扎着丸子头的小萝莉峨眉愣愣地站在原地，仿佛被人民币的光芒亮瞎了眼。

等走近了才看清上面的字。

[当前频道]奶茶小酥：……

[当前频道]老师立正敬礼：徒弟！

蓝衣剑客手中的牌子上写着这样几个字——你师父我人傻钱多！

扎着一个丸子头、穿着绿色门派新人服的小萝莉峨眉直愣愣地站在赵夫子面前，看着季小礼。

蓝衣剑客收起金光闪闪的名师招牌，仔细审视着自家徒弟。季小礼满意极了。

女峨眉！

这么可爱的名字和这么可爱的样子，绝对是个萌妹子！

季小礼回忆起某段黑历史，心里闪过一个身影，他打了个寒战，赶紧把它抛到脑后。

他似乎对收徒很有经验，点开徒弟资料看了眼：啊，徒弟，你才21级，30级才可以下副本。你今天的日常做完了吗？

20级就可以拜师，看样子小徒弟是一到等级就来拜师了。

奶茶小酥沉默了一会儿：没。

季小礼热情极了：快去啊，30级很快就到了。等升到30级，来“燕子坞”找师父，为师带你下副本杀怪！

奶茶小酥一句话没说，默默地走了。

不知怎的，季小礼觉得她的背影有点仓促，好像在他说完话后，小徒弟就迫不及待地转身跑了。

“……错觉？”季小礼躺在床上，胡乱说了一句，没把这件事放在心上。

小徒弟去升级了，季小礼可没闲着。他先骑着大宝马来到“燕子坞”

副本的入口，帅气地往旁边一站，同时打开商城，寻找极品装备。

《侠客行》这个游戏升级很简单，每天每个人都有经验上限，达到上限后，任凭你怎么打怪做任务都不会再获得经验。等级越低，经验上限就越高，所以对 138 级的大佬们来说，他们一天连一级都升不了，季小礼这种等级低的却能两天升 60 级。

“按这个速度，下周应该就能和那个渣男一个等级了吧。”他自言自语道。

“燕子坞”入口处，许多玩家正在组队进入副本。有人看见季小礼，发现他修为不错，邀他进本，全被季小礼拒绝了。

半小时后，季小礼没找到一件极品装备，一抬头，发现身边不知何时站了个丸子头女峨眉。

老师立正敬礼：徒弟！

奶茶小酥：……嗯。

季小礼一番查看之后感慨道：厉害啊，这就 35 级了？

半小时提升 14 级，几乎是把每分每秒都花在升等级上了。季小礼心想：这徒弟还挺认真的。

于是觉得自己作为师父也不能随便。

他把奶茶小酥拉进队伍：走，为师带你打本。

一阵悠扬的音乐声过后，两人很快进入“燕子坞”副本。

《侠客行》共有七个大型副本，每个副本都分为“简单”“一般”“困难”“地狱”四种模式。“燕子坞”是《侠客行》最简单的副本，30 级就可以进入，达到 5000 修为可以挂机打简单本。

季小礼完全能挂机打本，但他看着小徒弟脆弱的身板，决定手动打本。

手动打本消耗的时间其实比挂机少，但是麻烦，不过这样可以保证小怪和 BOSS 都盯着季小礼，不去打奶茶小酥。

奶茶小酥那干瘪的飞机场一样的身材，一看就没多少治疗量，被 BOSS 碰一下就得死。

季小礼理所当然地自己嗑药打本，谁知奶茶小酥并不像许多新人那样只在旁边站着，季小礼在专心打怪的时候并没有发现，这个小萝莉徒弟十分灵巧地躲开 BOSS 的数次攻击，同时准确地奶着季小礼。

只可惜她的治疗量实在太小，季小礼嗑一颗人民币药就是她治疗量的十倍，他压根儿没发现徒弟在奶自己。

小徒弟的动作稍微顿了顿，似乎不满意自己的治疗量。接着她干脆不再浪费力气奶季小礼，专心走位躲攻击。

十分钟后，BOSS 轰然倒地。

老师立正敬礼：你都拿了，这个本的东西对我没用。多的东西去摆摊卖了，可以换银子。

奶茶小酥也没客气，收下了地上的三个装备。

季小礼一看：咦，你 38 级了，走，咱们去打第二个副本，给你上 40 级，穿新衣服。

然后，季小礼骑着金色的大宝马在前面跑着，奶茶小酥骑着系统送的 1 级驽马在后面跟着。

本来季小礼还觉得徒弟有点太过沉默了，不过他转念一想，女孩子好像都挺矜持，又不是大老爷们儿，腼腆点正常。

两人来到“连环庄”副本门口，这次季小礼可不敢带着徒弟单挑副本了。他在副本门口喊了三个队友进组，队伍里瞬间又多了两个剑客和一个肉盾少林。

少林进队后，疑惑道：这奶妈就38级，还穿着新人装呢，治疗量不够吧。重新组个奶妈。

季小礼：她是我徒弟，没事，你们嗑药，峨眉装备全给她。

少林：……老板，药不要银子的吗？

这时，已经有一个剑客走了，似乎是不乐意嗑药。季小礼直接从背包里翻出两盒药，交易给两个陌生队友。

留下来的剑客惊呼道：人民币药？！

少林也感叹：泡妞泡得这么有水平，给土豪跪了。

季小礼很有高人风范地挥挥手，一行四人进了副本。

奶茶小酥果然如少林所说的那样，那点治疗量比毛毛雨还少。不过有了季小礼送的人民币药，少林和剑客也打得非常欢快。少林要扛伤害，眼看吃的药太多，快把那盒药吃完了，季小礼赶忙又送了一盒过去。

少林：哇！土豪，你家里是有矿吗？！

季小礼一边躲开BOSS的攻击，一边惊讶地反问：你怎么知道我家里有矿？

少林：……

剑客：……

这次连从没说过话的奶茶小酥也发了同样的消息：……

是的，季小礼家里有矿。是真的矿，黑色的那种。

半年前，季家还只是个普通的富裕人家。季爸爸承包了几百亩鱼塘，家里的日子过得非常不错，季小礼虽吃喝不愁，可远远算不上土豪。

直到半年前，季爸爸的二叔，也就是季小礼的二爷爷死了，老人家的孩子年轻时候就意外过世了，他一直孤身住在别的省。

季爸爸去给二爷爷办了丧事，同时得到了老人家留下的一笔遗产。

这遗产并没有很多，就是三座山。

季二爷爷十几年前到那儿后，买了三座山种果子，颐养天年。

季爸爸没把这三座山放在心上。然而，领到遗产三个月后，山上种果子的果农突然惊喜地找到季爸爸：“老板！有矿！有矿啊！！！”

季爸爸一下子被三座沉甸甸的矿山砸蒙了。

难怪二爷爷种了十几年的果树，别说赚钱颐养天年了，差点把棺材本都赔进去！

矿山你种什么果树啊，挖矿啊！

于是季家一下子从富裕人家，变成了暴发户。

家里的事，季小礼当然不会告诉游戏里的人。他带着队伍，四人齐心协力打完最后一个 BOSS。队伍解散，季小礼又把徒弟拉进组。

此时此刻，奶茶小酥已经 40 级了。

40 级是一个坎儿，40 级前，所有玩家只能穿新手装，哪怕你有再好的金装也不能穿。不过季小礼发现奶茶小酥并没有换衣服，估摸着小徒弟是没钱换好装备，便道：走，先回咱们师门，明天师父带你打装备去。

奶茶小酥正在商城里买金装材料，并没有看见季小礼发的字。商城页面滑动到“改名卡”道具，奶茶小酥顺手买了一个。等她关闭商城，便看见季小礼拉着自己，跑到了一个奇怪的小屋子里。

奶茶小酥一愣，她观察片刻，认出了这个地方。

奶茶小酥：西凉城郊外的那间废弃屋子？来这里干什么？

季小礼从大宝马上下来，没想到徒弟居然认识这儿：你居然认识？

奶茶小酥没回答他的话。

季小礼自顾自地说了起来：徒儿，咱们这个游戏只能收两个徒弟，你知道的吧？

奶茶小酥：？

季小礼感慨道：你看，游戏里结缘还能取消关系再结，徒弟却只能收两个。咱们得好好珍惜这师徒缘分啊。今天为师带你回师门，就是来拜祭祖师的。

奶茶小酥：……

似乎被季小礼这戏精给震惊到了，奶茶小酥过了半天才幽幽说道：祖师是谁？

季小礼是华山剑客，祖师是风清扬，奶茶小酥是峨眉奶妈，祖师是郭襄女侠。两人怎么看都不是同一个祖师，季小礼却大言不惭道：祖师就是你师父我了，这里就是咱们师门的驻扎地。

奶茶小酥：……

这就是野外一个没人要、策划随手设计的废弃屋子！

算了，你说什么就是什么吧。

拜师是因为师徒一起打怪，经验可以翻倍，能更快升级，可现在，奶茶小酥已经被这个师父的憨傻之气震得无话可说。虽说这师父人好像不坏，对徒弟也挺好，但季小礼太话痨了。奶茶小酥不想以后打怪的时候，还有个人在自己耳边嘀嘀咕咕。

原本放在“改名卡”上的鼠标，又滑到了另外一侧。

季小礼还在说师门规矩，同时教导奶茶小酥怎么更快地升级，怎么去商城里淘装备。他并不知道，这个一直没说话的徒弟已经打开了师徒页面，同时鼠标放在了“叛出师门”四个字上。

然而，就在奶茶小酥准备按下去的那一刻，季小礼忽然发出一条消息。

[当前频道]老师立正敬礼：对了，徒弟，咱们这一门的祖训还没告诉你呢，你听好了。

……为什么还有祖训？！

没有理会季小礼的话，奶茶小酥继续准备叛出师门。

这时……

[当前频道]老师立正敬礼：咱们要打死越见春和那个龟孙儿！！！

奶茶小酥手一滑，鼠标从“叛出师门”滑到“跪了”的动作上。

小萝莉峨眉“扑通”一声跪在地上，吓了季小礼一跳。

[当前频道]老师立正敬礼：徒儿，你怎么知道接下来你要行拜师大礼，叩拜咱们祖师的牌位？

[当前频道]奶茶小酥：……

……给戏精跪了！

丸子头小萝莉淡定地从地上爬起来，站在一边，没有吭声。

季小礼奇怪道：徒儿？

奶茶小酥：你和越见春和有什么深仇大恨？

越见春和，《侠客行》一区的华山大师兄，等级138，修为18000，比排行榜第二名的武当大师兄高了整整2000修为。哪怕在全服，也是修为第一、金钱榜第一，比二区的排行榜第一高了1000修为。崇拜他的人不少，讨厌他的人自然也多。

血衣楼暗杀榜上，越见春和名列第一。每天都有人花钱悬赏他，风雨无阻，只是没有身处刺客行当的玩家敢接单，或者接单了也无法刺杀成功。

然而，从没有人这么郑重其事地表达过自己对他的讨厌。

季小礼没说话，小萝莉峨眉就默默地站在那儿，也不出声。

过了几分钟，只见季小礼动了。

蓝衣剑客使用“拭剑”动作，衣摆飘起，十分潇洒地从腰间拔出宝剑，举向空中，接着“铮”的一声，收剑入鞘。

英俊潇洒的蓝衣剑客长长地叹息一声，颇具高人风范。

老师立正敬礼：唉，那就是一个很漫长的故事了。

奶茶小酥：……

可真是个漫长的故事！

季小礼完全没有说的打算，奶茶小酥就没再问。她的这个师父，看上去憨傻，但并不是真的蠢。既然对方不想说，奶茶小酥自然不会勉强，她只是关闭了“叛出师门”的页面，把“改名卡”放进包裹里，没再使用。

季小礼看到手机屏幕里，绿衣峨眉没再逼问，心虚地擦了擦额头上的汗。这徒弟真傻，幸好他聪明，给混过去了。那种黑历史他才不想告诉别人呢，尤其是可爱的萝莉徒弟。

不过很快，季小礼就发现有些不对劲了。

老师立正敬礼：等等，徒儿，你怎么就站起来了？咱们还没行拜师大礼呢！你可别想糊弄过去，你师父看上去像这么好糊弄的人吗？

奶茶小酥：……

我去你的拜师大礼！

奶茶小酥死活不肯再跪下来行拜师大礼，季小礼感慨一句“世风日下，人心不古”，就没勉强。

女孩子脸皮薄，他懂。

收了徒弟进师门，季妈妈敲门喊儿子下楼吃烤鱼。季小礼嘱咐道：

好好升级，明天为师带你换一身装备。

奶茶小酥：嗯。

季小礼关了游戏，动作迅速地下了楼。长长的餐桌上，季家三口，一人两条烤鱼，油光水亮、肉质细嫩的鱼肉被烤得外酥里嫩。季小礼美滋滋地吃了整整两条，吃着吃着，他想起来：“爸，妈，我还是想去参加公考，考不上再说呗。”

季妈妈一愣：“啊，你还想去那什么补习班？”

季小礼摇头：“不去了，不去了，外头好热。”哪里有空调房舒服。

季爸爸、季妈妈立即举双手赞成，夫妻俩一人举起一条烤鱼，做了个碰杯的动作。然而吃了一会儿，季爸爸想起来：“那咱们得把补习费要回来吧，4000 呢，可不少。”

季妈妈：“就是，小礼就上过一节课。”

季小礼也道：“我们明天就去退课！”

季家三口齐齐点头，都觉得自己真是节俭极了。

第二天，季小礼跟季爸爸来到补习班，顺利地退了课。父子俩觉得自己白赚了一大笔钱，季爸爸大手一挥：“儿子，拿去当零花钱！”

季小礼也没客气。

回到家登录游戏后，季小礼发现徒弟正好在线，他赶忙组了队，把奶茶小酥拉进来。再点开人物资料一看，季小礼惊恐道：哇！徒儿你都 58 级了？？？

季小礼一天没玩游戏，至今也才 64 级，再这样下去，他家徒儿岂不是很快就能超过他了？

季小礼的心里顿时涌起一阵危机感。随后，他的眼睛往奶茶小酥的装备栏一瞄，瞬间惊住。

老师立正敬礼：哇！！！全是金装！全是金装！徒弟你居然一身金装！

奶茶小酥十分平静：嗯，师父，你昨天不是让我换装备吗？

季小礼：……

他说的是去副本里打一身紫装给你穿啊！

萌新徒弟一下子变成了土豪徒弟，季小礼觉得不太现实。

老师立正敬礼：徒儿，原来你很有钱吗？

奶茶小酥：我有说过我没钱吗？

那你昨天过了40级后，为什么还穿着一身新人装？！季小礼一脸悲愤，深深感觉到自己被欺骗了。

怎么每次收个徒弟都是有钱人。季小礼低头看看自己的装备，除了金光闪闪的大宝剑、满是宝石的靴子和裤衩，他的上衣、挂饰什么的还都是紫装。连他都没一身金装，他的徒儿居然直接金装了。

嫉妒使人面目全非！

季小礼哼了一声，安慰自己似的说道：原来……咳，原来，你们峨眉的金装这么好买啊，你一晚上就买到了。我们华山就不一样了，唉，为师在商城里蹲守了三天，都还有几件金装没人卖。

对，不是他比徒儿差，是门派差异！峨眉的金装就是特别好买，他们华山的就是没人卖。

然而听了这话，奶茶小酥用“奇怪的眼神”看着蓝衣剑客。她幽幽地望着对方，看得季小礼心里“咯噔”一下，总觉得哪里怪怪的。

他正想问时，小萝莉徒弟叹息一声，语气中好像还带着一丝调侃：师父，难道你从来都不知道，金装是可以自己打造的吗？

季小礼：？！

还有这种操作？？？

季小礼惊得差点从床上一头栽下去。

樱花纷飞的西凉城外，一个白衣飘飘的新人峨眉，骑着一匹雪白的骏马，领着一脸蒙的蓝衣剑客向西凉城而去。

一路上，季小礼都在不停地重复“金装还可以自己打？”“金装不是商城买的、摆摊买的？”“我读书少，徒儿你可别骗我”这类话，奶茶小酥每次就轻轻地“嗯”一声，算是回复。

两人很快来到西凉城的龙门客栈。

奶茶小酥：在商城里买好需要的金装材料，这个只能花人民币购买。买好在这里打造装备。确实有玩家偶尔会把金装放进商城卖，也有人会买，因为那个花的是银两。银两是可以在游戏里攒的，不需要花人民币。

季小礼感觉自己面前打开了一扇通往新世界的大门。

奶茶小酥：在龙门客栈打造装备，有概率给装备多一条属性。

老师立正敬礼：好好好！

蓝衣剑客盘腿坐在地上，开始打造装备。他的身旁，白衣峨眉静静地看着，眉如远黛，气质沉静。龙门客栈内，还有很多玩家席地而坐，也在打造装备，只是都是徒弟坐在地上，师父在一旁看着，像季小礼和奶茶小酥这样的，绝对是另类。

季小礼专心致志地打造装备，并没有发现一道纤细美丽的身影缓缓走进了龙门客栈。

龙门客栈不仅是打造装备的地方，也是发布暗杀悬赏的地方。玩家进入龙门客栈，花银子或者人民币悬赏自己想杀的人，可以选择匿名；

接着血衣楼的刺客玩家就可以接取悬赏，去暗杀别人。

峨眉大师姐北苑走进龙门客栈时，所有正在打造装备的师徒都动作一顿。

奶茶小酥抬起头，淡淡地看了对方一眼，接着回过头，继续看着自家师父。

北苑径直走到悬赏 NPC 面前，买了一块通缉令，发布了一条悬赏。

[当前频道]小河弯弯流：越老板！我看到了，北苑老板悬赏的是越老板！哇！500 元人民币的悬赏啊！

[当前频道]关于吃：冤冤相报何时了啊，北苑老板真是痴情，越老板太渣男了。

[当前频道]华山第一帅：呵呵，越老板干什么了？你们峨眉激动什么？不就是不肯接受北苑的表白吗？这就变渣男了？别这么上赶着往男人身上凑。

[当前频道]关于吃：臭不要脸！

龙门客栈里，北苑发布了悬赏令后没离开，她找了个桌子，花了 100 银两坐下。每个玩家来龙门客栈都可以打造装备，只要站在客栈范围内，就能获得装备属性加成。但是所有人都是席地而坐，没人会专门找小二坐下。

北苑是唯一一个坐在椅子上吃饭的。

美丽哀愁的峨眉女子，静静地吃着美食珍馐，耳边是玩家们的八卦声。她仿佛没听见周围的玩家在为她打抱不平，或者说她由爱生恨。但她坐在这里，就是一个八卦的开始。

[当前频道]小河弯弯流：北苑老板是不是在等那个接她悬赏的人出现？

[当前频道]关于吃：谁敢接这个悬赏啊，咱们一区……不对，整个游戏里有人能单杀越老板？

下一刻，只见北苑起身走到悬赏 NPC 面前，又买了一块悬赏令，发布悬赏。

众人一看。

[当前频道]华山第一帅：天啊！5000 元人民币的悬赏啊，5000 元！越老板，求求你脱光装备让我杀，我们五五分，不……七三分，你七我三，好不好啊！

[当前频道]老师立正敬礼：啥子 5000 元人民币？

[当前频道]华山第一帅：兄弟你没看悬赏榜吗？

季小礼刚打完装备，就看到当前频道里，龙门客栈的玩家集体沸腾了。他没摸清楚状况，打开悬赏榜，季小礼终于明白，在自己打造装备的时候出了什么大事。

不断有玩家在当前频道打字，到处都是崇拜北苑，贬低越见春和的声音。

北苑老板，你还缺腿部挂件吗，上过大学的那种！

北苑老板，你还缺跟班吗？我这就改名叫越见冬和，你收了我吧！

越见春和就是个渣男，老板别理他了，看看我啊，24K 纯萌萝莉，最崇拜咱们峨眉大师姐了，星星眼。

季小礼来了兴致，附和道：对，越见春和就是个大渣男。

奶茶小酥似乎这才发现师父的装备打造好了，她一直在地上打坐，现在站起来。

奶茶小酥：增加的这几条属性一般，如果你有钱的话，可以把你从商城买的那几件装备也打造一下，那几件装备的属性很差，所以才会被放到商城卖。

季小礼本来就想看众人骂越见春和，自然乐意留在龙门客栈打造装备。

季小礼一边打造装备，一边看当前频道里众人为了吹捧北苑，刻意贬低越见春和的话。季小礼和奶茶小酥的位置其实离北苑很近，蓝衣剑客就坐在北苑桌子旁边的地上，当奶茶小酥站起来后，她穿的金装衣服与北苑一模一样，两人几乎并肩。

两个美丽的白衣女峨眉，一个坐着喝茶，一个罚站似的看着自家师父。

奶茶小酥仿佛没有看到频道里的骂声，也不参与，就这么站着。然而看着这些话，季小礼脸上的笑意却越来越淡。

[当前频道]华山第一帅：北苑老板，越见春和真不是个东西。他也就是装备好，要是比操作，我吊打十个越见春和！

蓝衣剑客突然从地上爬起来，装备也不打了。

奶茶小酥奇怪地看着他，没说话。

只见蓝衣剑客的头顶冒出一行字。

[当前频道]老师立正敬礼：就只敢在这里瞎讲几句，连发个世界、发个喇叭都不敢。你们有胆子把这话当着越见春和的面说，人家一剑下去，你就要去复活点报到了。

龙门客栈里，骂越见春和的玩家占了大多数。

毕竟大佬不在现场，他的死对头、疑似因爱生恨的北苑老板就在旁边站着，大家自然帮着安慰北苑，痛骂渣男。季小礼站出来说了这句话后，也有玩家赞成他的话，对几个骂得最狠的玩家嗤之以鼻。

但还有人恼羞成怒。

[当前频道]华山第一帅：越见春和又不在，你巴结什么，他又看不见。小心巴结到最后一无所有！

季小礼：……

我去你的！我这辈子都不会巴结越见春和，这辈子！

季小礼气得半死，特别想直接冲上去，给这个人丑事多的华山第一帅一巴掌，让他知道谁才是真正的华山第一帅。然而他不是傻子，季小礼虽然是氪金玩家，修为不错，可那是和同等级比。

60多级、8000修为，季小礼在同级中是佼佼者，但要放到高等级……

任何一个玩家，哪怕不氪金，138级的时候也能有8000修为。这个华山第一帅就是138级，他有9000多修为。季小礼细胳膊细腿，真不够别人打的。

很明显，华山第一帅也是看过季小礼资料的，知道他是个新人才没把他当回事。但季小礼真是气炸了。

以华山第一帅为首的几个玩家随便嘲讽了季小礼几句，就继续琢磨该怎么暗杀越见春和。北苑悬赏了5000元人民币刺杀越见春和，那可是真金白银。500块可能还会让他们掂量一下自己的分量，不随意动手，5000元却是普通上班族一个月的工资，足以让他们疯狂。

眼看他们一边骂，一边商量怎么暗算越见春和，季小礼再也忍不了了。

他最看不起这种在背后偷偷摸摸使手段的小人，和越见春和那个渣男一点儿关系没有！哪怕他们要暗算的不是越见春和，他也会路见不平拔刀相助的。

[当前频道]老师立正敬礼：拔刀吧，1V1！

[当前频道]华山第一帅：哪儿凉快哪儿待着去，别逼我开红杀你。

[当前频道]老师立正敬礼：看不起谁呢！

[当前频道]清心寡欲：这点儿等级也这么装，找死啊。

[当前频道]华山第一帅：哈哈哈，新人是不是不知道龙门客栈是西凉城里唯一可以开红的地方？

话音刚落，只见穿着蓝色门派服的华山剑客华山第一帅忽然拔出了剑，同时，他头上的绿色血条变为红色。季小礼心中一惊，赶忙按技能抵抗。然而1000多修为的差距，令季小礼只抵抗了几秒钟，便败在华山第一帅的剑下。

[当前频道]华山第一帅：……不是吧，操作这么差，这就死了？技术也不怎么样嘛。

季小礼："……气死我了！"

虽然憋着一肚子气，可季小礼知道，自己的操作确实很烂。他这个华山号才建立三天，一直忙着升级和买装备，根本没熟悉过华山的PK操作，打副本也是哪里亮了点哪里。正常来说，虽然华山第一帅想杀他挺容易的，却不可能那么容易。只是因为季小礼实在太菜了，他才能一剑把他PK至死。

季小礼慢慢冷静下来。蓝衣剑客穿着新打造好的金装，悲凉地躺在地上，季小礼的手机屏幕变成了黑白色。此时他有两个选择：第一，回复活点，消耗点装备耐久度，离开这里；第二，原地复活。

原地复活不消耗装备耐久度，却要花10元人民币。

季小礼拿出备战公考的心思，仔细思考半天，想出一个计划。

华山第一帅现在是整个龙门客栈里唯一一个开红的玩家。《侠客行》游戏中，玩家可手动选择开红杀人，但每次选择后，至少十五分钟才能关闭开红状态。每次杀人，都会增加玩家的罪恶值，一旦罪恶值达到某个临界点，就会由官方 NPC 出手把开红玩家抓进监狱。

这个计划非常冒险，但季小礼看着对方嘚瑟嚣张的模样，一咬牙："干了！"

做事之前，季小礼私信徒弟。

老师立正敬礼：徒儿，我先把你踢出队伍，要不然他们看到你和我一个队，也要针对你。你先离开龙门客栈，西凉城的其他地方都不能开红，你随便找个地方躲躲，为师办好事就去找你。

说着，季小礼把奶茶小酥踢出队伍。这时他又想起来要提醒对方，千万不能暴露是自己徒弟的事情，然而他还没开口，一抬头便看见奶茶小酥的头上光秃秃的，压根儿没佩戴"老师立正敬礼的徒弟"称号。

季小礼："……"

委屈，他的心真是凉透了。

白衣峨眉淡定地站在茶桌旁，因为挂机时间太久，系统自动做出"挥舞白练"的动作。

……奶茶小酥早就挂机了，压根儿没关注季小礼这边发生的事。

季小礼忽然有了种"风萧萧兮易水寒"的悲壮感。趁华山第一帅不注意，他迅速吃下转命丹，原地复活，随即使出技能"平沙落雁"，瞬间逼近华山第一帅，一剑砍下去，华山第一帅掉了四分之一血。

后者大惊，怒道：偷袭！

接着拔剑砍向季小礼。

然而当他的攻击目标锁定季小礼后，却见季小礼不拔剑反抗，也不躲避，反而扭头冲向人群。他专挑那些盘坐在地上打造装备的新人，一股脑地钻进人群中。华山第一帅想杀季小礼，需要两个技能，杀这些跟随师父来打造装备的萌新，只要一招。

惨叫声一片，当前频道里“唰唰唰”滑过“罪大恶极，华山第一帅剑斩 ×××”的系统提示。

60 级以下的玩家有新人保护，被杀也不会掉装备耐久度，可是华山第一帅杀了人，会增加罪恶值。他身上本来极淡的一层红色血光骤然暴起，血气冲天，然而他及时刹车了。

[当前频道]华山第一帅：等我砍死你个垃圾！！！

季小礼一愣，心道：玩我呢？！

季小礼没想到，华山第一帅杀了这么多萌新，还是没达到被 NPC 抓捕的罪恶值临界点。

华山第一帅知道自己这次肯定要坐很久牢，多杀一个是一个，他提着剑便冲季小礼而来，打算先砍死他。

长剑从头劈下，季小礼本就只剩一半血量，这一剑下去他必死无疑。

然而就在这一刻，只听一道熟悉的破风声袭来。

这声音每个华山玩家都无比熟悉，这是华山的八个技能之一——千山吹雪。

向前吹出一阵剑气，对敌人造成攻击。

华山第一帅的剑还未劈到季小礼身上，他就身体一歪，轰然倒地。

华山剑客的死状极其搞笑，手里还举着一把剑，好像被解剖的青蛙，四脚朝天地躺在地上。

修为 9000 的华山剑客，仅仅是一招“千山吹雪”，就吹走了他整整 50000 的血量！

季小礼僵硬地转动视角，看向龙门客栈的门口。

猎猎疾风吹过龙门客栈的木门，将老旧的门板吹得嘎吱作响。一身白衣的华山剑客反手握剑，手腕一动，“铮”的一声，长剑入鞘。他穿着一件白色镶银边的侠士劲装，配上长剑玉珏，如春日的初雪，清俊冷冽。

龙门客栈里还有十多个华山剑客，但没人和他一样，事实上，也不可能有人和他一样。

越见春和的这件衣服，不加任何属性，却花了 3 万元人民币，是上个月游戏做活动时，他抽奖抽出来的。全服只有两个人有这件衣服，一个是越见春和，一个是其他区一位非常幸运的女峨眉。

一招千山吹雪，将罪恶值滔天的华山同门师弟一剑劈死。

众人还没回过神，只见越见春和头上的血条突然由绿变红。

嗡！长剑出鞘。

天啦，越见春和开红啦！！！

第二章

妙手回春

冷冽剑光如寒雪刺骨，白茫茫的一剑劈下，龙门客栈里惨叫声一片，割麦子一样地倒了好多人。

首当其冲的就是站在最前面的季小礼。

蓝衣剑客“啊”了一声，忽然倒地，季小礼的手机页面瞬间变成黑白的了。

季小礼：“……”

你大爷的越见春和！！！

在季小礼倒下后，一身白衣的越见春和似乎动作停了一瞬，但随即，他的技能就跟上了。

华山共有八个技能，“平沙落雁”逼近敌人，“千山吹雪”将敌人吹起，“快雪时晴”三段攻击……最后一招“流星逐月”，再强大的敌人都能被斩于剑下。

白色剑光在人群中游走，矫若惊龙，整个连招流畅自然，龙门客栈里的玩家还没反应过来就死了大半。

终于有人回过神，开始在当前频道叫嚣。

越见春和你这个杀人狂魔！怕他干吗？他就一个人，咱们围殴他！

一旦玩家们联手反抗，越见春和的杀人速度就骤然下降。

《侠客行》并不是那种充了钱就可以当大爷的劣质页游。

以前网上有个段子，说某游戏帮派的全体玩家，个个都是氪金玩家，却在帮战中被敌方大佬一挑五十，玩家们连一招都没撑过去。装备最好的帮主那就厉害了，足足撑了两招。

《侠客行》游戏里，哪怕你装备再好、修为再高，双拳也难敌四手，照样会被围殴死。

只见越见春和头顶的血条快速减少，哪怕吃药都跟不上掉血的速度。

[私聊频道]北苑：人太多了，你打不过的。春和，组我，我奶你。

越见春和看都没看私聊一眼，继续杀人。

白衣峨眉直接从椅子上站起来。

[当前频道]北苑：春和，组我，我奶你。

在场所有玩家：……

真是翻脸比翻书还快的女人！！！

然而越见春和还没说话，就见他头上的血条“噌”的一下，又加到了满血。众人愣住，心中顿觉不妙，抬头一看，只见两个穿着白色峨眉门派服的女峨眉相偕从门外走了进来。

[当前频道]保护我方肉包：当春和傻吗？咱们当然是有备而来。

[当前频道]我就是肉包：我们给春和奶就够了，虽然咱们的治疗量不及北苑大师姐，但两个人加在一起肯定比你奶得多。

龙门客栈里还活着的玩家们突然眼前一黑，觉得自己翻身无望了。

不知是谁先说了一句“跑啊”，玩家们疯狂地跑出龙门客栈——只要出了客栈范围，就禁止开红，越见春和就不能杀他们。

没跑出去的玩家委屈极了。

[当前频道]华山第一帅：有病啊，越见春和，开红屠杀小号有意思吗？有本事你一个人单挑我们啊！

[当前频道]保护我方肉包：你也好意思说，不就你骂春和骂得最凶吗？还单挑你们？那叫单挑吗？！

[当前频道]我就是肉包：老公，我从未见过如此厚颜无耻之人！

[当前频道]保护我方肉包：老婆快别看他，辣了眼睛。

华山第一帅：……

“保护我方肉包”和“我就是肉包”，是《侠客行》一区排名第三和第七的峨眉奶妈。两人是一对情侣，“保护我方肉包”是游戏里赫赫有名的人妖奶爸，以风骚的走位和犀利的操作闻名。

越见春和自然不是傻子，不会傻到觉得自己能一挑五，连个奶妈都不带。

龙门客栈里，一道道白光闪过，地上的尸体越来越少。有玩家表示自己压根儿没骂越见春和，“保护我方肉包”却不知道从哪儿掏出了截图，甩在他脸上，证明他确实有跟着骂越见春和。

确实，龙门客栈里没骂过越见春和一句的只有奶茶小酥，连季小礼都骂过。

地上的尸体一个个消失，玩家们奔赴复活点去了，季小礼却不肯走。他转动游戏视角，咬牙切齿地盯着那个踩在自己脸上的白衣剑客，腹诽：越见春和！杀了我就算了，还踩我脸，你还踩我脸！！！

可能越见春和感受到了季小礼滔天的怨气，他挪了挪脚，但季小礼已经在心里狠狠地记了他一笔。

龙门客栈里还有几个人没复活，远远地，季小礼听到一阵泉水撞石的声音。

那声音越来越近，渐渐清晰，好像是环扣相撞的声音，不知是谁在轻轻拨弄圆润的珠子，碧玉般的珠子便互相撞击，同环扣一起发出响声。

不一会儿，一个穿着袈裟、手持九环锡杖的少林和尚缓缓走进龙门客栈，他身上闪着佛门金光，别的少林弟子的金光都只有半寸长，他却有足足一尺，颇有亮瞎人眼的奇效。

[当前频道]贫僧法号戒色：阿弥陀佛，我观施主血气冲天，罪孽深重，让贫僧送你一程吧。

越见春和杀了足足三十个玩家，可不就是血气冲天、罪孽深重?

季小礼看着这和尚的名字，激动地拍桌子："快砍死那个龟孙儿!!!"

贫僧法号戒色是《侠客行》一区的少林大师兄，也是总排行榜第三的大佬玩家，修为16000。因为门派压制，他是玩家心里公认的最可能打败越见春和的玩家。

只见他动了。

九环锡杖挥舞起来，少林大师怒喝一声，一杖劈向越见春和的脑袋。越见春和向后一跃，躲开这一击，同时长剑刺去。戒色也不躲，他可是肉盾少林，没道理躲一个华山剑客，所以他直直地冲上去，一剑换一杖。

越见春和的剑刺入少林的胸口，戒色掉了三分之一的血。

贫僧法号戒色的佛杖打在华山剑客的身上，越见春和掉了四分之一的血。

[当前频道]贫僧法号戒色：……

[当前频道]贫僧法号戒色：垃圾春和，反正你肯定要去蹲大牢了，给我做个行当任务不行吗？

戒色是来做行当任务的。他是捕快，每天都要抓十个有罪恶值的玩家进监狱。如果抓的是越见春和这种罪大恶极的魔头，他只要抓一个就够了。所以当看到世界上有人说越见春和开红了，大师心里美极了，立即屁颠颠地跑来龙门客栈抓人了。

[当前频道]越见春和：打吧，不还手了。

只见越见春和收剑入鞘，一撩衣摆，盘腿坐下了。

戒色喜滋滋地举起佛杖，一杖杖地打下去。

龙门客栈满地尸体，白衣剑客一身血光，安静地坐在地上，即将被法相庄严的少林和尚杖毙身亡。和尚一杖又一杖地打下去，这场景悲壮凄凉，越见春和的血条越来越少。

季小礼看得津津有味，这时，他收到一条私信。

奶茶小酥：刚才家里有事，才回来，你还在龙门客栈吗，师父？

奶茶小酥也是被越见春和一剑殃及的无辜群众，不过因为她是挂机状态，早就被系统判定回复活点复活了。

季小礼一下子来了兴致。

老师立正敬礼：嘿嘿嘿，徒儿，我告诉你，为师现在正在看一场好戏！你不在龙门客栈真是太可惜了，但是为师对你好啊，可不能让你错过这等好戏。我跟你说，现在越见春和那个渣男在和别人PK，要被人家活活打死啦！

奶茶小酥：……

季小礼继续现场直播。

老师立正敬礼：太惨了，越见春和被打得屁滚尿流。

老师立正敬礼：哇！越见春和的裤衩都被打出来了！

老师立正敬礼：妈呀，越见春和毫无还手之力，少林圣僧不愧是少林圣僧，越见春和算个啥？你看他就快死了。

奶茶小酥：……

下一秒，季小礼便看到一直坐在地上不反抗的白衣剑客猛地跃起，拔出长剑，使出一套潇洒漂亮的连招。戒色完全没想到已经快死的人还能回光返照，他来不及反抗，就惨叫一声，倒在地上。越见春和被打得只剩一丝血皮，但居然硬生生扛着没死。

[当前频道]贫僧法号戒色：越见春和你个混账，我跟你拼了！！！

季小礼看得目瞪口呆。

奶茶小酥突然发来私信，语气古怪：所以，现在越见春和被打死了吗？

季小礼嘴角抽搐，打字道：死……死了！被打得血肉模糊，这场面真是惨不忍睹啊！徒儿，你千万别来，场面血腥，小朋友看了晚上会做噩梦的。

奶茶小酥：……

季小礼看到正走出龙门客栈的越见春和身形好像踉跄了一下。

“眼花了吧，这游戏还能平地摔不成？”季小礼嘀咕一句。

越见春和刚走出龙门客栈范围，就被西凉城的 NPC 抓走，关进了大牢。

系统：天网恢恢，疏而不漏。大魔头“越见春和”残杀百姓，泯灭人性，已于西凉城（134，245）被抓捕归案，真是大快人心！

老师立正敬礼：徒儿，你看，对吧，那个渣男这不就被人家少林大师抓进去蹲大牢了嘛，哈哈哈。

奶茶小酥：……

我可信了你的邪！

越见春和在龙门客栈开红屠杀的事件，让世界热闹了一段时间。

有被杀的玩家怒骂越见春和不要脸，开红杀小号；也有玩家知道事情始末，讽刺这些被杀的人死有余辜，只敢在背后骂人，一见着大佬就㞞了。

玩家们聊到最后，有人提出疑问——

绿豆冰沙：等等，就我一个人好奇，保护肉包是哪儿来的截图？他怎么知道有哪些人骂过越见春和的？难道他在现场？

这个问题成了《侠客行》的不解之谜。

很久以后，当消息传到保护我方肉包的耳中时，他也一脸蒙，委屈巴巴地跟自己的朋友诉苦：我怎么知道啊，是春和把截图甩给我的，一大堆截图呢。那些人骂过他什么，他都知道。欸？你问他为什么不自己发截图……对啊，他为什么不自己发？这个心机 Boy！

可能是因为——每当他看到有人骂他，他就会拿个小本子偷偷记下来，等到夜深人静，再一个个地报复回去。

龙门客栈事件后不久，一条系统公告出现在所有玩家的游戏页面上。

系统：峨眉第一人“北苑”被请离帮派“帝阁”，江湖之大，何处容身？

世界上一片哗然。

每个门派前十名的高手只要离开帮派，就会发布系统公告，方便其他帮派抢夺人才。这一场由爱生恨的爱情故事，至此算是到了尾声。

越见春和一直置身事外，北苑加入了“帝阁”的敌对帮派，算是表明了自己的态度。

但其实，她是被踢出帮派，不是自己走的。

保护我方肉包是“帝阁”的帮主，他踢人的原因显而易见。

世界上激烈讨论华山大师兄和峨眉大师姐的爱恨情仇时，季小礼正带着徒弟做日常刷副本。师徒二人男女搭配，干活不累，还能有师徒经验加成，两人的等级“噌噌噌”地往上升。

季小礼看到北苑被踢出帮派，感慨道：问世间情为何物，直教人生死相许！徒儿，你当时挂机没看到，那个北苑居然还想着给渣男加血！她还想着给那个家伙加血！女人，真是翻脸无情！

奶茶小酥捡起地上的装备：哦。

没发现徒弟对这个八卦毫无兴趣，季小礼继续打字道：世界上骂越见春和的人比骂北苑的人多啊。

奶茶小酥奇怪道：有问题吗？

一个开红杀人，一个凄惨地被踢出帮派，不骂越见春和骂谁？

季小礼：你不觉得那个女人出尔反尔，有点过分吗？

没等徒弟说话，季小礼想起来：哦，徒儿，你是峨眉，那我就不说你们大师姐的坏话了。

徒弟是女孩子，女孩子偏心女孩子很正常，季小礼非常理解。

然而奶茶小酥久久没有开口。

季小礼反思：我也没说什么太过分的话吧？难道女孩子的心思就

这么难猜？

奶茶小酥：你不是很讨厌越见春和吗？

老师立正敬礼：啊……对。但是这和为师不喜欢北苑有什么关系？啊啊啊，徒儿，加血啊！！！

奶茶小酥反手给季小礼加了口血，将蓝衣剑客从濒死状态奶了回来。

她没再说话，女峨眉默默地奶着蓝衣剑客，打完副本就去捡装备。

这点装备季小礼看不上，其实奶茶小酥也看不上。女峨眉虽然是季小礼的徒弟，等级比他低一点，但那是因为她玩得晚，等级有差距正常。

论装备，季小礼现在78级，修为9100。

奶茶小酥71级，修为9050。

现在对上华山第一帅，季小礼绝对有反杀对方的能力，不至于束手就擒。奶茶小酥的治疗量也有了惊人的变化，从平胸小萝莉变成了A罩杯小奶妈。

师徒二人将今天的日常任务全部做完，季小礼琢磨着：要不要再给你找个师弟或师妹？咱们两个人下副本，打出来的装备只能卖银子，压根儿用不着。

奶茶小酥正在捡装备的动作慢了一拍，她没开口，季小礼自己就否决了这个提议：算了，算了，为师照顾你一个人就已经够累了，照顾不来第二个了。

奶茶小酥：……

你说清楚，咱俩到底是谁在照顾谁？！

当天晚上，季小礼上线后，收到徒弟发来的定位坐标。

季小礼有些奇怪，他骑着大宝马，来到徒弟所在位置。

老师立正敬礼：咦，徒儿，你来咱们门派的大本营干什么？

西凉城外，废弃木屋旁，窈窕美丽的峨眉穿着一身白纱，静静地站着，似乎等季小礼很久了。

季小礼从高头大马上下来，只见奶茶小酥弯下腰，从包裹里掏出三个金色的小爆竹。她把爆竹一个个放在地上，依次排开，放成一个竖排。

接着鼠标放到“使用”键上，季小礼还没反应过来，只听“砰”的一声。

金色的爆竹瞬间升空，在升到最高点时，轰然炸开，好似下起了漫天的金雨。接着又是一声，一共三个爆竹，“砰砰砰”地在木屋上空炸响，天空飘下一场浪漫的金色细雨，蓝衣剑客呆呆地看着这一切，仿佛被震撼到了。

有做任务路过樱花林的玩家看到这一幕，他们停下来看了会儿烟花，和同伴聊天：谁在这种荒郊野外泡妞？还放烟花。

放的还是最便宜的烟花。

蓝衣剑客抬头看着天空，久久无言。

奶茶小酥：我把装备卖给商城，换了300银两，买了三个烟花。这样那些装备也算有用了。

副本掉落的装备对季小礼和奶茶小酥来说等级太低，根本没有穿的必要。但是它们可以换烟花。

商城里的烟花一共分四种，最便宜的4块钱一个，也是唯一可以用银两买的，100银两一个。

漫天星空下，寂静的樱花林中，蓝衣剑客和白衣峨眉相傍相依，莫名地有种温暖的和谐感。两人都不说话，似乎还在回味刚才价值 12 块人民币的烟花。

突然……

老师立正敬礼：徒儿，你说得有点道理，这样，以后每天咱们都来基地放个烟花庆祝庆祝。不过就 4 块钱的烟花实在太寒酸了，咱们多放几个。

说着，季小礼从包裹里掏出一大堆烟花，乱七八糟地放了一地。

奶茶小酥：……

敢情你刚才不说话是去商城买烟花了？！

老师立正敬礼：你说咱们先放哪个？这个 68 块钱的？太便宜了，这个 128 块的好了，符合咱们师徒人傻钱多的身份。

奶茶小酥：……

浪漫的气氛一扫而空。

你才人傻钱多，你全门派都人傻钱多！！！

季小礼美滋滋地放着烟花。

这一晚，路过樱花林的玩家只看见有个傻子放了一整晚的烟花。从 128 块人民币的，放到 68 的，再放到 28 的，连 4 块钱的都不放过。

众人齐齐吐出一口气：傻子！

但他们又愤愤道：这还是一个有钱的傻子！

季小礼放完烟花，扭头看到自家徒弟骑着白色骏马，似乎要走。

他问道：去哪儿呢，徒儿？

奶茶小酥：做单人任务。

老师立正敬礼：哦，明天这个时候再来放烟花啊。

奶茶小酥：……

我师父真是人傻钱多！

因为师父真的太智障，奶茶小酥躲了季小礼几天，不想参与这么傻 × 的每天放烟花活动。还好，过了几天，季小礼就没了兴致，不再要求徒弟到门派基地聚会。

然而很快奶茶小酥就发现，她找不到那个人傻钱多的师父了。

不是说季小礼上线时间不多，恰恰相反，他每天都上线，可总是躲着奶茶小酥。

两人一做完任务，季小礼就神秘兮兮地说“为师去办点事”，然后就消失在奶茶小酥面前。

如今，季小礼 112 级，修为 12000。

奶茶小酥 108 级，修为 13000。

是的，徒弟的修为早就超过了师父。

两人的等级都太低，所以季小礼没能登上华山派的门派排行榜。峨眉的门派排行榜简单点，奶茶小酥刚好达到第九十九名，是峨眉排行榜上唯一一个低于 130 级的玩家。

这一天，季小礼又暗搓搓地骑着大宝马离开，奶茶小酥目送他远去。

良久，峨眉似乎明白了什么，她打开竞技排行榜，点进“90 级~119 级”一栏，往下看去，前十名没有熟悉的名字，到第十八名……

奶茶小酥：……

第十八名：老师立正敬礼，112 级，华山，12013 修为。

112 级就能打到 119 级竞技排行榜的十八名，看上去十分风光，水平很高，可事实上呢？整个 119 级排行榜，修为第二高的玩家是一个 10348 修为的武当。这个傻师父足足领先了第二名 1000 多修为，却被十七个人吊起来打！

奶茶小酥沉默许久，发去私信。

奶茶小酥：你在竞技场？

老师立正敬礼：徒儿，你怎么知道？！我……我就是随便来逛逛，随便逛逛！

奶茶小酥：来天下武道大会，我看看你的操作。

老师立正敬礼：啊？

奶茶小酥：……

奶茶小酥：晚上七点，天下武道大会，最多五个人一起组队，两队 PK。我和你两人组队，看看你的操作。我在坐忘峰等你。

十分钟后，季小礼赶到坐忘峰。奶茶小酥将他加进队伍，没过几分钟，两人就匹配进了天下武道大会。

季小礼紧张极了。

奶茶小酥不知道，季小礼其实特别怕和人 PK，他玩网游一直是 PVE 模式。

PVE：Person VS Environment——从不竞技 PK，只做任务、下本小怪。

这次为了锻炼自己的操作，季小礼鼓足勇气才去参加竞技场，一次次被对手完虐，靠惊人的修为好不容易爬到第十八名。

天下武道大会更让他紧张，对面一下子冒出五个人，季小礼惊恐道：我们就两个人，对面可是五个啊！

奶茶小酥：我说过，最多可以组五个人。

老师立正敬礼：那怎么办啊？！

奶茶小酥：同等级，我们可以二打五。

老师立正敬礼：……

徒儿，你到底知不知道你师父的水平？你师父只会被别人二打五啊！！！

季小礼作为师父，下定决心不让徒弟失望，至少不能让徒弟死在自己前面。

他吞了口口水，坐直身体，睁大双眼，随时准备出手杀人。

天下武道大会的倒计时一到，双方同时做出动作。

季小礼做到了，他凭借自己远超同级的修为，虽然很快死了，却带走了对面的峨眉和武当。

对面还剩下一个华山、一个少林和另一个峨眉。

冰雪覆盖的坐忘峰上，华山和少林如同两个壮汉，恶狠狠地冲向娇弱的小峨眉。同门的峨眉师姐也毫不留情，给队友加了口血，然后举起白练，凶狠地刺向奶茶小酥。

只见奶茶小酥轻飘飘地向后一跃，给自己奶了一口，顺便挥舞白练，一下暴击，打死了自己的同门师姐。

华山和少林还没反应过来，奶茶小酥身形如同鬼魅，几下就跃到了他们跟前。

华山赶紧持剑反击，峨眉的白练却比他的长剑威力更大。他一剑下去，奶茶小酥掉了一半的血。奶茶小酥的白练打在他身上，本就不满的血条直接空了。

华山惨叫一声，倒地死亡。

还剩下少林。

少林不敢大意，原地开了个金钟罩，把自己变成金色王八，刀枪不入。

奶茶小酥攻击他，他不仅不掉血，还反弹伤害，奶茶小酥的血条转眼下半，几乎快空。

就是现在！少林和尚突然关闭金钟罩，举起佛杖砸向奶茶小酥。

只见白衣女峨眉飞跃在空中，跳起舞蹈。她的血条以肉眼可见的速度猛地上涨，同时白练砸下去，少林倒地身亡。

系统：“奶茶小酥、老师立正敬礼”，队伍胜利。

季小礼在一旁看得目瞪口呆，说不出话。他虽然不懂奶茶小酥的操作，可是他知道，徒弟一个人，把三个满血的玩家全部杀了，自己还一丝血没掉。

奶茶小酥：你的问题我大概知道了。

季小礼：啊，什么问题？

奶茶小酥正准备说话，世界上突然有人发言。

[世界频道]下辈子不做少林：妈呀，刚才打天下武道大会，我们华山、少林和峨眉，三个人加起来被一个峨眉团灭了！我还以为对方开挂了，结果出来后点开那个女峨眉的装备……游戏ID“奶茶小酥”，大家快去看看她的鞋子。给大佬跪了！

师者，传道授业解惑也。

奶茶小酥带季小礼去天下武道大会，就是想看看他的操作水平，找出他PK时的问题。以季小礼的修为，他操作的又是擅长PK的华山，按理说不该只有排行榜第十八名的水平。奶茶小酥不出手，季小礼成为119级竞技排行榜第一名都没毛病。

可他就是第十八名。

奶茶小酥：你知道华山的技能是什么吗？

季小礼赶紧点开每个技能看了看，再以最快的速度，胸有成竹地说：当然知道！

奶茶小酥：连招呢？

季小礼下意识地想去百度。

奶茶小酥：不许百度。

老师立正敬礼：……

……这倒霉徒弟怎么比他还像师父？

奶茶小酥：你完全没记住华山的八个技能，也根本不知道他的连招。所以你每次 PK 的时候，从来没有控住人，都是……随心所欲地打。

明明就是哪里亮了点哪里，徒弟真好，还给为师留了点面子。

季小礼心虚地接受教诲。

奶茶小酥很有耐心地告诉季小礼华山的 PK 技巧。

季小礼听懂了一半，又听不懂另一半。

慢慢地，季小礼发现徒弟说话的速度时快时慢，有时候要几分钟才能回一句话，似乎有其他事在忙。

老师立正敬礼：徒儿，你在忙？

过了一会儿，奶茶小酥回道：嗯，有点事。

老师立正敬礼：啊，什么事？

奶茶小酥还没回，就看到头顶闪过一条 4 块钱的喇叭。

北苑：奶茶小酥，看一下私信。

季小礼：？？？

季小礼脑子里闪过各种各样的八卦念头，没明白自家徒弟什么时候和这个峨眉大师姐扯上关系。很快，对方又发了一条喇叭。

北苑：鞋子卖吗？

啊？鞋子？

季小礼蒙蒙地点开自家徒弟的装备面板，查看奶茶小酥的鞋子。

装备：春涧溪·九牙灵泉·紫苏靴。

打造者：奶茶小酥。

宝石：10级蓝宝石。

…………

属性：水攻41。

技能：妙手回春。

季小礼嘀咕道：“10级宝石我也有嘛，水攻41倒是多了点，技能是妙手回春……不就是妙手……回……春……？！”

季小礼惊恐地将手机贴到自己脸前，难以置信地看着奶茶小酥的鞋子上属性栏最后一行的六个金色小字：“技能：妙手回春”。

技能——妙、手、回、春！

《侠客行》游戏里，打造装备是提升实力的核心途径之一。镶嵌宝石、洗练属性和配置技能，都是改良装备的重要方法。其中，技能是最玄学的一种东西。

装备技能一共分为白色、蓝色、紫色、金色四种。

但在玩家心中，共有五种技能，金色技能分为普通金色技能和高级金色技能。

越见春和每天时不时地发喇叭收购技能，收购的就是金色技能。

白色、蓝色技能在日常活动中可能掉落，紫色和金色技能就只有抽奖才能抽出，也就是说必须得花钱才能得到。

“妙手回春”是峨眉专用的高级金色技能，在高级金色技能中也是最极品的几个之一。六大门派，每个门派都有一个极品专属金色技能，峨眉的就是“妙手回春”。

江湖戏言，峨眉一共分为三种：普通峨眉、大佬峨眉和有妙手回春的峨眉。

季小礼嫉妒得差点儿把手机扔下床去。

小樱花：妙手回春……呜呜呜，是妙手回春，我们峨眉的妙手回春！

峨眉贫穷弟子：做人的差距怎么这么大？奶茶大佬，求求你，能不能让我摸摸你的鞋子？就摸一下，我们一区唯一一个妙手回春，终于出来了！

红烧大盘鸡：万恶的幸运儿，真是万恶的幸运儿！金色技能的掉率只有1/2500，上周春和大佬抽了80万元人民币，都只抽到一个垃圾金色技能。

非洲酋长：老天，我愿意用下辈子的游戏时间换你给我出个金色技能！

季小礼深有感触地点头。

他不想下辈子玩不了游戏，可是他也想骂一句“万恶的幸运儿”，更何况这个人还是他徒弟……

季小礼目光复杂地看着手机屏幕里的白衣女峨眉。

老师立正敬礼：徒儿……

奶茶小酥：嗯？

老师立正敬礼：徒儿……

奶茶小酥：……

老师立正敬礼：呜呜呜，徒儿你为什么这么优秀？！你告诉我，你到底是什么时候抽到妙手回春的！你花了多少钱，多少钱！一定花了好几万，和越见春和那个黑鬼一样，80 万才抽到这一个！

奶茶小酥：拜师之前就有了。

季小礼没反应过来：啥？

奶茶小酥：每个新人都有一次免费抽奖的机会。

老师立正敬礼：……

这个号确实一发就抽出了妙手回春，但是她花了多少钱买下这个号就是另外一回事了。

不过她也没说谎。

季小礼半天没说话，奶茶小酥发了个问号。

又过了几分钟。

奶茶小酥：师父？

老师立正敬礼：我在想怎么把你逐出师门。

奶茶小酥：？

老师立正敬礼：我们门派没有你这种偷渡欧洲的孽徒！！！

奶茶小酥：……

其实季小礼不知道，奶茶小酥一边和他说话，一边不停地删除邮箱里的私信。金色技能“妙手回春”暴露后，短短半小时，至少有一百个玩家给她发来私信。

大多数玩家是来吸欧气的，蹭奶茶大佬点欧气，然后去抽玉阁。

还有一部分高级峨眉玩家想买奶茶小酥的鞋子——她这双鞋并没有绑定，可以卖掉。

奶茶小酥淡定地删除了峨眉排行榜第一、第二、第三、第四……一直到第二十一名的私信。他根本没点开看一眼，也不关心这些人说了什么，出的是什么价格。

几个峨眉大佬有些按捺不住，纷纷发喇叭找奶茶小酥。

峨眉小尼姑：奶茶小酥，看私信了吗？

寻烟：奶茶小酥，我想买你的鞋，开个价。

这些都是峨眉排行榜上的大佬。

季小礼有些奇怪：徒弟，他们私信你了？

奶茶小酥：嗯。

老师立正敬礼：那你要卖鞋子吗？

季小礼知道自家徒弟有钱，说不定不打算卖装备。但随即，他看到一条喇叭……

北苑：10万，卖给我。

哇！！！

季小礼从床上蹦下来，跑到电脑旁，打开游戏噼里啪啦打字：10万啊徒弟！10万！！！

季小礼被这个数字砸晕了头。

奶茶小酥没回复，北苑居然又发了一条喇叭。

北苑：20万，一区不可能有人比我出价更高。

全体玩家：……

季小礼：……

好想把徒弟绑了卖给大佬！！！

奶茶小酥私聊季小礼：不卖。

老师立正敬礼：啊？

季小礼一愣，很快他明白，徒弟是在回复自己刚才的问题。

老师立正敬礼：……不是，徒儿，20万，你看到没？人家北苑大佬给你20万！

奶茶小酥：北苑大佬？你前两天不是还说她人不怎么样，不喜欢她吗？

季小礼很没骨气：给有钱人跪下了……

白衣女峨眉突然动了起来，她绕着季小礼转了两圈。

季小礼没明白她想干什么，就见一条 4 块钱的喇叭从自己头顶飘过。

越见春和：30 万。

季小礼一脸蒙，只见白衣峨眉蹲了下来，平视自己，明明是电脑显现出来的方块字，也没表情，季小礼却觉得她似乎在笑，心情也一定很好。

奶茶小酥：所以……师父，现在你要给越见春和跪了吗？

季小礼：……

你神经病啊！！！

蓝衣剑客一撩衣摆，原本在地上盘腿打坐，突然站了起来。

老师立正敬礼：别说 30 万，他越见春和就是砸我 50 万，白送我 100 万，我也不会向渣男低头，也不会跪他！！！

闻言，白衣峨眉静静地看着季小礼。因为静立时间太久，她做了个“挥舞白练”的动作。

老师立正敬礼：徒儿……喀喀，你在看什么？看为师长得太帅？

奶茶小酥：我在思考，花 100 万看一个结果，到底值不值得。

老师立正敬礼：啥？

奶茶小酥：嗯……不值得。

老师立正敬礼：？？？

徒弟是傻了吗，怎么说的话语无伦次的？

季小礼并不知道，奶茶小酥还真的想过要不要花 100 万砸某个人，不过他很快否定了这个念头，他还没那么败家。同时，奶茶小酥抬头看向电脑，只见那个名为“越见春和”的游戏页面里，邮件图标亮了起来。

在他发完那条喇叭后，好几个人给他私信。

保护我方肉包：？？有毒啊，春和你个华山，和我们抢什么峨眉金色技能！

贫僧法号戒色：阿弥陀佛，施主这么有钱，干什么不救济一下贫困大众？比如我。

北苑：你什么意思，春和？

越见春和依次回复了肉包和戒色：你本来就买不到妙手回春，我不会卖。

PK 场见。

两人都发来回复。

保护我方肉包：你不会卖？等等，春和，你什么意思，什么叫你不会卖？

贫僧法号戒色：今天……今天是个黄道吉日，不宜打打杀杀，施主你不要造杀孽！我走了！

越见春和没再回复他们，他看向那个叫作北苑的女峨眉。

越见春和长长的好友列表里。每个人的名字后面都有一个括号，里面的数字从“0”到“9999”，这是好友的亲密值，送玫瑰花可以增加好友间的亲密值，1 亲密值等于 1 块钱。越见春和从不送人玫瑰，但是他的好友列表里没有一个亲密值低于 100。

其中，北苑和越见春和的亲密值为“9999”，都是北苑送的。

看着那个名字，他淡定地滑动鼠标，将对方从“脑子有点问题”好友栏，移动到“脑子非常有问题”好友栏。如果有人打开这个排行榜第一的大佬账号，恐怕会惊奇地发现，他的好友一共有三栏：脑子有点问题、脑子非常有问题、脑子里全是问题。

最后一个好友栏“脑子里全是问题”是前两天刚刚建立的，里面空无一人，仿佛在等着某个人的加入。

越见春和把北苑移动到“脑子非常有问题”这一栏后，她正好又发来一条消息。

北苑：春和，你是故意的吗？你不接受我，现在连朋友也不肯和我做了？你是不是还对我当初说的那些话耿耿于怀？如果你愿意，我可以回帝阁，我对你……没有变。

……神经病，脑子已经坏了。

越见春和手腕一动，把北苑直接拉黑删除。

很快，世界上刷过一条喇叭

北苑：越见春和！我和你势不两立！！！

玩家们并不知道北苑私信越见春和的话，也不知道越见春和毫不犹豫地把对方拉黑删除了。他们只以为越见春和出价 30 万，打了北苑的脸，让北苑恼羞成怒。

季小礼也摩拳擦掌，他撺掇徒弟：卖了吧，徒儿！30 万，这已经比市场价高太多了。赶紧卖给越见春和那个渣男，亏死他！你这么欧，30 万够你再抽两个金色技能了！

奶茶小酥：卖不了。

老师立正敬礼：啊？

奶茶小酥：已经绑定了。

老师立正敬礼：？？？

季小礼赶紧点开奶茶小酥的装备栏，然后……

老师立正敬礼：哇！！！30万啊，你就这么绑定了？？？

奶茶小酥：嗯。

过了一会儿。

奶茶小酥：不说话？

老师立正敬礼：为师只是在思考……一山更比一山高，原来我不是最人傻钱多的，徒儿你才是！

奶茶小酥：……

奶茶小酥的鞋子已经绑定，谁都买不了，世界上一阵感叹。

谁都看得出来，108级、13000的修为，奶茶小酥也是个有钱的大佬，她还有峨眉极品金色技能“妙手回春”，想必等她追上大家的等级，一定是一个新的治疗量爆炸的峨眉。说不定能取代北苑，成为《侠客行》一区的新任峨眉大师姐。

不过那已经是两周后的事了。

此时此刻，奶茶小酥带着自家师父，来到汴京城的比武擂台上，师徒二人开始实战PK。

该说的技巧和连招，奶茶小酥已经全部教给季小礼了，但PK操作是要在实战中练习的，光有理论知识完全不够。

女峨眉13000修为，男华山12000修为。

季小礼修为比奶茶小酥低，奶茶小酥还有极品金色技能“妙手回春”。

老师立正敬礼：我肯定打不过你……

奶茶小酥：不会。我是峨眉，你是华山，你的门派压制我的门派。

你也有一个金色技能，两个紫色技能，我们胜负五五分。

季小礼一下子燃起了斗志。

然而打了四局后……

老师立正敬礼：徒儿，说好的五五分呢！！！

这跟之前说的不一样。

奶茶小酥：前提是，技术一样。

老师立正敬礼：……

奶茶小酥：你刚才快雪时晴用早了，如果在我使用高山流水后你再用，就可以打掉我一半的血。

季小礼摩拳擦掌：再来一遍！

师徒二人在擂台上切磋了一整晚……不能说是切磋，完全是白衣峨眉对蓝衣剑客单方面的屠杀。因为门派压制，季小礼能够在擂台上站一分钟。但打了二十多局，他最多一次打掉奶茶小酥一半的血，很快又被对方回满了。

一局结束，奶茶小酥又说了他几个缺点。

季小礼突然意识到：徒儿好像对华山的技能特别熟悉。

然而很快，奶茶小酥的话打消了他的疑虑：其实六大门派里，华山最好打的不是峨眉，而是少林和武当。少林的万佛朝宗被华山的流星逐月完美克制……

哦，原来徒弟对每个门派都非常熟悉啊。

说了很久，奶茶小酥突然问道：看你的操作，以前应该没怎么玩过网游，或者不打竞技场，为什么突然要练 PK？

季小礼意味深长地说：徒儿，你又忘了咱们的祖训，为师要亲手砍死越见春和那个龟孙儿！

奶茶小酥：……

老师立正敬礼：怎么了？

奶茶小酥：难度很高。

老师立正敬礼：徒儿你不可以放弃我！

奶茶小酥：我教不了。

老师立正敬礼：……

奶茶小酥正准备开口，忽然收到一条私信。

保护我方肉包：春……春和？

奶茶小酥没理他。

保护我方肉包：你真的是春和？！妈呀，你练了个峨眉号？为什么要练峨眉号，还叫这种名字？啊……难道说，你买这个号就是为了账号上的妙手回春？

真被肉包猜对了。

奶茶小酥依旧没理他。

保护我方肉包：咦，我看到你了。

几秒后，一个骑着俊美白马的女峨眉穿过人群，来到擂台。她站在季小礼和奶茶小酥中间，绕着奶茶小酥转了好几个圈，最后停下来打字。

[当前频道]保护我方肉包：配置着妙手回春的鞋子，长得都和别人不一样！

季小礼惊呆了。

这是本区排名第三的女峨眉，著名的人妖奶爸保护我方肉包啊！

不过季小礼低头一看。

[当前频道]老师立正敬礼：有不一样吗？我看和其他峨眉的鞋子

一样啊，和你的也长得一样。

鞋子的外形都是一样的，并无差别。

[当前频道]保护我方肉包：你不懂，啊，好想凑近了摸摸这双鞋啊！

说着，肉包真做了个“躺倒”的动作。白衣峨眉卧倒在地，脸就躺在奶茶小酥的鞋子旁。

季小礼：……

变态啊！！！现在的大佬都这么没节操吗？！

季小礼当然不知道，肉包知道眼前的峨眉是越见春和，再没节操的话他也说得出口。但季小礼可不同意。

[当前频道]老师立正敬礼：徒儿，咱们赶紧走，离他远点。

[当前频道]保护我方肉包：徒儿？！

奶茶小酥私聊保护我放肉包：他是我师父。你没事就走，他不知道我大号是越见春和。

[当前频道]奶茶小酥：走吧。

这信息量大到肉包一下子蒙了，没反应过来。他看到华山剑客和峨眉女侠骑上高头骏马，头也不回地离开。肉包刚想把人喊住，就见一个蒙着面的黑衣刺客从天而降。他动作似鬼魅，举着一把小刀，刺向奶茶小酥。

奶茶小酥反应极快，她迅速地躲开，同时给自己加血回击。

但等级的差距和门派压制令她只撑了半分钟，就死在这个幽泉刺客的手中。

白衣峨眉惨叫倒地，她的尸体落在地上，“轰”的一声，一块名为“奶茶小酥之墓”的墓碑从天而降，砸在擂台边上，就压着奶茶小酥的尸体。

季小礼和肉包都愣住了。

两人走上前，点开这块墓碑。

通缉令：打死这个拥有妙手回春的人！！！——匿名。

老师立正敬礼：哈哈哈哈哈，徒儿，这就是你抽到金色技能的代价！

保护我方肉包：哈哈哈哈哈，你这家伙也有今天！

躺在地上的奶茶小酥沉默了几秒，点了原地复活，骑着马，决定离这两个脑子有问题的人远点。

第三章

带你变强

黑鬼的怒火如同开闸的洪水，浩浩荡荡，持续了一周才结束。

一周内，奶茶小酥被人悬赏二十多次，二十多块新鲜的墓碑出现在《侠客行》的土地上。最后并不是说玩家不想再通缉她了，而是奶茶小酥 126 级、修为 14000 了，再想杀她，难度很大，悬赏了也不一定成功，大家这才渐渐忘记了“妙手回春”事件。

师徒二人每天练级、提升装备、升级各种秘籍。

季小礼等级 128 级，修为 13900。

奶茶小酥等级 126 级，修为 14400。

除了等级和装备的提升，PK 场上，季小礼也终于排到了第二十七名。

表面上看，他从第十八名跌到第二十七名，事实上，他的 PK 技术有了大幅度的增长。

老师立正敬礼：太爽了！徒儿，我今天居然打出一套连招，对面的和尚还没来得及放金钟罩，就被我弄死了。

奶茶小酥残忍地提醒道：那个少林修为比你低。

季小礼就当没看见。

反正他赢了，他今天赢了三局！

季小礼的 PK 技术真的提高了许多，之所以排名下降，是因为他超过了“90 级 ~119 级”竞技排行榜的上限，目前在“120 级 ~149 级”排行榜上。

连续赢了三个 149 级的对手，季小礼膨胀了，他拔出剑：徒儿，切磋一下？

奶茶小酥奇怪地看他一眼。

五分钟后。

老师立正敬礼：徒儿饶命啊！！！

奶茶小酥：……

奶茶小酥一条白练砸在季小礼的身上，蓝衣剑客惨叫一声，苍凉倒地。

奶茶小酥：我去抽玉阁，晚上藏宝活动见。

老师立正敬礼：哎，好。

不一会儿，季小礼就看到系统公告上，不断闪过自家徒儿的名字。

系统：白玉无瑕，浑然天成。玩家“奶茶小酥”行善积德，福至攸归，打开百宝匣，获得《北冥神功》秘籍！

系统：白玉无瑕，浑然天成……

世界上很快被奶茶小酥的系统公告刷屏。

百宝匣，也就是玩家口中的玉阁，是获取紫色、金色技能的唯一途径。每个人每天的购买上限是九千九百九十九个，每个价值 40 元人民币。当初季小礼说越见春和是个脸黑成锅底的非洲人，就是因为他连续两天抽满玉阁，花了80万元人民币，只抽到一个垃圾金色技能。

金色技能是很难抽的，大多数玩家抽玉阁，只能抽到银两，抽到高级秘籍的都算少见。

季小礼看到奶茶小酥居然抽到金色秘籍《北冥神功》，不由得感慨道：徒儿真欧！

不过他并不知道，在系统公告奶茶小酥获得“北冥神功”秘籍前，他家徒弟已经抽了三十个百宝匣垫底了。

没想太多，季小礼骑上大宝马，心虚地看了眼徒弟离开的方向，接着神秘兮兮地朝着武当山外一条秘密小道走去。

太极武当，金顶玉雕。

武当山在《侠客行》设定中，类似于一座仙山。一共七座山峰，被朦胧的云雾保护，与外界隔离，仙气缠绕。从武当山西峰的一条狭窄山道向下走，会来到一个小小的荷花池。接天莲叶将池子装饰成浓翠的绿色，时不时有一两条红色的锦鲤从荷叶中快速穿过。

有锦鲤咬住鱼钩，钓鱼的女华山立即收线，将锦鲤捕上岸。

[当前频道]梦碎烟：抓到了！师兄，这里的锦鲤真的比其他地方的好抓！

[当前频道]老师立正敬礼：那是，我特意去论坛上看攻略看来的。武当山西峰的锦鲤上钩率特别高。

[当前频道]梦碎烟：我还差十五条锦鲤才能完成任务，你能陪我再抓一会儿吗，师兄？

[当前频道]老师立正敬礼：你抓吧，我也抓几条卖钱。

女华山穿着一条粉色的长裙，开心地撩开裙摆坐下，继续钓起鱼来。

华山的门派服装统一是蓝白色，无论男女，都格外英姿飒爽。这条粉色的裙子是前段时间出的活动时装，女华山穿上并没有峨眉那么柔美，却也别有一番风情。

[当前频道] 梦碎烟：唉，早知道我当初就不玩华山了。华山的操作好难啊，我都打不了人。师兄，你在 PK 榜上排第二十七位呢，真厉害。

季小礼什么时候被人这么夸过？他唯一熟悉的女玩家就是自家徒弟，那可是个暴力输出流奶妈，季小礼碰上徒弟，只会被虐得惨不忍睹。

季小礼按捺住心里的得意：哪有，你那是没见过我徒弟。

他说着说着，又忍不住夸起徒弟来：你不知道，我徒弟可厉害了，修为比我还高。她 PK 贼强，我就没在她手上赢过。

女华山似乎不想谈论有关奶茶小酥的话题：可我没在 PK 榜上看到她。

季小礼自豪地说道：那是因为我徒弟特别低调！她真的超级厉害！

女华山没再说话，转过头自顾自地钓鱼去了。

季小礼心大地没发现对方的情绪不对，他自然也不知道，就他刚才这两句话，让某个凑巧路过的徒弟低低地笑了一声，站在武当山西峰上，没走下荷花池“捉奸”。

武当西峰，碧玉白桥上，一个穿着白色劲装的华山剑客站在桥边，低头看着桥下的两个人。

白衣峨眉骑着大马，正在做任务，忽然发现人没跟上，保护我方肉包骑马回来。他一低头，就看见坐在荷花池旁的两个华山。

[队伍频道] 保护我方肉包：哎哟，春和，这不是你那个师父吗？旁边那个 89 级的女华山是谁啊？你师娘？

[队伍频道]越见春和：不认识。

[队伍频道]保护我方肉包：走不走？我要去“白陀山庄”副本。

[队伍频道]越见春和：你先去。

系统：玩家“越见春和”离开队伍。

肉包无语地发去一条私信：你难道还想捉奸？你师父不是男的吗？

越见春和没回复，不过非常顺手地把“保护我方肉包”移动到了“脑子非常有问题”好友分组栏。

季小礼正在搜索还有哪里的池塘好钓锦鲤，忽然，他的邮箱亮了。

奶茶小酥：我看到你了，师父。

季小礼突然后背一凉，慌张不已，脑子里闪过“完了，我被抓奸了”的念头。然而很快他想道：抓什么奸？我明明和小徒弟清清白白！

季小礼站起来到处找了找：没看到你啊，徒弟。

奶茶小酥：我飞下来。

下一秒，一道凌厉的破风声响起，白衣峨眉从天而降，踩在荷花叶上。她身轻如燕，几下便踩着荷叶飞上岸，走到季小礼身旁。

蓝衣剑客，白衣峨眉，两人站在一起，十分养眼。

正在钓鱼的女华山愣了半天，季小礼介绍道：碎烟，这是我徒弟，奶茶小酥。

女华山没吭声，她站起身，过了半天才道：和你师父钓鱼做日常的时候，一直听他说你，他说你超级厉害。

季小礼没察觉出对方话里有话，十分赞同：对，我徒弟超厉害的。

梦碎烟偷偷点开奶茶小酥的装备栏，被对方的装备吓了一跳。她不说话，奶茶小酥也不说话。季小礼觉得气氛有点尴尬，正要开口缓和，只见女峨眉动了。

奶茶小酥：他没说错，我确实很厉害。

梦碎烟：……

老师立正敬礼：……

不是，徒弟，你这么不谦虚的吗？！

白衣峨眉绕着女华山转了两圈：这是谁，师娘吗？

季小礼突然蒙了。

他是前两天路过“燕子坞”认识的梦碎烟，当时她才78级，没氪金买装备秘籍，修为特别低。她想要通关一般模式的“燕子坞”副本，可是失败了好几次。季小礼当时无聊，就随手帮了同门师妹一把，接着两人就加好友了。

季小礼确实想追求这个妹子，毕竟梦碎烟人挺好说话，相处起来给人的感觉也是挺温柔的。但是被奶茶小酥这么一问，他居然回答不出来。

憋了半天，季小礼道：不是，是个朋友。

梦碎烟沉默片刻，道：听说你的PK特别强，我很少见到PK厉害的女孩子，你是怎么锻炼技巧的？

奶茶小酥：……女孩子？

梦碎烟：？

奶茶小酥过了半天，回复道：要试试吗？

梦碎烟：啊？

奶茶小酥：我把装备和秘籍全脱了，修为比你低。试试？

梦碎烟一咬牙：好！

一分钟后，梦碎烟被只有5000修为的奶茶小酥一巴掌拍进了荷花池。

老师立正敬礼：徒弟，你刚才那招怎么回事？伤害好高！

季小礼下意识地没去扶倒在地上的女华山，而是好学地请教起徒弟PK技巧来。

这种死直男活该没女朋友。

梦碎烟从荷花池里爬出来，说了句“我家里还有事，先下线了”，就突然下线离开了。

季小礼蒙蒙地道：她怎么下了？

奶茶小酥：她说家里有事。

季小礼突然开窍了：徒弟，她是不是输得太惨，觉得丢人才下线的啊？碎烟也真是的，别说她了，我都被你打成猪头了。我早说了，你很厉害，和一般的女孩子不一样，她怎么不相信？

他发自肺腑的夸奖让越见春和按在回车键上的手停住，他眉毛挑了挑，删掉这行字，想了想，敲好字，发送消息。

奶茶小酥：有件事我刚才就注意到了。

老师立正敬礼：啥？

奶茶小酥：女孩子？

老师立正敬礼：嗯？

奶茶小酥：师父，我是男的。

季小礼：“……”

“嗖”的一下把手机扔下床，季小礼脑子蒙了一分钟，等再爬下床拿回手机的时候，他竟然没敢重新进入游戏。

“为什么每次找徒弟，找的都是妖号啊！！！”

中午，季小礼吃了一只香喷喷的烤鸭，下午看了会儿公考书。

他瞪大眼睛，死死地盯着书上的字。这些方块字仿佛突然变成了一个又一个奇怪的符号，他竟然一个也认不得，看不进脑子里。

随便做什么事都行，他就是不敢再上游戏了。

万一徒弟问他为什么突然下游戏了，该怎么办？他又不能直说。

缩进乌龟壳里半天，直到晚上六点，季小礼忽然想出一个绝妙的主意。他雄赳赳气昂昂地打开电脑，进入游戏，噼里啪啦地打字：咳，为师之前是要上飞机了，不能上网，所以就下线了。

等了半天没等到奶茶小酥的回复，季小礼定睛一看。

“……”徒弟压根儿没在线啊！！！

季小礼顿时萎了下来，刚才的气势消失不见。

正郁闷着，邮箱出现新的邮件。

奶茶小酥：上飞机？

季小礼惊恐地睁大眼。

老师立正敬礼：对！就是上飞机！

他心虚极了。

奶茶小酥：哦，时间正好，藏宝活动？

老师立正敬礼：好！

幸好徒弟没再问，不过季小礼这才意识到奶茶小酥现在上线，是因为已经七点钟，到了藏宝活动时间了。好像上午两人做日常任务的时候徒弟说过，晚上要一起做藏宝活动来着。

在坐忘峰等了几分钟，远远地，季小礼看见了奶茶小酥。

白雪皑皑的孤峰上，一个穿着白衣的女峨眉骑着骏马，蹄踏雪溅，一勒缰绳，在季小礼面前停下了。

奶茶小酥下了马，走到季小礼身边。白衣峨眉还是那么窈窕动人，可当季小礼知道徒弟不是女孩子后，看着她……不对，他这番模样，总觉得哪里不自在。

奶茶小酥先说话了：双人的还是单人的？

季小礼愣了下，明白了对方的意思：我滑雪不好……单人的吧，免得我拖累你。

奶茶小酥：带你飞。

季小礼按在键盘上的手停住，愣愣地看着屏幕上的字。

奶茶小酥：拿过滑雪藏宝大赛的第一名吗？

季小礼浑身的细胞都雀跃起来，他没注意到自己这模样有点狗腿。

老师立正敬礼：没有！

奶茶小酥：好，那带你飞。

季小礼浑身的不自在瞬间消失不见，他差点儿下意识地打出“谢谢爸爸带我飞”几个字，在发出去的前一刻赶忙删了。

这就是他徒弟，没毛病！他徒弟就是宇宙第一厉害！

之前季小礼以为奶茶小酥是女孩子，虽然觉得徒弟非常厉害，但没有那种仰慕感。现在他知道徒弟是个男孩子，突然多了种对同性的欣赏和崇拜。

徒弟也太酷了吧，说拿第一就第一，季小礼对他崇拜极了。

藏宝活动是《侠客行》每周三次的全服活动，一共有七种模式，每次模式都是随机的。滑雪大赛、帆船大会、轻功水上漂……这些都是藏宝活动的游戏模式。其中，滑雪大赛和轻功水上漂是最难的两种模式。

《侠客行》游戏上个月才开始公测，今天是第三次随机到滑雪大赛。

玩家从坐忘峰上往下滑雪，路上可以捡到各种各样的宝物。第一名的队伍每人可得到紫色秘籍《玉女心经》，排名越往后，奖励越差。

滑雪考验的是玩家切换游戏视角的速度和对轻功的熟练度，装备再好也用不上。季小礼这种菜鸟，前两次的滑雪大赛都在全服排名的尾巴上，只能得到安慰奖——两块 1 级红宝石。

师徒二人坐上双人雪橇，季小礼还有点担心。

老师立正敬礼：我真的特别菜，比你想象的还菜。要不咱们还是玩单人的？

奶茶小酥：你控制好切换视角，其他交给我。

季小礼摩拳擦掌：好！

电脑屏幕上显示出倒计时数字，季小礼活动手指，按摩每根指节。他握着自己价值 1000 多块的电竞专用鼠标，聚精会神地盯着屏幕，颇有职业选手的风采。

季小礼长得很嫩，电脑的光照在他脸上，看上去只有十七八岁，皮肤又白白的，真有点很少出门的电竞选手的样子。

倒计时结束，一声尖锐的鸟鸣过后，蓝衣剑客和白衣峨眉携手滑下坐忘峰。

才滑出去五米，季小礼就手忙脚乱地移动错了视角，电脑屏幕上的视角由下往上，出现了白衣女峨眉的白色四角底裤。

奶茶小酥：……

季小礼：……

他绝对不是变态！这绝对是个意外！

季小礼本来还想解释一下，又想起来徒弟现在是个汉子。

汉子好啊！汉子的话看一下底裤也没什么嘛，又不是萌妹子。

自从徒弟透露了他是个男人的信息后，季小礼第一次发现了这件事的好处。

很快，季小礼把视角调了回来。

奶茶小酥果然如他自己所说的一样，要带季小礼飞。季小礼的视角几次调得东倒西歪，看不见前面的路，两人的雪橇却依旧稳稳地滑行着。路过一片丛林地带，奶茶小酥突然点击轻功，给雪橇加速。

其他玩家碰到这么多路障，都赶紧减速，他偏偏加速。

这样一来，两人就甩开了大部队。

眼看快到终点，另外两支队伍离自己还有一整个身位的距离，季小礼一个激动，视角又歪到了先前的状态。奶茶小酥的操作有一瞬的僵硬，两人看着近距离贴在整个电脑屏幕上的画面，听着耳边传来寒风呼啸的声音，冲过了终点线。

等到奶茶小酥亲自掌控视角，把视角调到正常画面，季小礼才发现他们赢了。

季小礼：徒弟，你真强，最后那种视角都能掌控方向，没跑偏摔倒。

奶茶小酥：你是不是对这个视角有什么特殊感情？

老师立正敬礼：……

我没有！季小礼义正词严：明明是我菜得真实。徒儿，你可以侮辱为师的智商，但不可以侮辱为师的人品！更何况你还是个男人！

奶茶小酥：……

……从没见过这么菜还菜得这么理直气壮的人。

季小礼认真地为自己辩解：我菜又怎么了？我骄傲了吗？我自豪了吗？我告诉你，徒儿，你还没法调出为师那种视角呢。

奶茶小酥：……

说得好有道理，他竟无法反驳。

奶茶小酥能不能调出季小礼那种变态视角暂且不说，就算他调得出来，他也不会干这么无聊的事。

季小礼得到《玉女心经》，高兴地赶紧放进包裹。

《玉女心经》是可以花钱抽出来的，季小礼就有一本，不过刚得到的这本可以用来升级这个技能，而且这是他和徒弟两个人辛苦获得的奖励，意义不凡。

季小礼有了个主意：徒儿，要不咱们把这本秘籍放到咱们的门派基地，当镇派之宝？

奶茶小酥：……

奶茶小酥：我是谁。

季小礼：你都不知道你是谁，我怎么知道你是谁。

奶茶小酥：我 14000 修为，你接近 14000。我们两个人的镇派之宝，是一本紫色秘籍？

季小礼顿时了悟：徒弟，你这是嫌弃《玉女心经》不够高大上了吗？

蓝衣剑客大手一挥：那等以后，用越见春和的人头当咱们的镇派之宝！

奶茶小酥：……

你神经病啊！！！

师徒二人骑着马从坐忘峰离开，季小礼又变成了话痨，嘴里叨叨个没完。两人在山下分别，奶茶小酥要去打装备，季小礼要去做剧情任务。

峨眉下了白马，长长的白练缠在手腕上，静静地走到蓝衣剑客身旁。

奶茶小酥：接受了？

季小礼一愣：啥？

奶茶小酥：你徒弟是个男人的事实。

白衣峨眉站在雪峰下，身如柔柳，面容淡雅。她的身旁是一个高大英俊的蓝衣剑客，眉眼如刀，双目似星。

季小礼看着电脑屏幕上的两个人，过了一会儿，打字道：徒儿，为师想了想，你这么人傻钱多，除了同样人傻钱多的我，其他人当你师父，肯定会把你骗得连内裤都保不住。

奶茶小酥：……

奶茶小酥：你果然对我的内裤有想法吧。

老师立正敬礼：我没有！！！

季小礼想起一件事：对了，既然你是个男人，为什么要叫奶茶小酥这种名字？

奶茶小酥：买的号，号主取的名字，本来想改，后来因为一些事没改成。

后面的话奶茶小酥没说。

季小礼居然没问，他的脑回路歪到了另外一件事上：你买的号？！那妙手回春不是你抽的了？你花多少钱买的号？难道说，你就是为了妙手回春买的这个号？

奶茶小酥：……

老师立正敬礼：哈哈哈哈哈，一定花了很多钱！孽徒，骗子！原来你根本不是个欧气满满徒弟，你这个假货，就是个涂着白漆的黑鬼！

奶茶小酥：……

他这辈子都不会告诉师父，他花了多少钱买了这个号……这辈子！

《侠客行》新出了一个奇遇系统。

早上刚更新，开服后，季小礼和奶茶小酥做完日常任务，打算试试新的奇遇系统。

老师立正敬礼：我早上看世界说，西凉城的茶馆旁边就有一个奇遇触发点。走，徒儿，咱们去看看。

两人立刻前往茶馆。

奇遇系统，既然是奇遇，触发不触发都看缘分。

走在大街上可能突然触发奇遇，打造装备也可能触发奇遇。

做完奇遇任务会获得额外的银两、宝石，还有可能获得特殊称号。

早上有人在世界上说自己去茶馆做任务时就触发了一个奇遇。季小礼信心十足，已经做好了触发奇遇的准备。然而他和自家徒弟绕着茶馆转了整整十圈。

老师立正敬礼：……

奶茶小酥：……

老师立正敬礼：这不科学！好多人都说在这儿触发奇遇了，这是最好触发的一个奇遇！

奶茶小酥：再试试。

季小礼看着徒弟，突然想到：为师都忘了，徒儿你是个黑鬼啊！

奶茶小酥：？？？

老师立正敬礼：跟你一起找奇遇，为师一个正常人都被你带衰了！

奶茶小酥：……

当初没叛出师门真是他这辈子做得最错的一个决定！

季小礼当然不敢惹徒弟生气，他徒弟可不得了，PK 超凶的，徒弟一个不高兴，开红就能把他杀了。

季小礼安慰道：没事没事，虽然你运气不怎么样，但为师人好啊，还能抛弃你不成？走吧，咱们再到处逛逛。

奶茶小酥：呵呵。

看着屏幕上的“呵呵”二字，季小礼缩了缩脖子。他没说错嘛，要是徒弟不非，干什么要花钱买号？还不是因为自己抽不到？

虽然季小礼自己也抽不到，但徒弟抽不到，就是他的问题！

好师父带着冷酷的徒弟在《侠客行》世界里到处乱逛，他们从西凉城逛到坐忘峰，再从武当逛到峨眉。别说触发奇遇了，连奇遇的毛都没看见。季小礼感到十分心塞，他开始思考徒弟到底有多衰，完全没想过自己也不是个运气很好的人。

两人来到汴京城，路过一家包子铺时，突然触发奇遇。

季小礼大喜过望：奇遇！！！

奶茶小酥的内心毫无波动：嗯，奇遇。

季小礼兴奋地查看起这个奇遇任务来。

奇遇：找到公孙大娘失踪的袜子。

任务内容：公孙大娘早上起来舞剑的时候，太过活泼，甩飞了双脚的袜子，请玩家帮她找回来。

提示：公孙大娘记得她是在妙春堂舞剑时丢的袜子，或许袜子丢到了河里，也可能是房顶。

师徒二人：……

谁想给大妈找袜子啊？！

霍如羿射九日落，矫如群帝骖龙翔。

来如雷霆收震怒，罢如江海凝清光。

季小礼看向眼前一身肥膘、满脸横肉的凶狠大妈，还没将这个悍妇和杜甫诗中的第一舞女联系起来，就见公孙大娘双手叉腰，怒骂起来：看什么看，没见过美女吗！还不赶紧去给我找袜子，找不到袜子，晚上你替我给皇帝舞剑啊？哼，怕了你们了，大不了找到袜子，我免费让你们看一支舞。

老师立正敬礼：……

奶茶小酥：不帮她找了。

徒弟你变了，你已经不是当初那个天真烂漫的徒弟了！

虽然季小礼也不想看辣眼睛的公孙大娘舞剑，可这是他和徒弟的第一个奇遇任务。

季小礼一咬牙：拼了！

两人来到妙春堂，一进门就被这里的美女 NPC 包围。季小礼走到哪儿，美女们就跟到哪儿，手里挥舞香帕，嘴里喊着“客官”。奶茶小酥就没这么幸运了，领头的 NPC 一直色眯眯地跟着她，警告她进了妙春堂就别想跑。

在妙春堂找了十分钟，季小礼终于在草丛里找到一块漆黑的疑似袜子的布料。

老师立正敬礼：徒弟，快来，我好像找到了！

奶茶小酥立即跑过去，女峨眉还没走近，便忽然挥舞白练，缠上季小礼的胳膊。

季小礼一愣，绿色的数字在他头顶浮现——奶茶小酥在给他加血。

季小礼这才发现：怎么我一直在掉血啊？！

道具：公孙大娘的袜子（一只）。

功能：巨臭无比，拿起它会产生中毒效果，每秒掉血百分之一。扔掉袜子可不掉血，但袜子会消失，分布到随机位置。

季小礼惊恐道：妈呀，这怎么办啊！百分比掉血，你再怎么给我奶也没用啊！

还能怎么办？奶茶小酥冷静地做出判断，他一边给季小礼加血，一边迅速地在周围找袜子。

三分钟后，奶茶小酥找到第二只袜子。

事不宜迟，两人一边嗑药，一边奔向包子铺找到公孙大娘。把袜子交给对方后，公孙大娘害羞地捂住脸：哎哟，还真是奴家的袜子。

季小礼和奶茶小酥都不想再待，可奇遇奖励没出来。

公孙大娘说：“奴家从不诓骗人，既然你们找到了我的袜子，我就给你们舞一曲吧。”

老师立正敬礼：……

奶茶小酥：……

公孙大娘将袜子穿上，她站起身，无神的双目瞬间有了光彩。她抬头看向天空，怒喝一声：剑来！

一把青霜长剑从空中落下，被一只纤细如玉的手握住。

刹那间，季小礼听到一道嗡然剑鸣，周围场景变换，两人来到一个漆黑的空间。

明月如银盘，当空悬挂。一个窈窕美艳的女子穿着金红色的胡装，手持长剑，拜月舞动。她出剑如闪电，收剑似龙吟。紫金翠冠在白皙饱满的额边微微垂下几根流苏，金纱掩面，目露英气。

一边舞剑，她一边吟唱着：“昔有佳人公孙氏，一舞剑器动四方。观者如山色沮丧，天地为之久低昂……”

季小礼呆呆地看着屏幕上的美人和剑，当这支剑舞结束，公孙大娘一剑刺入明月，明月被击碎，季小礼和奶茶小酥又回到了人声鼎沸的汴京城，一身横肉的大妈穿着黑漆漆的袜子，扛着一把木头做的长剑，挖着鼻屎走开了。

谁也不知道，拥有这个身影的人曾经是个惊动长安的美人。

系统：昔有佳人公孙氏，一舞剑器动四方。玩家“老师立正敬礼”“奶茶小酥”完成奇遇“找到公孙大娘失踪的袜子”，获得特殊称号“一剑倾城”。

季小礼的邮箱瞬间被塞爆了。

大佬，你是在哪儿触发这个奇遇的？

公孙大娘在哪儿？

季小礼赶紧关闭陌生人的私信。

老师立正敬礼：徒儿，我们红了……

奶茶小酥：我早就红了，师父，现在是你也红了。

一个上午，很多玩家触发了奇遇，可季小礼触发的这个是第一个掉落特殊称号的奇遇。

季小礼也很蒙：好多人问我是怎么触发奇遇的，我哪儿知道啊。我感觉咱们就是随便走走，突然就触发了。

奶茶小酥没说话，仿佛在思考什么。

季小礼感慨道：公孙大娘年轻的时候居然这么好看，早知道她舞剑这么漂亮，我就在电脑上玩游戏了。手机屏幕特别小，根本看不清，我还没录屏。对了，徒弟你录屏了没？

奶茶小酥：不知道。

季小礼愣住：啥？录没录屏还能有不知道的？

奶茶小酥：没什么。

两人又找了一会儿，没触发新的奇遇。

季妈妈敲门："吃饭了。"

季小礼打算挂机，奶茶小酥也说：我也挂一会儿。

师徒二人在常年积雪的坐忘峰上打坐挂机。

季小礼美滋滋地吃了顿大龙虾，刚回到电脑旁，就看见蓝衣剑客和白衣峨眉凄惨地倒在雪地里，身体被大雪埋住了一半。

季小礼大惊，点开邮箱。

系统：您已被玩家"一手好湿"击杀。

季小礼气得半死。挂机被人杀，这比他 PK 被杀让人生气一百倍！季小礼把"一手好湿"列入仇人名单，正准备回复活点，就看见一个血红的名字从屏幕前路过，一刀杀死了坐在周围挂机的新人武当。

是一手好湿！！！

暴发户季小礼毫不犹豫地花 10 块钱原地复活，拔剑就朝那个杀人的幽泉刺客砍去。一手好湿也没想到地上的死人还会诈尸，他被季小礼砍了三分之一血，立即隐身。

季小礼怒急，赶紧找人，幽泉刺客从他身后出现。

华山剑客和幽泉刺客在雪地上激战起来。

一分钟后，季小礼倒地不起，一手好湿还剩四分之一血量。

一手好湿吃了瓶药，绕着季小礼的尸体转了两圈。

［当前频道］一手好湿：差点吓死我，噉，原来是个菜鸟。

一手好湿，幽泉，145 级，修为 12000。

老师立正敬礼，华山，132 级，修为 14000。

虽然幽泉克制华山，但季小礼比一手好湿多了足足 2000 修为，还死得非常干脆。一手好湿一脚踩在季小礼的脸上，又发了句：有钱的菜鸟，你还要复活和我打一架吗？

季小礼刚准备吃转命丹原地复活，看到这话，停住了动作。

这时，系统公告在屏幕上亮起。

系统：昔有佳人公孙氏，一舞剑器动四方。玩家“越见春和”“保护我方肉包”“我就是肉包”“贫僧法号戒色”完成奇遇“找到公孙大娘失踪的袜子”，获得特殊称号“一剑倾城”。

季小礼心里一震。

冷冷的雪花往脸上砸，不远处是小徒弟僵硬的尸体，脸上是仇人恶臭的靴子。和徒弟两个人的特殊称号现在也不再是唯一，获得称号的还是越见春和那个大坏蛋。

季小礼忽然感觉没劲极了，他的技术还是这么菜，徒弟教了这么久，也没洗掉他是个菜鸟的事实。要是奶茶小酥用他的号和一手好湿打，绝对能把一手好湿打成棒槌。

季小礼自暴自弃起来，没了原地复活报仇的心思。

这时，只见不远处，白衣峨眉从地上站起，七彩琉璃光芒在她的周身闪耀——那是吃转命丹原地复活的特效。

一条白练忽然飞起，捆住幽泉刺客的手臂。

[当前频道]奶茶小酥：你踩着我师父的脸了。

季小礼的心脏好像被一只巨大的手用力地抓住，轻轻握了一下，他怔怔地看着白衣峨眉，浑身的血液都沸腾起来。他也不复活，就这么大喊道：徒儿，这个浑蛋还杀了你师父两次！！！

[当前频道]奶茶小酥：……两次？

季小礼："……"

咳，死都不承认第二次是正大光明单挑被杀死的。

[当前频道]老师立正敬礼：反正我们挂机的时候他杀了我们，他还杀了我两次！

[当前频道]奶茶小酥：哦，那他就去死吧。

坐忘峰顶，大雪漫山。

峨眉手腕一动，白练如蛇，将隐身的幽泉刺客击退。

奶茶小酥的预判十分可怕。

幽泉是《侠客行》六大门派中最擅长刺杀的刺客门派，放在MOBA游戏里，相当于爆发高的打野。而且幽泉还会隐身，幽泉隐身攻击，一击致命。不过幽泉的操作难度很高，玩得好的幽泉玩家并不多。

如果说一手好湿是难得的操作不错的幽泉，奶茶小酥就是更难得的血腥奶妈。

峨眉没有幽泉那么擅长PK，但两人相差3000修为，再加上奶茶小酥的操作无比犀利，两分钟后，奶茶小酥轻松弄死一手好湿，穿着一身黑衣的小强刺客惨叫一声，倒地不起。

季小礼早就高兴地吃了转命丹原地复活，给徒弟呐喊助威了。

老师立正敬礼：徒儿，你怎么这么强？！

奶茶小酥：……

想了想，最终他还是没说出那句“是你太弱”。

一手好湿也觉得十分憋屈。

如果他死在季小礼手里，他还能安慰自己，是因为对方修为太高。但死在一个奶妈手里，哪怕这个奶妈修为比他高很多，他也觉得郁闷——他是真的输在操作上了。

［当前频道］一手好湿：开透视挂了吧，隐身你都看得见。

奶茶小酥没回答他，而是踩着他的脸走到季小礼身边。

一手好湿：……

我这暴脾气!

季小礼的心情好多了，他走过去在一手好湿的身上踩了好几遍，为自己刚才被对方踩脸的事情报仇。快走时，一直不吭声的一手好湿突然说话了。

［当前频道］一手好湿：垃圾峨眉，要是修为一样，你能杀了我？还有你师父，真是个菜鸟。

季小礼顿时气炸。

［当前频道］老师立正敬礼：你不也只敢杀挂机的人？

［当前频道］一手好湿：你不挂机不也被我杀了吗？杀你这种菜鸟，跟杀挂机的一样。

气死我了！！！

季小礼很想反驳对方，但他看着一手好湿的话，竟一个字也说不出口。因为对方说得没错。

如果他们三个人是同样的修为，奶茶小酥根本不可能杀了一手好湿，因为峨眉不可能杀了同实力的幽泉。而季小礼也杀不了对方，因为他菜。

季小礼咬牙切齿，一手好湿骂得爽了，化为一道亮光飞去复活点了。

等人跑了，季小礼才意识到不对：等等，他修为低是他自己的事，我们为什么要和他公平 PK？一手好湿自己杀挂机玩家，也没给别人公平 PK 的机会啊。

老师立正敬礼：这个浑蛋，有机会我一定要骂哭他！

奶茶小酥：你骂得过他吗？

老师立正敬礼：……

从小到大很少骂人的季小礼哑口无言。

奶茶小酥：你杀得了他吗？

老师立正敬礼：……

老师立正敬礼：不是，徒儿，你为什么长敌人志气，灭自己威风？

奶茶小酥：你要清楚你的优势在哪里。

季小礼：？？？

他还有优势？

白衣峨眉绕着季小礼转了一圈，非常认真地打下几个字：你人傻钱多。

老师立正敬礼：……

五分钟后，血衣楼的杀手行当频道里，突然弹出几条消息，有人惊呼。

[行当频道]拈花一笑：有大佬悬赏 444 元人民币，杀一个叫“一手好湿”的幽泉！

[行当频道]阿弥陀佛：444 元人民币？这个一手好湿多少修为？

放着我来！

无数杀手兴奋地冲向龙门客栈，查看起最新的悬赏榜来。

咦，他居然也是血衣楼的杀手？就 12000 修为！

是谁手那么快，这个悬赏已经被接了！

……悬赏这就完成了？这个一手好湿也太菜了吧。

啊！老板又悬赏一手好湿了！！！

每个玩家一天可以被悬赏三次，短短五分钟内，一手好湿就死了两次。他操作还算不错，但是修为、装备在那里。444 元人民币的诱惑力，足以让许多 15000 修为的玩家接悬赏，要他的狗命。

每次一手好湿被人杀害，季小礼都会收到系统邮件，告诉他一手好湿被人杀害的地点。季小礼立刻带着徒弟前去，观摩一手好湿的墓碑，顺便在上面踩几脚泄愤。

第三次悬赏被人接下后，一手好湿不知道躲到哪里去了，悬赏一直没被完成。

季小礼耐心地等着，奶茶小酥忽然说话了。

奶茶小酥：我录屏了。

季小礼一愣：啥？

奶茶小酥：公孙大娘的剑舞。

季小礼下意识地想到：既然录屏了，上次我问的时候徒弟干吗不说？

但是这个问题只在季小礼的脑袋里待了一会儿，他压根儿没细想，就兴奋地说：真的？是用电脑录屏的吗？

奶茶小酥：嗯。发给你。加我微信。

季小礼想也没想，就把自己的微信号打了出来，正要按“发送键”，他的动作突然停住。加奶茶小酥的微信?

季小礼愣神了几秒，这时，奶茶小酥已经把自己的微信号发了过来。

季小礼回过神。没毛病啊，徒弟又不是萌妹子，加个微信还能少块肉不成?

季小礼打开微信，输入那几个数字。一个浅黄色的头像出现在手机屏幕上。

那是一个小桶一样的机器人，他举着两条细细的胳膊，朝着街道的尽头、迎着灿烂的阳光向前跑去，留给世界一个背影。这街道带着一种欧美的田园风，不像在国内，那小机器人也长得非常奇特，头像图片的尺寸太小，季小礼只能看到一个圆乎乎的大脑袋。

奶茶小酥的微信名是Cyril。

西里尔。

个人签名：To be continued。

季小礼看着那个小机器人，愣了一会儿。接着他点击好友申请，输入申请信息：你人傻钱多的师父。

奶茶小酥很快通过，然后发过一个视频文件。

季小礼立即接收。

文件很大，有三百多兆，季小礼回信息过去。

香烤可达鸭：徒弟，你头像是啥?自己拍的吗?

Cyril：嗯。

徒弟好像话蛮少的，和游戏里一样。季小礼默默想道。

他又道：那个是机器人吗?

Cyril：是。

香烤可达鸭：真是啊？你自己做的？

季小礼就随口一问，没想到奶茶小酥居然回答：嗯，自己做的。

季小礼瞪大眼睛。

香烤可达鸭：给大佬跪了！！！

Cyril：你不是这辈子都不会给我跪的吗？

香烤可达鸭：？？？

啥玩意儿？

Cyril：平身。

季小礼一脸蒙地“被平身”。

两人又说了一会儿，基本上是季小礼叨叨叨，奶茶小酥应上几句。看出徒弟似乎在忙，季小礼没再打扰他。

传好视频，季小礼赶紧点开观看。

美艳动人的姑娘挥舞长剑，跳着一曲美艳绝伦的剑舞。

背景音乐是密集的鼓声和铮铮的琵琶，当看到公孙大娘一剑劈碎明月，仿若劈碎整个瑰丽的青春时，季小礼长舒一口气，再次被震撼了。

他再打开游戏，正好看到几条喇叭闪过。

一手好湿：呵呵，老师立正敬礼，菜鸟，匿名就以为我不知道是你了吗？有本事就自个儿来杀我。多2000修为都被我砍死，菜鸟你除了有钱，还有什么？

一手好湿：菜鸟怕了吗？

一手好湿：菜鸟，我比你低2000修为，都能再弄死你一遍，信不信？

季小礼冷哼一声，发了一条喇叭回击。

老师立正敬礼：我就是钱多，你不服咬我啊。

世界上立刻沸腾了。

难道这就是悬赏444元人民币的那个老板?

给老板跪了！我也想有很多钱！

然后季小礼和一手好湿开始在游戏里发喇叭互相攻击。

一手好湿：哟，出来了，你那个小徒弟呢？这么害怕，怎么不躲在你小徒弟的屁股后头了？菜鸟，行，你有钱，你是老板，但你这种垃圾，有钱也没用，你也就只有钱了。除了钱，你就是个菜鸟。

老师立正敬礼：你不是嫉妒了吧？

季小礼憋了半天，居然就憋出这句话，他都被自己蠢到了，可是又骂不出口。

一手好湿：嫉妒？哦，老师立正敬礼，一个有钱的菜鸟，真了不起，哈哈哈。

季小礼气得咬牙切齿，正要再说话，只见一个喇叭出现在头顶。

奶茶小酥：除了有钱，他还能砍死你。而你，连钱也没有。

这时，微信突然亮了起来。季小礼点开一看，是一条语音消息，紧接着又来一条。

“傻不傻，和他浪费时间。”

“我带你变强。”

每一个字从手机的音孔里传出，都带着那种微弱的电流声。这么贵的手机很好地传递出了这声音的原声，仿佛清风拂过明月，低柔中带着一丝属于年轻人的清爽，“嗡”的一声，让房间里嘈杂的空调声都变得安静了。

季小礼从来没有听过这么有磁性的声音，居然还有点好听，不愧是超级厉害的徒弟，他握着手机的手僵住，直到手机落在地上发出“咔嗒”一声。

季小礼猛地回神，捡起手机，发现没摔坏。

他没忍住，又点开这条语音消息听了一遍。

“我带你变强。”

徒弟的声音，好像……有点暖心。

第四章

风云人物

六朝古都，十里秦淮。

白衣峨眉骑着高头骏马，在金陵城秦淮河上的一艘画舫旁停下。季小礼跟随在奶茶小酥的身后，见徒弟下了马，他也赶紧下来。两人站在码头上，此时天还没黑，秦淮河上只有十几艘画舫安安静静地停在岸边。

《侠客行》的NPC设定十分智能，白天，秦淮河的歌女NPC不会出现，她们在画舫里“睡觉”，到了晚上，这里就会变得歌舞升平。

季小礼不知道徒弟带他来这儿要怎么变强。

他看着徒弟高冷孤傲的背影，问出了一个不大明白的问题。

老师立正敬礼：徒儿，你之前不是说，要我发挥自己的优势？咱们不能扬长避短吗？怎么这才过了半天，你就变卦了？

奶茶小酥：你的优势是什么？

季小礼理直气壮，十分自豪：我人傻钱多！

奶茶小酥定定地看着他。

游戏里，白衣峨眉脸上没什么表情，季小礼却被她看得不好意思起来。

正要说话，就见白衣峨眉认真地发出了一句话：这只是你其中的一个优势，你最大的优势……是我。

季小礼顿住。

清凉的风拂过波光粼粼的秦淮河，吹起峨眉的白纱长裙和华山腰间宝剑的剑穗。

《侠客行》游戏里，除了越见春和和那个欧气爆表的别区女峨眉，其他所有玩家的衣服都不可能独一无二，但季小礼看着奶茶小酥，却觉得自己的徒弟和别人全然不同。

这件白纱长裙是峨眉的门派金装，白纱似雾，点点金光围绕其周身，如梦如仙。很多高等级峨眉都喜欢穿这件裙子，峨眉大师姐北苑穿的也是这身。

可那些人都不是他徒弟。

季小礼认真地看着，思考力不太足的脑子想了半天，憋出了一句话。

老师立正敬礼：徒儿，你真是酷毙了！

奶茶小酥：……

季小礼还非常得意：今天也是膜拜霸道总裁徒弟的一天！

接下来奶茶小酥没再搭理过季小礼，季小礼一个人叨叨半天，叨叨得非常欢乐。

过了五分钟，一匹黑色骏马顺着桥一路走来，径直停在了季小礼和奶茶小酥面前。骑着马的人下了马，冷酷地看了师徒二人一眼，双臂抱胸，站着不动了。

来人是个蒙着面的幽泉刺客，他穿着一身黑色小强装，把自己裹得严严实实，只露出一双眼睛，亲妈来都不见得认得出。这玩家捏脸的时候还特意选择了“疤痕”文身，只见一条酷酷的闪电形刀疤横在他的右眼上，增加了几分杀手气质。

季小礼抬头看向这人的头顶。

[当前频道]老师立正敬礼：杨老板？？？

杨修，等级149级，修为16500。《侠客行》一区血衣楼杀手排行榜第一名，也是幽泉大师兄。

六大门派中，修为最高的是华山大师兄“越见春和”，他今天早上已经19000修为了。其次是武当大师兄“玉星舟”，修为17500。接着是少林大师兄“贫僧法号戒色”，峨眉大师姐“北苑”，天山大师姐“红烧乳鸽”……最后才是幽泉大师兄“杨修”。

杨修这个修为，放在华山排行榜里连第二都算不上，只能是第三，可没一个人敢小瞧他。幽泉这个职业，拥有越级杀人的能力。他们一旦隐身，爆发极高。杨修也是玩家公认的、除贫僧法号戒色外，最可能单杀越见春和的玩家。

季小礼没想到会见到杨老板，感慨了一句。

[当前频道]杨修：哼。

季小礼：……

什么毛病？

[当前频道]奶茶小酥：他不会打幽泉，你教他华山怎么打幽泉。

[当前频道]杨修：没空。

[当前频道]奶茶小酥：你有空。

[当前频道]杨修：没空！

[当前频道]奶茶小酥：我说，你有空。

就在季小礼以为他们会这么不断地把聊天进行下去的时候，不知怎么的，杨修沉默了半分钟，再说话时，已经改了：怎么教？我不会。

季小礼："……"

老板你这么没原则的吗？！

杨修虽然是一副不情不愿的样子，但他既然说了要教季小礼，就真的教了。虽然他的装备等级比季小礼好很多，幽泉的爆发也高，但血防却低。他一边演示技能，一边打字告诉季小礼幽泉的八个技能分别是什么，有什么效果，该怎么防备。

有的时候打字太多，技能效果都没了，杨修还没打完字。

奶茶小酥：你开队伍语音。

杨老板瞬间炸了：我不！！！

奶茶小酥：开语音，不然打字太慢，没效果。

杨修：我死都不！！！

奶茶小酥压根儿没理他。他组了一个队，将杨修加进来，直接按了队伍语音。杨老板立即按了拒绝，奶茶小酥又发起了一次队伍语音，杨老板正要再按拒绝，奶茶小酥在队伍频道里淡淡地说：拒绝？

杨修：……

"哇"的一下哭出声！

季小礼在一旁吃瓜吃得美滋滋的。

他私信询问自家徒弟：徒儿，你和杨老板怎么认识的？看上去你俩很熟嘛。

奶茶小酥：以前就认识了，家里熟。

季小礼：他为什么不肯开语音？不方便？

季小礼正等着奶茶小酥的回答呢，耳机里忽然传出一道还没完全变声、微微公鸭嗓的少年音：“你们师徒两个，欺负人！”

他把“师”说成了“sī”，把“负”念成了“hù”

“……”过了片刻，季小礼问，“杨老板，福建人？”

“福建你妹，你说谁呢！”

好嘛，“hú 建人”，还能“suō seí”？

哦，一个奓毛的福建人。

开了语音后，PK 教学方便很多。

有一个高级幽泉指导 PK 技术，季小礼对幽泉的技能了解许多，下次再碰到一手好湿的话，至少不会被对方吊打了。

但这样还不够，还不到赢了对方的程度。

“我有点事，先下，你们继续。”

徒弟的声音太好听，以至于季小礼突然忘了开盾，一下子被杨老板打掉大半管血，差点当场暴毙。

等奶茶小酥走了，季小礼和杨修大眼瞪小眼。

监工一走，杨老板立刻想偷懒溜走。

季小礼看出了他的意图，并没有阻止的意思，毕竟是个学生，还是应该好好学习的。

两人完全没说话，光是在游戏里用游戏人物进行眼神交汇，就明白了对方的意思。

正在两人暗搓搓地想着“谁先跑谁就承担责任”的时候，一条喇叭滑过两人的头顶。

队伍频道里，两人忽然一齐打出两个问号。

北苑：今晚我成亲，杭州西湖，欢迎参加。

世界有人看热闹地问话。

拈花一笑：妈呀，北苑老板成亲了？新郎是谁啊？该不会是越老板吧？

喇叭上瞬间跟了一条消息。

借天一刀：我。

季小礼双眼一亮，察觉到了瓜的芳香。

队伍频道里，杨老板操着一口不太流畅的普通话，奇怪道：“北苑要和刀狗成亲啊，真麻烦。”

季小礼：“刀狗？”

杨修：“借天一刀啊。你不是华山吗？认识你们华山大师兄越见春和，就不认识二师兄借天一刀了？”

季小礼赶紧道：“到底咋回事。我还以为北苑是越见春和的前女友，敢情完全没关系？”

季小礼握紧手机，语气带着故作镇定，又有点偷偷摸摸的意思，他问道：“哎，对，你和越见春和认识？那……你知道他练小号的事吗？”

杨修忽然觉得有点奇怪，他不知道，那他站在这里是干什么的？

杨修：“当然知道啊。怎么啦？”

季小礼：“……”

怎么了？

还怎么了？

果然是你，越见春和！你这个龟孙儿！！！

奶茶小酥不在，季小礼和杨修尬聊了几句，两人就默契地离开了秦淮河畔，结束了这场尴尬的 PK 教学。

季小礼心想：是你先退出队伍的！

杨修心想：是你先传送离开秦淮河地图的！

两人背道而驰，离开金陵城的一刻，不约而同地想道——

徒弟要是问起这件事，就说是那个家伙先走的！

春和要是问起这件事，就说是那个家伙先走的！

下午，季小礼陪季妈妈去商城逛街。

暑假期间，苏州东方之门旁的商城里挤满了各地来的游客。季妈妈在成为暴发户后，和很多中年妇女一样，特别喜欢买金项链、金戒指、金手镯。越粗越好，越大越好，怎么富贵怎么来。

手腕上戴着一串大金手镯，穿着苏绣的大红旗袍，季妈妈带儿子走出一家金店。

季小礼拎着大袋、小袋，不敢有怨言。眼看自家妈妈又要进一家金店，季小礼赶紧道："哎，妈，咱们今天已经买了好多了，给我爸买点衣服吧。"

季妈妈神秘兮兮地往周围看了几眼，凑到儿子耳边："小礼，这你就不懂了，你以为妈妈买这些是为了戴吗？是为了保值啊！以后等咱们家道中落，你还可以卖掉这些换钱。金子最值钱了懂不，可比那个什么钻石值钱多了。"

季小礼："……"

"妈！咱们为什么会家道中落啊？"

季妈妈一愣："对哦，为什么会家道中落？"

季妈妈一时间没想出原因，发现自己这么未雨绸缪好像真有点莫名其妙。难道她只是单纯地喜欢买好看的金子，所以给自己找了个理由？

干脆不想了，季妈妈看着儿子道：“那给你买衣服去。刚才看到好多运动店，儿子你喜欢阿迪达斯还是耐克啊？”

母子二人又买衣服去了。

逛到傍晚，季妈妈在商城里碰到了自己的高中同学。两人好几年没见，这一见面，立即找家咖啡馆坐了下来。那阿姨的眼睛在季小礼的身上打转：“你儿子啊？多大啦？小伙子真帅。”

季妈妈：“哪有，长得可丑了，学习还不好。不像你家孩子，听说在复旦上学呢吧？”

“别胡说，你看小礼多懂事，还帮妈妈拎东西。现在不是暑假嘛，我家那丫头就在隔壁写字楼实习呢，我这也是在等她下班。”

季妈妈：“啊，你女儿就在旁边上班？那不是马上就要下班了？”

话音刚落，季妈妈和老同学的视线齐刷刷转向季小礼。

季小礼浑身汗毛一竖，全身上下所有和智商有关无关的细胞全部动了起来，毛骨悚然间竟然明白了两个中年妇女的眼神。

“妈！我想起来晚上和朋友约好了打游戏，先回家啦！我自己坐地铁回家，让李叔送您回去！”

那阿姨一听到“打游戏”三个字，期待的眼神稍微暗了暗。季妈妈在心底骂了儿子一句不懂事，嘴上却说：“你自个儿路上小心，慢点儿走！”

季小礼惊魂未定地回到家，发了条朋友圈，文字是：“妈呀，差点儿被相亲……”

配图是一张抱着脑袋的可达鸭，旁边写着：脑瓜疼、脑瓜疼、脑瓜疼……

吃过晚饭，季小礼登上游戏，立刻收到奶茶小酥的私信。

奶茶小酥：过来。

季小礼进入队伍，点击跟随。蓝衣剑客骑上大宝马，自动寻路，寻找奶茶小酥。等找到人，季小礼才发现，徒弟竟然在杭州西湖旁的断桥上。

岸芳春色晓，水影夕阳微。

白衣峨眉临桥而站，绝世独立。西湖上传来船家女朴素清亮的歌声，奶茶小酥站在断桥上，这场面有些眼熟。季小礼瞬间想到今天中午，徒弟好像也是这么站在金陵秦淮河边，和自己大眼瞪小眼的。

等等，该不会……

下一秒，一匹黑色骏马从远处驶来。一身黑色小强装的杨修刚落地，指着季小礼就道：是你师父先不想学的，不是我偷懒不想教！

季小礼："……"

血口喷人！！！

老师立正敬礼：徒儿，别听他胡说，明明是他先退出队伍想走人的！

杨修：你先离开秦淮河的！

老师立正敬礼：那是因为我去汴京，我的传送NPC比你近！！！

杨修：就是你，就是你！

两人眼看就要打起嘴仗来，奶茶小酥开口了："学得怎么样了？"

……原来不是来兴师问罪的？

季小礼和杨老板都松了口气。

季小礼：还行……

杨老板：我觉得打我一定打不过，但是打操作水平比我差的幽泉，肯定没问题。

季小礼不敢置信地看向杨老板：你对我哪儿来的信心？

看两人一直在吵，奶茶小酥表达了自己的意见，非常简单，打一架。

季小礼惴惴不安地向杨修发起切磋申请，杨老板也满头大汗，想着怎么才能在奶茶小酥看不出的情况下，适当地给季小礼放水。想了半天他觉得，随便了！反正怎么也不可能瞒得过他。

三人并没有发现，天色渐暗，华灯初上。

往常人流稀少的西湖湖畔站满了玩家，断桥上也渐渐出现了许多人。

桨声灯影中，有人放起了烟花。

价值 128 元人民币的烟花“砰”的一声，飞上天空。

漆黑的夜空中，人民币绽放成千万颗星星，将半个杭州城照亮。

季小礼刚和杨修确定切磋，就有人放烟花，两人都愣住了。奶茶小酥也感到十分奇怪，没明白这是在干什么。

还是杨老板先想起来：我想起来了，今天晚上北苑和刀狗在西湖成亲啊！

季小礼也想起了这件事。

奶茶小酥没什么反应，下午世界上讨论这件事时，他正好下线了。

他对这件事毫无兴趣，他唯一有兴趣的是——

奶茶小酥：开始 PK。

老师立正敬礼：……

杨修：……

西子湖上，烟火如日。

无数玩家兴奋地跑过来看热闹，一个蓝衣剑客和一个黑衣幽泉，在断桥上大打出手。

别人在看烟花，他们在打架。这怎么看怎么像是来砸场子的。

［当前频道］拈花一笑：哎，那两个切磋的玩家里，有一个是杨老板啊！

［当前频道］舔狗倾尽所有：杨老板怎么跑到这儿和人 PK 了？该不会是来砸北苑老板的场子的吧？他和越老板是好朋友。

［当前频道］拈花一笑：他还和刀老板是死敌呢！

借天一刀和北苑自然也发现了杨修的身影。

所有人都在看烟花，就你们在打架，瞎子都能看出不对。

［私聊频道］借天一刀：呵呵，找碴儿？

［私聊频道］北苑：杨修，你来做什么？

杨修忽然隐身，藏匿到虚无中。季小礼按照他的教学，赶忙给自己开了个盾。可惜杨修伤害太高，他现出身形的那一刻，季小礼虽然立刻开盾躲避，还是被他一刀带走了。

杨修杀完人，才有时间看私信。

他对借天一刀说：呵呵，我找你碴儿，还会让你知道？

然后对北苑说：关你什么事？

季小礼从地上爬起来，奶茶小酥给两人加好血，然后走过来：有挺多缺陷，不过打那个幽泉够了。杨修装备太好，所以你没有还手之力，打那个幽泉，你应该能杀了他。

这时，烟花也放完了。

借天一刀给北苑刷了九十九个价值 128 的烟花，北苑回刷了九十九个价值 68 的烟花。

一对新人穿着红色的时装当作礼服，骑马离开了西湖。

就在他们从断桥上走过时，奶茶小酥正在指导季小礼一些 PK 的弱点。

他对幽泉的 PK 技巧没那么熟悉，但华山的技巧他却熟记于心。

季小礼拿出小本本，把徒弟的话记下来。

随着北苑和借天一刀的离开，西湖边上的玩家也跟着他们去了金陵城喝喜酒。

杨修私聊越见春和，把借天一刀和北苑私聊自己的事告诉对方，只换来越见春和一句话。

越见春和：你还没拉黑他们？

杨修：……

我去，对啊，我为什么不拉黑他们？！

来自福建的中二少年立刻将两人拉黑。

或许是因为解决了一件糟心事，杨修心情不错，居然还有余力对季小礼开某个人的玩笑：哎，小师父，你有没有发现我们一区是整个《侠客行》里八卦最少的区？

季小礼一愣：有吗？

杨修：怎么没有？你自己去贴吧、论坛看看，哪个大区不是三天两头出“818”。就连十八线小区都能在论坛扒出一个热贴。就我们一区，啥都没有！

季小礼去论坛搜了一下，发现果然和杨修说的一样。

老师立正敬礼：这是为什么啊？咱们区可是《侠客行》最大的区，连平均修为都比其他区高了一大截。

杨修：为什么？因为某位越老板呗。

打完这行字，杨修偷偷地看了眼奶茶小酥的人物角色，发现对方没动静后，他继续打字：因为某位越老板一心关注修为，他带得咱们整个区所有玩家脑子里就两个字——修为！

修为！修为！修为！峨眉大师姐表白失败，放到哪个区不是个天大的八卦，就越见春和这个浑蛋，整天清心寡欲，不搞对象，不骗小姑娘，这么大的八卦都没闹起来！他就不能出个绯闻吗？

奶茶小酥对季小礼说：走，你还差点装备。

杨修吓了一跳：那……没事我走了啊！

说完，幽泉大师兄上马逃跑。

季小礼等人走了后，才对徒弟说：哼！不骗小姑娘？

越见春和一愣，就算是他，一时间都没反应过来季小礼在说谁。

老师立正敬礼：还清心寡欲！越见春和那个渣男，他确实不骗小姑娘，但是他会装小姑娘骗人！！！

越老板呼吸一顿，以为自己的身份被识破了。

老师立正敬礼：徒儿，你可要擦亮眼睛，别和杨老板一样认错人！

越见春和回过神，发现自己的马甲还捂得好好的。

看着自家小师父气鼓鼓的样子，他勾了勾嘴角，淡定地打字：他骗谁了？

季小礼差点脱口而出“他骗我了”，但是他还不至于那么随便就把自己的糗事说出去，在最后关头反应过来，把这句话删掉了。

黑历史是必须瞒着的，连徒弟都不能说，要是徒弟知道了，他这个师父的脸还往哪儿搁？

虽然现在他好像也没什么作为师父的威严……

季小礼憋了半天，道：反正他装小姑娘骗人了，心眼贼坏。等等，徒儿，你可别和我说，你和越见春和那个渣男也认识？

奶茶小酥认识杨老板，说不定就认识越见春和了呢。

季小礼怀疑起来，然而还没怀疑出什么头绪，奶茶小酥突然说：你有大号？

季小礼一惊，赶忙打字问：你怎么知道？！

奶茶小酥：现在知道了。

季小礼：……

季小礼想大义灭亲，把奶茶小酥逐出师门，哪有这样坑师父的徒弟？！

奶茶小酥解释道：我刚拜师的时候，你才60级，这个号应该才玩了没几天。虽然……你都不知道金装可以自己打造，但如果和越见春和有矛盾，应该是在其他号上。这只是一个小号。

徒弟神机妙算，猜得一字不差。

季小礼打马虎眼：徒儿，你说我现在的PK水平怎么样？

转移话题的方式十分蹩脚，毫不圆滑。

奶茶小酥沉默了片刻，似乎也被季小礼的智障气息震撼到了。但他没有拆穿自家师父，而是打字道：中等偏上。

啊，就中等偏上？

奶茶小酥：现在服务器的最高等级是149级，所有人都卡在149级。你135级，要算进130~149级的竞技排行榜上。你的修为在同等级不错，但是在华山排行榜只能排第六十二名，比你高的人有很多。

徒弟说了一大堆，季小礼没反应过来：啥？

奶茶小酥：所以如果你现在去打竞技场，最多打到前一百名，不可能再升了。

季小礼点开竞技排行榜，直接忽视了排在第一位、积分远超第二名的越见春和，一直拉到第一百位。当他点开这个女峨眉的资料，发现对方 149 级、修为比自己还高 200 时，季小礼感动道：徒弟！你是觉得我能打过她？

奶茶小酥理所当然：嗯。

季小礼还没感动一秒。

奶茶小酥：毕竟你是擅长 PK 的华山。

季小礼：……

再次考虑一下把徒弟逐出师门还来不来得及？

自家徒弟实在太过优秀，季小礼有点发愁。他玩游戏并不差钱，虽然不可能像越见春和那样，随随便便花个几百万，但是这个号也花了他不少心血，半个月下来也有十几万了。如今季小礼到达了一个瓶颈期。

提升等级需要时间，等级提升了，修为自己会升，装备也可以再升级。

但除此以外，他无法再提高自己的实力。

仿佛听到了季小礼的心里话，奶茶小酥道：你现在还有一个需要提升的地方，这是你最后可以提升修为的机会。

季小礼一惊：啥？你是说高级技能？

高级技能需要花钱抽奖抽出来，季小礼不是个特别幸运的人，他很可能像越见春和那样，80 万都抽不出一个好用的技能。

奶茶小酥：不是。

老师立正敬礼：那是啥？

奶茶小酥：帮派秘籍。

西湖岸边，杨柳依依。

不知何时，天光乍亮。白衣峨眉和蓝衣剑客骑着高头骏马，沿着河岸边行走。

奶茶小酥：提升修为的主要方式，是等级、装备和秘籍。等级无法控制；装备你已经做得差不多了，宝石全部强化到了10级；技能的话，也拥有一个金色技能和两个紫色技能。技能这种事不能强求，《侠客行》每个区每天掉落金色技能的数量是小于一的。

季小礼点点头：也就是说，一整天下来，咱们区都不一定会出一个金色技能。

奶茶小酥：准确地说，平均掉率大概是十天一个。

季小礼："……"这哪儿是小于一，这根本就是十分之一吧！

奶茶小酥：好点的金色技能，肯定会被越见春和、玉星舟、借天一刀几个人收走。其他一般的金色技能，你如果想要，可以发喇叭每天收一收。你现在能做的，就是提升秘籍。

奶茶小酥：个人秘籍你已经提升了很多，但是帮派秘籍……你并没有加过任何一个帮派。

老师立正敬礼：对。

奶茶小酥：大号也没加过任何一个帮派。

老师立正敬礼：你怎么连这都知道？

他徒弟该不会是个神算子吧？！

奶茶小酥：……因为你连帮派秘籍是什么都不知道。

老师立正敬礼：……

滚。

接下来奶茶小酥以徒弟的身份，给身为老师的季小礼进行了科普。

加入帮派，自然有加入帮派的好处。最显而易见的，就是可以学习帮派秘籍。

季小礼和奶茶小酥目前都没有加过帮派，是独行侠。两人一旦加入帮派，学习了帮派秘籍，实力立刻会有很大的进步。

奶茶小酥：不要加入小帮派。

季小礼刚想说“我们可以随便加一个帮派”，就被奶茶小酥堵住了话头。

奶茶小酥：小帮派没有足够的帮派秘籍。首先，找一个大的帮派，从帮派排行榜前十里找一个。最好的选择是帝阁和刀剑笑。这两个帮派是一区最强的帮派，帮派秘籍肯定是全的。其次，他们的成员很多都学完了帮派秘籍，不会和你抢着买秘籍。

季小礼惊道：还要抢？

奶茶小酥：……

等了半天，没等到徒弟的回话。

季小礼：徒弟？

奶茶小酥：傻不傻……

看着电脑屏幕上的三个字，季小礼的耳边突然回响起微信上，对方发过来的那两段录音。宛若清泉撞击山石，如果这三个字是语音，那么此时此刻，奶茶小酥的声音一定是无奈又带着一丝笑意的。

总而言之，好听极了。

奶茶小酥：加一个帮派，加完你就知道帮派秘籍是怎么回事了。从我之前提到的两个里面选择一个。

季小礼的目光放在一区排在前两名的两大帮派上。

第二名，刀剑笑。

这个不行！这是借天一刀的帮派，北苑也在里面。季小礼不想和他们扯上关系。

第一名，帝阁……

老师立正敬礼：就不能有第三个选择吗？徒儿……

奶茶小酥：第三名的帮派和前两名差很多，你去那儿不可能抢到帮派秘籍。

老师立正敬礼：可是我不想去帝阁啊，越见春和，咱们门派的头号死敌就在那儿！

奶茶小酥骑着马突然停下，身后是潋滟的西湖水。

白衣峨眉翻身下马，云淡风轻地问道：为什么不去刀剑笑？

蓝衣剑客发来三个问号，接着理直气壮地反问：为什么要去刀剑笑？

奶茶小酥：你讨厌越见春和。刀剑笑和帝阁是敌对帮派，借天一刀本人也非常讨厌越见春和。

季小礼也下了马：我讨厌越见春和，和借天一刀有什么关系？而且，那个北苑翻脸比翻书还快，上周还对越见春和死心塌地，非君不嫁，这周就嫁了别人。这都什么人啊，难怪越见春和不喜欢她。

奶茶小酥：原来如此……

老师立正敬礼：什么原来如此？

奶茶小酥：原来越见春和不喜欢她，是因为这个。

季小礼一头雾水：徒弟这是怎么得出来的结论啊。

奶茶小酥：帮派的事不急。就算你现在没有帮派秘籍，杀个 12000 修为的幽泉还是易如反掌的。

老师立正敬礼：？？？

师徒二人由奶茶小酥带队，骑马来到了西凉城龙门客栈。

只见奶茶小酥走到悬赏榜前，向 NPC 买了一块悬赏令，接着发布了一道悬赏。季小礼点开一看。

悬赏对象：一手好湿（幽泉）。

悬赏金额：100 两白银。

老师立正敬礼：徒儿，你就悬赏 100 两？这点儿钱哪能体现出咱们师徒俩的风范？！

季小礼刚把这句话发出去，只见奶茶小酥突然自己接下了悬赏。季小礼这才发现，徒弟的职业不知什么时候从“汴京商人”变成了“血衣楼杀手”。

《侠客行》中，玩家一旦选择行当，十二小时内不可更改。

奶茶小酥一直是商人，如果想成为血衣楼的杀手，他至少需要提前十二小时退出行当。也就是说，从今天早上一手好湿挑衅季小礼的那一刻起，他就退出行当，准备好了成为杀手。

只有成为杀手，才能通过系统定位，找到被悬赏者的位置。

季小礼怔怔地看着屏幕里的白衣峨眉，只见对方白练飞舞，轻巧敏捷地上了马。

奶茶小酥：走吧，找到他了。

季小礼呆呆地看着屏幕，过了一会儿才反应过来。

他并没有发现，自己居然高兴得眼睛都笑眯了。

老师立正敬礼：好！

寻仇的路上，季小礼兴奋得不像是去报仇的。

他乐颠颠地跟着穿着一身白衣的徒弟来到长城嘉峪关，很快找到一手好湿。

蒙着面的幽泉刺客看到师徒二人撒腿就跑。奶茶小酥挥舞白练，打断了一手好湿传送回城的进度。

[当前频道]一手好湿：干什么，两个修为14000的，合起伙来欺负我一个？哼，杀就杀呗，赶紧的，杀完我还要去参加藏宝活动呢。

[当前频道]老师立正敬礼：你杀挂机号的时候，怎么不觉得自己在欺负人啊？

季小礼不服气极了，就想撸起袖子和一手好湿吵一架。

[当前频道]奶茶小酥：不是合起伙来打你一个，他自己和你打。如果你赢了，我们的事一笔勾销，从此以后我们再也不找你的麻烦。如果你输了，你发三个喇叭，叫他爸爸。

[当前频道]一手好湿：你神经病啊，凭什么我输了就要叫这个菜鸟爸爸，你们输了就什么事没有啊？

[当前频道]老师立正敬礼：你说谁菜呢？

[当前频道]奶茶小酥：你赢了，我们叫你爸爸。你输了，你叫他爸爸。

季小礼顿时急了，他私信徒弟：徒儿，你干什么啊，为什么要给这种人好脸色看？大不了我以后每天花500块钱悬赏他，咱们不报仇了。你说的，咱们的优势是人傻钱多！

奶茶小酥：……

奶茶小酥：你不是想亲手报仇、证明给他看吗？

老师立正敬礼：但我叫他爸爸就算了，你怎么可以叫他爸爸啊！

奶茶小酥忽然默住，没有回复。

季小礼正要打字再劝徒弟，只见对方发来私信。

奶茶小酥：我有说过，他输了，发完喇叭，我就不找他麻烦吗？

季小礼一愣，仔细看奶茶小酥发的话。

一手好湿赢了，双方一笔勾销。

一手好湿输了，他要叫季小礼三声爸爸……奶茶小酥还没说放过他！

小徒弟，你这心肠有点坏啊！

季小礼立刻乐起来。

很快，他乐极生悲，手心冒汗：我真的能赢他吗？徒儿……

［当前频道］一手好湿：哟，这可是你们说的，单挑的话我还能怕这个菜鸟？

一手好湿虽然有点怀疑，但这才过去不到一天，他死都不信早上那个菜鸟，一个白天就能变成高手。

［当前频道］奶茶小酥：我说的。

奶茶小酥私聊季小礼：如果你赢了他，我可以告诉你一个我的秘密。如果你输给他……你得告诉我，你和越见春和有什么仇。

巍峨群山，长城嘉峪关。

蓝衣剑客手持长剑，黑衣刺客暗藏短刃。季小礼和一手好湿远远相望，二人一言不发，颇有武侠小说中两大高手巅峰对决的风采。然而很快就有人打破了这个属于高手之间的平静。

［当前频道］一手好湿：菜鸟，来啊。

［当前频道］老师立正敬礼：我打不死你！！！

按照奶茶小酥所说，季小礼的 PK 水平只能算中等偏上，绝对不算一流。一手好湿的 PK 水平比季小礼好点，但也不能细琢磨。这两人不打架的时候，还是有那么点意思的，一旦打架，很快，季小礼就忘了奶茶小酥曾经教过他的连招。

这时，和杨修的几次实战经验的效果就体现出来了。

一手好湿发现季小礼乱了阵脚，赶紧隐身，准备出其不意，直接秒杀季小礼。

季小礼在心中默数时间。

杨老板曾经说过：幽泉的隐身时间最长是八秒。普通幽泉会在隐身后立即攻上去，顶级幽泉会随时找时机，一旦你露出破绽就攻上去。所以和顶级幽泉 PK，你要故意露出破绽。但对于不上不下、有点水平但又没那么强的幽泉，他们会自以为是地选择在隐身的最后一两秒攻击。

季小礼数着时间，最后两秒时，他突然开启护盾。

一手好湿果然攻击上来，一刀劈在季小礼的护盾上，没把护盾打碎，反而自己被反弹了三分之一的血。

就是这个机会！

季小礼噼里啪啦，一顿自己都没看清楚的操作下来，黑衣幽泉惨叫一声，倒地暴毙。

季小礼愣住。

地上的一手好湿也没说话。

过了片刻。

[当前频道]老师立正敬礼：我赢了？？？

他们 PK 的地方就在长城副本的复活点附近，一手好湿复活后，站在不远处。他点开季小礼的装备看了半天，破口大骂：不就仗着自己装备好吗？要是我有和你一样的修为，我能输给你？这次我认栽，愿赌服输，以后咱们井水不犯河水，各走各的。

说完这句话，世界上连续闪过三条喇叭。

一手好湿：老师立正敬礼，爸爸！

一手好湿：老师立正敬礼，爸爸！

一手好湿：老师立正敬礼，爸爸！

世界上的玩家有些意外，有人知道今天白天一手好湿和季小礼发生的矛盾，然后奇怪道，怎么才一天不到，一方就突然认㞞喊爸爸了？

一手好湿喊完三声爸爸，骑马准备走人，然而下一秒，世界上出现了一条新的喇叭。

奶茶小酥：所有杀了“一手好湿”的玩家，截图私信我。杀一次，44 元人民币。

世界顿时炸了锅，季小礼也在心底惊呼出声。

一手好湿还没离开嘉峪关，看到这条喇叭，也跟着炸了。

一手好湿：奶茶小酥，你什么意思？

奶茶小酥压根儿没理他，而是对季小礼说：藏宝活动要开始了，走吧。

一手好湿：……

黑衣幽泉直接动手，袭击女峨眉。

奶茶小酥的动作比他快太多，几下就弄死了一手好湿，一手好湿重新躺回地上，成为一具新鲜的尸体。

他眼睁睁地看着季小礼和奶茶小酥相偕离开嘉峪关。

季小礼生生被自家徒弟的土豪之气震撼到了，半天没回过神。等他反应过来，立即道：不对啊，徒弟，世界上有人说，他们打算和一手好湿联手骗你钱！

44 元人民币，看上去不多，季小礼悬赏一手好湿时都花了 444 元人民币，但这是杀“一手好湿”一次的钱。

《侠客行》中，每人每天最多被悬赏三次。杀人不一样，只要一手好湿在线，任何人随时随地都能杀他。

积少成多，只要有玩家和一手好湿联手，一手好湿故意被对方杀掉，就能骗奶茶小酥很多钱。

游戏画面中，女峨眉停下脚步，似乎在用惊讶的目光看着蓝衣剑客。

奶茶小酥：怎么突然变聪明了？

季小礼：……

一直都很聪明的好不好？

奶茶小酥：会解决的。

老师立正敬礼：怎么解决？

怎么解决，奶茶小酥没告诉季小礼，但是后来，季小礼确实看到了解决的成果。

的确有玩家故意来骗钱，但都被奶茶小酥一眼识破了。

季小礼百思不得其解，暗自猜测自家徒弟其实是个会算卦的神棍。

这天，师徒二人来到秦淮河畔，找了一条画舫进去。

两人并不是来寻欢作乐的，事实上奶茶小酥作为“女角色”，平时是不可以进入秦淮河画舫的，只有在每周三次的藏宝活动里，每当开启“钓鱼大赛”，全体玩家才都可以进入秦淮画舫，参加钓鱼比赛。

钓鱼比赛只有个人赛。

季小礼看着自家徒弟那潇洒的背影，心中深深地意识到什么叫作强中自有强中手，一山更比一山高。他不知道徒弟是不是比自己傻，但肯定比自己钱多。如此再反推一下双方的花钱速度和方式……

“他肯定比我傻！”季小礼做出判断。

世界上，玩家们为奶茶小酥的现金悬赏闹得不可开交。夜深人静的秦淮河，小小的画舫里，华山剑客和峨眉女侠却心无杂物地在并肩钓鱼。

季小礼忽然想到一件事：对了徒弟，你说要告诉我一个秘密的！

奶茶小酥：你随便问。

老师立正敬礼：？

奶茶小酥：你问的，我都会说。

无论你问什么，我都会告诉你，选择权全部交在你的手上。

季小礼想想也对。虽然他对奶茶小酥的秘密没什么兴趣，但每个人都有很多秘密，可能奶茶小酥自己也不知道要告诉他什么。

他想了半天，想起以前大学玩真心话大冒险时，同学们喜欢问的问题。

季小礼开玩笑道：唉，为师也不知道问你什么好。这样，为师体谅你，也不难为你，你就告诉为师，今晚你穿的内衣是什么颜色吧。

奶茶小酥：……

刚说完，季小礼想起一件事，他还真有个想知道的，于是赶忙打字发出去。就在他把那行字发出去的一瞬间，奶茶小酥的回复也突然出现了。

奶茶小酥：黑色。

老师立正敬礼：我想起来了，快说，你这个号到底是花多少钱买的！

两人同时回复，季小礼愣住。

过了几秒，奶茶小酥发出三个淡定无比的字：20 万。

季小礼：“……”

这个回答，太过致命。

老师立正敬礼：啊啊啊！徒儿，你还缺腿部挂件吗？上过大学、无业游民、人傻钱多的那种！！！

奶茶小酥：……

今天的土豪徒弟也是让人膜拜的对象。

钓鱼大赛到了尾声，季小礼道：对了徒弟，你为什么要买这么一个号？我之前听人说，就算北苑那个峨眉号卖出去，最多也就30万。你要想玩峨眉，完全可以买个已经练好的峨眉大号啊。

奶茶小酥：他们有妙手回春吗？

老师立正敬礼：……没有。

原来徒弟买一个账号，仅仅为了上面的一个技能。

老师立正敬礼：那你为什么要玩峨眉？

季小礼问出了自己一直想问的话。

奶茶小酥这个名字再怎么可爱，他的徒弟也是个男人。

大多数男性玩家都喜欢玩擅长PK的门派，比如华山、武当、幽泉。也不是没有喜欢玩奶妈的男玩家，保护我方肉包就是。但奶茶小酥显然不属于这种，因为，哪怕玩的是奶妈，奶茶小酥也是个血腥暴力奶妈，输出逆天，同时因为极品金色技能“妙手回春”，治疗量也不错。

季小礼隐隐能感觉出来，徒弟是喜欢PK且非常擅长PK的人。

所以，他到底为了什么，选择玩一个奶妈号？

奶茶小酥久久没有回答，仿佛在思考答案。季小礼也没有逼问的意思，他正准备说“不方便说就算啦”，对方突然道：我要奶一个人。

老师立正敬礼：？

奶茶小酥：那个人……血量很高，普通的奶妈奶不动那个人。我练这个号，是为了给那个人……练一个绑定奶。

季小礼整个人怔住。

他颤抖着回复：北苑……也奶不住吗？

奶茶小酥：……

奶茶小酥：效果一般吧。

季小礼心底一惊，突然明白了徒弟玩这个游戏的目的。

为什么要玩奶妈？因为他要给心上人做绑定奶！

奶茶小酥的那个心上人肯定是个大佬，而且是个血非常厚的大佬。

他仔细琢磨了一下，整个《侠客行》一区排行榜上，血量最高的是少林大师兄“贫僧法号戒色”，其次是季小礼的生死大敌“越见春和”，而在他们之后，是天山大师姐“红烧乳鸽”！

肉盾战士天山，血量极厚！

一个叫奶茶小酥，一个叫红烧乳鸽，都是四字食物！

徒弟竟然用心至此！

然而据说，红烧乳鸽是有对象的啊，好像也是个排行榜前几的天山。难道说，徒弟练个人妖奶妈号，就是为了接近红烧乳鸽，挖人墙脚？

这好像不大好吧……

算了，毕竟是他徒弟，胳膊肘肯定得往自家人身上拐。

季小礼在钓鱼大赛的最后关头终于钓上来一条鱼，他站起身，感慨道：不管怎么样，我都会永远支持你的，徒儿。

奶茶小酥：？

什么玩意儿？

季小礼钓完鱼没多久，季妈妈就来敲门喊他下楼喝莲子汤。

好一会儿，季小礼都没从“我徒弟原来是个痴心又有钱的臭小三”

的震惊中回过神，他一边喝莲子汤，一边打开自己的微信。朋友圈居然有条提醒，季小礼点开一看。

温暖的浅黄色头像框出现在“赞”的一栏。

是那条写着“妈呀，差点被相亲……”的朋友圈，有个点赞的名字——Cyril。

季妈妈：“怎么不喝了，儿子？今天的莲子汤不够甜？李婶，快给小礼的汤加点糖。”

季小礼反应过来：“没，很甜，李婶可别加糖了。”

季妈妈嘀咕道：“一天到晚就知道玩手机，喝个汤都玩手机。”

季小礼“嘿嘿”一笑，退出朋友圈，发现大学微信群已经聊了一百多条消息了。

这非常奇怪，自从六月毕业，他们的大学微信群就很少有人说话了，一天有二十条新消息就不错了。

这是怎么回事？季小礼好奇地点开群。

李丰邵：明天晚上不能约吃鸡了，兄弟们，我家老头的心头宝要从美国回来了，老头要亲自去机场给他接风洗尘，我也得跟着去……

刘妍：心头宝？就你说的那个去麻省做机器人的博士师哥？

李丰邵：不，他不是我师哥，他是我们老头的心头肉，是太子啊！

夏晓：你读个研都读出太子来了，幸好我们没考上研究生，要不然得像你一样，整天得被导师折腾死。

李丰邵：太子那是我们学校的风云人物，他和我相比，一个是天上的太阳，一个就是地上的喇叭花。你自个儿去我们学校官网查查，他可有名了，又有钱，长得又帅。

季小礼曾经听老同学说过这个太子。

李丰邵是他们班最有出息的一个，毕业后考上了复旦计算机专业的研究生，导师还是业内大拿。他们导师的得意门生前两年去了麻省深造，李丰邵整天活在师哥的阴影下，做什么都被导师骂“你连你师兄的脚毛都比不上”！

李丰邵自己也委屈：“我师兄那等光风霁月的人物，还有脚毛？”

接着就被老头子一脚踹出了研究所。

看到这里，季小礼仔细想了一下，竟没想起那位传奇师哥的名字。

李丰邵：你说阮风和他干什么不好，刚才我老师在小群里问他明天接风宴想吃什么，随便吃，他居然说想吃北京烤鸭……上海人你吃什么北京烤鸭，吃火锅多好！

哦，对，叫阮风和。

季小礼：你一上海人吃什么火锅，那是重庆人该的，你该吃生煎！

一提起吃的，同学群瞬间活跃起来，同学们纷纷冒头，众人欢快地聊起美食，一群已经步入社会的年轻人仿佛又回到了当初在校园里青春单纯的样子。

第五章

一世英名

季小礼最终决定加入帝阁。

此时，季小礼 142 级，修为 15200，华山排行榜第四十一名。

奶茶小酥 141 级，修为 15700，峨眉排行榜第二十九名。

奶茶小酥：为什么是帝阁？

老师立正敬礼：什么为什么？

奶茶小酥：越见春和在帝阁，你忘了祖训了吗？

季小礼有点感动：徒儿，没想到你把我们门派的祖训铭记于心。不过……算了，为师也不是那种不大度的人，为师还是识大体的。

奶茶小酥：？

季小礼幽幽道：越见春和是在帝阁，但是……红烧乳鸽也在啊。

奶茶小酥发了三个问号，他完全没搞懂自家师父这个原因是从哪儿来的。

季小礼在游戏这头坐直，点点头，被自己感动到了。

他真是个大公无私的师父，为了徒弟的终身幸福，别说越见春和在帝阁了，就算越见春和是帝阁的帮主，他也得带着徒弟上。

季小礼自我感动完，申请加入帝阁，奶茶小酥也提交了申请。

没过多久，师徒二人做完当天的日常任务，就收到了加入帮派的系统提醒。

季小礼第一次加入帮派，颇有些忐忑和激动。然而他点开帮派频道，发现，居然只有寥寥几个人欢迎他，大家仍旧各做各的事。有人说“副本一条龙开车了”，有人问“谁有××秘籍我想买”。

帝阁是《侠客行》一区最大的帮派，是6级帮派，总人数一百四十二人，目前在线人数一百零一人。

说话的人不足十个。

季小礼仿佛被人兜头泼了一盆冷水，满腔的热血倏地熄灭，只剩几点零星的火苗。不过很快，有人出声了。

[帮派频道]我就是肉包：妙、手、回、春！

[帮派频道]保护我方肉包：哈哈哈，没错，妙手回春也到我们帮了。欢迎一下敬礼同志和奶茶小酥，说起来，敬礼，你这名字也未免太占人便宜了吧，喊你“老师”，搞得我们跟你学生似的。

保护我方肉包是帝阁的帮主，肉包是帮主夫人。

季小礼隐隐觉得这位峨眉三师兄有些热情过头了，好像对他和他的徒弟特别上心。

现在的老板都这么关爱新人?

不过随着肉包开口，帮里说话的人也多了些。突然，一个名字出现在帮派频道上。

[帮派频道]红烧乳鸽：妙手回春啊，我也想要妙手回春。

季小礼：……

[帮派频道]保护我方肉包：你快醒醒，人家都绑定了。再说你一个天山，要什么妙手回春，你用得了吗？浪费！

[帮派频道]红烧乳鸽：我用不了，也能水修为。你看春和那个垃圾，我们天山的极品金色技能思华年他不也穿上了？那东西是我们天山的心头肉啊！他一个华山，用思华年只能发挥一半的作用，他干什么和我抢啊？臭不要脸的！

[帮派频道]保护我方肉包：……喀，小心春和给你关小黑屋。

[帮派频道]红烧乳鸽：我才不怕他，他又不在线，别以为我没看见。

季小礼：……

保护我方肉包：……

你不怕他，那你注意他在不在线干吗？

季小礼仿佛发现了更新奇的世界，天啊，徒弟居然喜欢这种类型的女人！

真……真有个性。

进入帮派后，季小礼按照徒弟所说，开始给自己买帮派秘籍。

果然和奶茶小酥说的一样，帝阁有很多没人买的帮派秘籍。帝阁的成员最低修为都有14000，大部分人都买全了帮派秘籍。

季小礼美滋滋地买了一大堆，花掉上百万两白银。很快，他的修为就达到15800。

但是转头一看自家徒弟。

老师立正敬礼：徒儿，你都16000了！！！

奶茶小酥：……

奶茶小酥：你没加过帮派，同样，我也是。

季小礼：……

不小心犯蠢了。

师徒两人加入帝阁后，实力又提升了一大截。

白天的时候，这个帮派死气沉沉的，没几个人说话，一到了晚上，莫名其妙地，很多玩家就都涌了出来，参加各种各样的帮派活动。

季小礼也认识了几个人，加了一些好友。

师徒二人与这些人一起组队时，奶茶小酥总是沉默寡言。他修为很高，实力强，治疗量充足，操作又好。打 BOSS 时，一个武当道长眼看就要被 BOSS 打空血了，奶茶小酥一道白练下去，这人瞬间满血，还能再战一百回合。

男人对高手总是心生钦佩。

打完 BOSS，武当道长道：奶茶，你走位真不错，女孩子里面很少有你这种操作好的。

奶茶小酥微微皱眉，正准备说明自己的性别，只见季小礼突然道：嘿，老弟，你这是性别歧视啊，我得截图发到帮派里，看那些女峨眉还奶不奶你，哈哈哈。

武当道长吓出一身冷汗：兄弟别啊，我还单身呢。

季小礼嘿嘿一笑，打马虎眼让这个话题过去了。

废话，徒弟的性别当然不能暴露。

他家徒弟斥巨资买这个号，辛辛苦苦练成现在这样，不就是为了偷偷接近红烧乳鸽，撬别人墙脚嘛，能在这里倒下？

接下来的几天，季小礼仔细观察帮派频道。

红烧乳鸽在帝阁里算是比较活跃的，经常会出来说说话，为人也不错，会带新人过副本。渐渐地，季小礼有些明白自家徒弟为什么会喜欢她了。

这个女孩子还真不错。

红烧乳鸽的对象倒是上线不多，季小礼一琢磨：徒弟还真不是没机会。

终于，过了几天，季小礼找到一个机会。

[帮派频道]红烧乳鸽：副本一条龙，随便来几个人，挂机随便过。

一群修为低的小号冒泡回复。

季小礼也激动地说：带我，带我，带我。鸽子大佬，你昨天就没带我。

说着，还发过去一个可怜巴巴的表情。

红烧乳鸽对季小礼也有印象，直接拉了他进入队伍。

老师立正敬礼：我还有个徒弟，是个大奶，玩得可好了，人也特别好。

红烧乳鸽一脸蒙：？？？

你徒弟厉害关我什么事哦。

老师立正敬礼：能也带带她吗，大佬？

红烧乳鸽反应过来：行，反正队伍里还有空位。

季小礼赶紧把奶茶小酥拉进队伍。

奶茶小酥一进队，就看到了红烧乳鸽。他沉默了片刻，点击跟随，没有说话。

[私聊频道]老师立正敬礼：徒儿，为师只能帮你到这儿了……

[私聊频道]奶茶小酥：……嗯？

季小礼摸了摸自己的良心，这种亏心事下次还是少干吧。

唉，他真是《侠客行》第一好师父，太让人感动了。

红烧乳鸽凑齐了队伍，五人一起下副本刷日常任务。

红烧乳鸽本来就是个善谈的，她从不觉得自己修为高就是大佬，所以经常和帮派修为低的成员聊天。下副本挂机时，她也聊了起来。

队伍里的其他两个玩家都非常乐意和大佬说话，偏偏奶茶小酥，一声不吭地奶人、打怪，仿佛这是他自己在单挑 BOSS 似的。

季小礼顿时急了，徒弟怎么还不好好抓紧机会？

季小礼一咬牙，心一横，决定再帮徒弟一把。

[队伍频道]老师立正敬礼：妙手回春果然好用，徒弟，你治疗量真不错了。

季小礼狠狠夸了自家徒弟一把，果然将红烧乳鸽的注意力拉了过来。

[队伍频道]红烧乳鸽：我都没注意，这不是咱们帮那个妙手奶妈吗？牛！

总算让红烧乳鸽注意到自家傻徒弟了。

然而很快，季小礼嘴角一抽。

他这徒弟压根儿不理人家啊！

季小礼又没话找话：哈哈，妙手回春是真的特别好用，我 PK 都打不过我徒弟。

红烧乳鸽：妙手回春当然好用，那可是六大门派唯一指定的极品金技能，每个门派就一个最适合自己的。完蛋，又想起我的思华年了。越见春和那个浑蛋、垃圾！他一个华山要什么思华年，让给我不好吗？！

没人注意到，奶茶小酥打怪的速度稍稍慢了一点。

季小礼原本是想给徒弟拉好感的，突然看到有人骂越见春和，他也跟上去，狗腿地说：鸽子大佬，到底咋回事？什么思华年？越见春和抢你极品技能了？

有人开了话茬，红烧乳鸽点开帮派列表，发现某个人不在线。

她松了口气，毫不客气地吐槽道：对，春和那个垃圾，他抢我极品技能！思华年你知道的吧，就是最适合天山的一个极品金技能。上个月，有人抽到思华年，你说我身为本区的天山大师姐，这玩意儿怎么说也该是我的吧？你知道是谁在跟我抢吗？是越见春和和玉星舟这两个浑蛋，还有借天一刀那个坏人，他们三个都出价和我抢！

季小礼察觉到红烧乳鸽虽然嘴上骂越见春和，但两人关系好像不错。他在心里骂了句“渣男”，嘴上却抹了蜜：所以被越老板抢了？

忽然，奶茶小酥停下动作，不再打怪。白衣峨眉站在蓝衣剑客的身旁，明明没任何表情，却好像似笑非笑地看着季小礼。

[队伍频道]奶茶小酥：嗯……越老板？

季小礼一下子心虚起来，赶忙私聊徒弟：干什么呢，徒儿？咱们现在在帝阁，深入敌营懂不懂？咱们要夹着尾巴做人。越见春和那个渣男，呸呸呸，我去他的越老板。

奶茶小酥过了半天，回了一个字：哦……

季小礼看着这个“哦”字，心脏轻轻地突了一下。

红烧乳鸽不知道师徒二人的悄悄话，大吐苦水：可不是。我出价10万，春和那个浑蛋出价20万！我事后找他理论，他居然还说：我不买也会被玉星舟买，被借天一刀买，总归轮不到你。你说气不气人？！

[队伍频道]奶茶小酥：越老板说得没错，玉星舟出价或许比你高。

季小礼心想：徒弟真上道啊，这就喊起越老板了？

红烧乳鸽倒是奇怪地看着奶茶小酥：你怎么知道？确实，玉星舟出价 15 万，借天一刀出价 17 万。但这不能否定，春和就是个垃圾！！！

[队伍频道] 奶茶小酥：嗯。

电脑那边的红烧乳鸽摸了摸头，怎么感觉哪里怪怪的？

红烧乳鸽大概是被奶茶小酥发的这个“嗯”字给弄得，心里总觉得怪怪的，好像哪里不对劲。接下来她也没怎么说过话。

做完日常任务后，红烧乳鸽突然道：先别走，你们做了这周的副本任务了吗？

《侠客行》中有两种副本，一种是每天都可以做一次的，另一种是每周只能做一次的。

这种一周一次的副本，往往难度较高，普通玩家根本无法通关。

[队伍频道] 红烧乳鸽：周六了，帮里正好要带小号过周本。这样，你们都留下，我再找几个人来，直接把你们的周本全通关了。

季小礼当然乐意，有大佬带，谁不乐意？

然而五分钟后。

系统：玩家“越见春和”已加入队伍。

[队伍频道] 归墟道长：越老板！！！

[队伍频道] 喵星人小乖：啊啊啊！！！我居然这么有幸，有越老板带我通关！！！

[队伍频道] 保护我方肉包：喂喂，你们就没看到我吗？你们帮主我也来带你们通关了。

[队伍频道] 沙加之歌：我和越老板合影了！我和越老板一个队了！越老板，能加个好友吗？抱大腿！

季小礼气得差点想直接退出队伍，这时，只见越见春和说话了。

[队伍频道]越见春和：嘿嘿，加好友可不行。你们快点开周本吧，今天还要带好几队新人过副本呢，你们只是第一队，打完正好出门吃消夜。对了，咱们队里有妹子吗？

季小礼忽然愣住。

越见春和……是这样的吗？

他的脑海里浮现出那个一身白衣、出现在龙门客栈的华山剑客，青霜宝剑好似电光，剑气如雪，剑光冰冷，一剑之下，尸骨无存。他杀人时，冷漠无情，他当初踩在自己脸上的脚，也是冷冰冰的。

可是，真正的越见春和，竟然是这样的吗？

[队伍频道]保护我方肉包：咳，别装春和骗人家小姑娘了。这是春和的一个代练，周本还是有难度的，他上春和的号，带你们通关。我跟你们说，越老板的装备有多好，你们等会儿就知道了，杀BOSS跟杀小鸡似的。

季小礼本来有点郁闷的心突然亮了起来。

[队伍频道]越见春和：喂，肉包，干吗拆穿我？

[队伍频道]保护我方肉包：……

我是在保护你好不好！

[队伍频道]奶茶小酥：越老板好。

[队伍频道]越见春和：你好，你好。哎哟，不错，奶茶小酥，这名字可以……是个萌妹子？

[队伍频道]奶茶小酥：是的呀。

他回复的消息后面还带了一个微笑的表情。

两周前《侠客行》新出了一个“白陀山庄”副本，被玩家公认为最难副本。

这次季小礼几人要打的就是这个副本。

副本里一共三个BOSS，第一个是欧阳克，接着是杨康，最后是大BOSS欧阳锋。

保护我方肉包、红烧乳鸽几个人显然很有经验，在他们的指导下，季小礼几个新人虽然不停地死去活来，却也顺利通关了前两个BOSS，耗时二十分钟。

直到第三个BOSS。

[队伍频道]保护我方肉包：千万要小心欧阳锋的毒虫。这个BOSS，每次一运行蛤蟆功，就会召唤十条毒虫，咱们每个人一个。记得要走位躲避毒虫，别被他召唤出的小怪咬到，要不然十个奶妈也奶不上你。

[队伍频道]红烧乳鸽：最最重要的是，千万别死了！

[队伍频道]越见春和：对，如果是我、鸽子、肉包、老万死了，奶妈就立刻把我们拉起来。其他人死了，就别拉了，浪费复活技能的CD。

季小礼一脸蒙。

越见春和、肉包、鸽子和老万，这是队伍里修为最高的四个大佬。他们死了就可以被人拉起来复活，季小礼这些人死了就躺在地上喝西北风？现在的老板都这么自私自利，瞧不起小号的吗？怎么说他在华山排行榜上也是第四十一名啊！

渣男连代练都这么小气！和越见春和这个家伙有关的人，果然都不什么是好东西！

心里这么想着，季小礼却也是有尊严的。他集中注意力，暗下决心，绝对不死。

然而才过了五分钟，只见绿草如茵的“白陀山庄”内，番邦长相、身材魁梧的欧阳锋突然四肢落地，将胸脯贴近地面，嘴巴闭紧。他好像一只蛤蟆一样鼓动双颊，发出“呱呱”的声音。

紧接着，窸窸窣窣的声音从四周传来。

一道黑影从眼前闪过，季小礼立刻意识到这就是毒虫。他勉强地操控着鼠标躲避了两下，最后一下没躲过去。毒虫一口咬在蓝衣剑客的小腿上，季小礼惨叫一声，没过几秒，倒地不起……他被毒死了。

十个人的队伍，顿时倒下一半。

除了修为最高的那四人外，只有奶茶小酥一个人还稳稳地在场地中站着，没掉一滴血，其余五个新人全部倒地。

红烧乳鸽惊讶道：咦，你居然没死？

老万：不错啊，奶茶，你走位可以。正常人第一次下“白陀山庄”副本都会死，别说你们了，我都是死了七八次才找到躲避技巧的。

[队伍频道]越见春和：正好，活下来的是个奶妈。奶茶妹子，你和肉包两个人给我们三个加血。其他新人别拉了，就让他们躺在地上看吧。看看咱们是怎么五个人单挑这个BOSS的，哈哈哈。

从头到尾，奶茶小酥都没说话。白衣峨眉安安静静地给队友加血，季小礼躺在冰冷的地上，眼睁睁看着徒弟在自己的脸上踩来踩去，没有拉他复活。

季小礼郁闷不已，他家徒弟变了！

季小礼还没在心里抱怨几句“徒弟怎么和越见春和的代练学坏了”，一条私信就出现在邮箱里。

[私聊频道]奶茶小酥：看过这个副本的攻略吗？

季小礼一惊。

[私聊频道]老师立正敬礼：徒儿，你不是在打BOSS吗，哪来的时间和我说话？

奶茶小酥没回答。

[私聊频道]奶茶小酥：去看最后一个BOSS的攻略。

反正死着也是死着，季小礼无聊地打开游戏论坛，找到“白陀山庄”副本的通关攻略。

BOSS：欧阳锋。

等级：160级。

技能……

…………

被动技能：玩家每被欧阳锋或欧阳锋的毒蛇杀死一次，就会触发“弱者无人权”效果，减少自身百分之五十的输出和血量。效果可叠加。

看到这条被动技能，季小礼惊恐地睁大眼睛，赶忙寻找通关攻略。

攻略：成为一名强者，少死几次。

季小礼：“……”

我去你的成为一个强者！

季小礼总算明白，越见春和的代练为什么那么认真地说，新人死了没必要拉起来复活，减少一半的输出和血量啊！复活了也没什么用，欧阳锋碰一下就死了，死完输出、血量还要再减一半。

这到底是个什么坑人的副本啊！

季小礼在心底把设计这个副本的策划骂了一百遍，等他回到游戏，发现徒弟五人已经把欧阳锋围殴死了。

队伍里，几个新人开始打字：

越老板的伤害也太高了吧！

全服唯一一个20000修为的玩家，越老板真不愧是咱们华山的骄傲，太帅了！

死在地上的新人们纷纷夸赞起越见春和来，用着越见春和号的代练客套了两句，转头道：奶茶妹子，你操作不错啊。怎么样，要不要加个好友呀？

保护我方肉包：喀喀，干啥呢，你用春和的号加……妹子，不怕春和发现后找你？

越见春和：这可是有妙手回春的峨眉妹子，加一个又怎么了？春和说不定很乐意呢，他回头还得感谢我。还有，肉包，我得说说你了，你今天怎么回事？我又没骗人家小姑娘，你为什么老打扰我和小姑娘聊天？

保护我方肉包：……

你爱咋咋地吧，以后可别怪我没提醒你。

奶茶小酥压根儿没理这个假越见春和，直接走到欧阳锋掉落的装备前。

金灿灿的箱子掉了一地，堆满了“白陀山庄”的花园。

“白陀山庄”是《侠客行》最难的副本，但也是奖励也最丰厚的一个副本。打败欧阳锋，会掉落十个金箱子，开启箱子有概率开出各种极品装备和材料。

十个玩家每人捡起一个箱子。

季小礼走到欧阳锋的尸体旁，随便拿了一个箱子。

[队伍频道]越见春和：老毒物皮糙肉厚，难打得要死，唯一的好

处就是掉落的东西不错，而且还蛮公平的，每人一个箱子，谁都别抢谁的。我跟你们说，我上周给你们越老板开出一个金装裤子，你们越老板可没我这么好手气。就他那个臭手，要是他来开，别说金装，连根毛都没有。

[队伍频道]奶茶小酥：嘻嘻。

玩家们一个个打开箱子，得到的奖励虽然不错，但也没特别令人眼红的。

奶茶小酥打开箱子，得到一个价值28元人民币的喇叭。季小礼看了眼徒弟的箱子，扭头打开自己的箱子。忽然，一道系统公告出现在所有玩家的头顶——

系统：时来运转，鸿运当头。玩家“老师立正敬礼”开启欧阳锋的藏宝箱，得到神器制作材料“千年玄铁”一块。

世界瞬间炸了。

这是什么幸运儿啊啊啊！！！

天啊！我也想要千年玄铁！

“白陀山庄”内，空气有一瞬间的寂静，下一刻，新人们惊叫出声，大佬们倒是十分淡定，很有经验。

[队伍频道]红烧乳鸽：就一块玄铁，你要了也没用。卖给我，我出8000。

[队伍频道]老万：那我肯定要出比你高的价钱了，敬礼，我出9000。

[队伍频道]红烧乳鸽：老万你这个混账，你也要和我抢?

[队伍频道]越见春和：敬礼兄弟，这玩意儿我老板肯定也是要的。我实话和你说，虽然这玩意儿看上去不错，但要集齐五十块玄铁才能打造神器。整个一区，就我们越老板集齐了三十五块玄铁，玉星舟和借天一刀都才集齐十几块。你等着，我这就去找越老板，让他亲自来跟你报价，我保证肯定是一区最高价。

[队伍频道]红烧乳鸽：！！！

[队伍频道]老万：！！！

很快，只见“越见春和”头像变黑——他下线了，十几秒后，他又突然上线。

[队伍频道]红烧乳鸽：哇，春和你这个家伙，这么快就上线了？

越见春和没在队伍里说话，但是所有人都知道，此时此刻，这个站在“白陀山庄”的华山大师兄已经不再是刚才那个代练了。

明明穿着一模一样的白色劲装，拿着一模一样的青霜长剑，可是心理作用，他似乎更加冷峻，气质淡漠，与众人截然不同，长得好像也更帅了一些。

所有新人不敢再说话，只敢暗搓搓地围观大佬。就连肉包、鸽子几人，也不再像刚才那么话痨了。

一切发生得太快，季小礼还没反应过来自己开出了千年玄铁，就和突然上线的越见春和撞了个面对面。

下一秒，他的邮箱亮了。

[私聊频道]越见春和：15000。一区最高价，卖吗？

过去的半个多小时里，季小礼和这个名字待在一个队伍里，还看对方说了不少话，他并没觉得有什么不正常。但这一次，看着越见春和发来的短短一行字，季小礼忽然浑身汗毛竖起，瞳孔微微颤动，嘴唇干涩无比，喉咙也有点干。季小礼呆呆地看着越见春和发来的话，下一刻，他突然握着鼠标，右键……拉黑。

[私聊频道]越见春和：？

游戏界面弹出一条消息：您已被对方拉黑，消息发送失败。

越见春和：……

嗯，这就是说好的……深入敌营，夹着尾巴做人？

越见春和的手指有节奏地敲击键盘，他看着电脑上的字，墨色的瞳孔里倒映着那个一身蓝衣的华山剑客。

一分钟后，季小礼终于反应过来。

“……妈呀，我怎么把心里想做的事真的做出来了啊啊啊！！！”

季小礼怎么说也是上过一节公考补习课的大学生，在发现自己竟然非常顺手地把越见春和拉黑后，他的大脑晕成了一团糨糊。这团糨糊转着转着，转成了米糊糊。糊着糊着，季小礼突然就清醒了。

他双眼一亮，气定神闲地打字。

[私聊频道]老师立正敬礼：啊，不小心手滑拉黑了。越老板没事吧？越老板还好吧？

越见春和看着蓝衣剑客站了起来，一边说，还一边绕着自己转了两圈，觉得有些好笑，忽然，他笑出了声，引得一旁的小学妹惊讶地看了他一眼。

[私聊频道]越见春和：没事。15000，卖吗？一区最高价。

季小礼松了口气，总算糊弄过去了。

人在屋檐下，不得不低头。要是他不在帝阁帮派里，绝对不会理越见春和这个渣男！

不过渣男好像有点蠢，随便说两句就信了。

回归主题，看着包裹里的千年玄铁，季小礼有些犹豫。他正在思考该怎么处理这块千年玄铁，邮箱里突然又多了几封私信。最上面的两个人让季小礼一愣，赶紧点开。

玉星舟：12000，卖吗？

借天一刀：我也不多说，13000。除了越见春和，一区不可能有人出价比我高。你要卖他我随便。

和越见春和的代练说的一样，千年玄铁看上去很贵重，其实就那么回事。

制作神器代价太高了，整个游戏里，除了排行榜前二十的大佬，没人愿意花钱去做这个东西。而且千年玄铁只是制作神器的材料，不是真正的神器。季小礼最好的选择就是把材料卖给大佬，毕竟他自己留着毫无用处。

如果纯看钱，他应该卖给越见春和。但季小礼可不乐意了：“扔了都不卖给渣男！”

再往下，是借天一刀，可季小礼对他的印象也不好。

接着是玉星舟。

玉星舟是《侠客行》一区的武当大师兄，总排行榜第二名，只比越见春和低3000修为。季小礼和这人不熟，卖给他其实也没什么。可是季小礼迟疑了很久，也没有回复对方。

[私聊频道]越见春和：在做什么？

季小礼下意识地回道：玉星舟和借天一刀也出价想买。

刚说完，他就发现不对，赶紧补救：不过，他们出的价格都没你高。

[私聊频道]越见春和：我知道。

季小礼："？？？"

你知道什么了你知道。

[私聊频道]越见春和：你想卖吗？

[私聊频道]老师立正敬礼：不知道……

越见春和沉默了一会儿。

[私聊频道]越见春和：首先，你想不想做神器，神器要五十块千年玄铁，还有其他材料，加起来大概60万；其次，你有没有想卖的人，价格不是最重要的，你不差这个钱。你想做什么，想不想卖掉，小礼，没人强迫你。

看着越见春和的话，季小礼恍然大悟，一时间都没注意到对方给自己的称呼。

对啊，他根本不差这个钱！

首先是做神器，他对做神器没兴趣。他现在还是个小弱鸡，有太多进步空间，没到需要做神器的地步。

其次，他不想卖给越见春和，也不想卖给借天一刀，至于玉星舟……

[私聊频道]老师立正敬礼：我不卖了。

[私聊频道]越见春和：好。

季小礼愣住，这么爽快？

[私聊频道]老师立正敬礼：你不问问为什么？

[私聊频道]越见春和：我说过，不会有人强迫你。

看着电脑屏幕上的字，季小礼心里五味杂陈，不知道该说什么。他的脑海里浮现出一个沉默寡言的女峨眉。那个女峨眉和他的徒弟一样，说话很少，为人很酷，从不黏着师父要装备，也不会和部分女玩家一样，在世界频道嗲嗲地发语音。

除了骗人感情，那个女峨眉没有一点儿不好。

越见春和，除了是个骗子，没有一点儿不好。

忽然，一条消息提醒让季小礼从回忆中惊醒。

系统：玩家“越见春和”请求添加您为好友。接受 / 拒绝。

季小礼还没反应过来，对方就发来两个字。

[私聊频道]越见春和：手滑？

季小礼：“……”

才不会手滑！！！

季小礼将越见春和加为好友，完成了游戏里无数玩家的梦想。

知道季小礼不打算卖千年玄铁，越见春和在队伍频道里发了句“他不打算卖”，提醒了红烧乳鸽和老万，接着直接下线。

红烧乳鸽没想到季小礼会不卖千年玄铁。

红烧乳鸽：不是吧，小老弟？不卖玄铁，你真打算自己做一个？哦，对，你修为也蛮高的，应该也氪了不少。不过玄铁太难收集了，要是别人出了你肯定买不到，都被春和他们几个垄断了。

老师立正敬礼：哈哈哈，谢谢提醒，鸽子大佬，不过我不想卖。

红烧乳鸽十分大方：没事，下次出铁再来告诉我，我还是那个价格哦。

众人解散队伍，离开“白陀山庄”。

奶茶小酥骑上骏马，准备离开。女峨眉才走了两步，就发现自家师父还站在原地，没有跟上。她有些奇怪，下了马，走向季小礼。

老师立正敬礼：徒弟，千年玄铁送给你吧。

奶茶小酥动作一顿，过了半秒，她继续向前走，走到季小礼身边。

奶茶小酥：为什么？

季小礼非常理直气壮：我是你师父，送徒弟东西不行？

奶茶小酥：100级就可以脱离门派，我只是一直没去做出师任务。

老师立正敬礼：……

老师立正敬礼：孽徒！你居然还想出师！难道你不想做为师一辈子的徒弟，不想做为师的小宝贝，不想被为师罩一辈子了吗？！

奶茶小酥：……小宝贝？

季小礼：咳，说一下而已。

奶茶小酥：哦，那你罩我？

老师立正敬礼：……

季小礼委屈极了，但是非常识相地服了软：好嘛，是徒弟你照顾为师。

奶茶小酥：为什么送我？你是因为不想卖给越见春和，所以想卖给我？好，我可以买。

老师立正敬礼：说了是送给你啊。

奶茶小酥：？

蓝衣剑客擦拭宝剑，目光深远地看着远方：徒儿，拿着为师给你的镇派之宝，送给你想送的人吧。

奶茶小酥：？？？

都什么玩意儿？！

奶茶小酥不愿意收下千年玄铁，季小礼只得说：徒儿，你之前帮了我那么多忙。比如你悬赏一手好湿，都是为了我。我送你块玄铁怎么了？你好好收着就是了。是不是个男人啊，扭扭捏捏的！

奶茶小酥：……

这次奶茶小酥终于收下了。

季小礼心想：为师只能帮你到这儿了，徒弟！

季小礼被自己感动了好几天。

谁料还没过几天，红烧乳鸽就非常热心地又带着一群小号做日常任务，其中就有季小礼。季小礼看着天山大师姐巍峨霸气的背影，旁敲侧击道：鸽子大佬，你也想做神器啊？

红烧乳鸽：可不是嘛。不过我才收集了三块玄铁。唉，已经一个月没收集到玄铁了，我这得什么时候才能做神器啊……

季小礼满脸困惑，赶忙找到徒弟。

老师立正敬礼：徒儿！！！你没把玄铁卖了？

没把千年玄铁低价卖给红烧乳鸽，或者送给人家？！

奶茶小酥：我为什么要卖了？

老师立正敬礼：你不卖你留着干什么？

奶茶小酥：正好，我也想做个神器。

季小礼："……"

死直男，没的救了！

季小礼被徒弟的情商佩服得五体投地，他无语之下，退出游戏，发了条朋友圈，配文：情商低的直男，智商再高也补救不上！

三秒后，Cyril 点赞。

……你还敢点赞？！

季小礼决定一天不和徒弟说话。有这么个低情商的傻徒弟，活该他单身一辈子！

正好大学同学群弹出几条消息，季小礼点开一看。

夏晓：恭喜恭喜，我们班第一个结婚的，老刘，什么时候请同学们喝喜酒啊？

刘浩：嘿嘿，下周六。大家谁有空，赶紧来喝喜酒。

李丰邵：婚礼在哪儿办？

刘浩：上海。

李丰邵：哎哟，这么近，大家都可以来啊。我记得夏晓、刘妍就在上海，季小礼和沈雨在苏州，还有好几个在南京、杭州什么的，都可以过来的。

季小礼：下周六？我好像有时间。恭喜恭喜。

刘浩：谢谢同学们，下周六有空都来捧场！

老同学的婚礼选在了国庆的后一周。

前一天晚上玩游戏玩晚了，季小礼睁开眼，已经早上九点多。他从衣柜里随手拿了件白 T 恤，急匆匆地套上。

一下楼，季小礼就往门口跑。季妈妈赶忙喊住儿子："小礼，快来喝口鸡汤，你李婶熬了一个上午呢！"

季小礼："妈，我都要迟到了，我十点多的高铁去上海！"

季妈妈："参加你那什么同学的婚礼？急什么？大不了让你爸开车送你。快来吃早饭。"

"开车去上海还不堵死，更来不及！"

季妈妈一把按住儿子，将季小礼按在椅子上："那也不能不吃早饭。放心，来得及，让你爸送你去火车站。李婶，快给小礼盛碗汤。鸡汤泡饼，儿子，你最喜欢吃的。"

季小礼本来还想挣扎，听了这话："哎，今天早饭是鸡汤泡饼？"

季小礼美滋滋地喝了一碗鸡汤，吃了两块大烧饼。再一抬头："爸，快十点了！"

"来了来了。"

季妈妈从沙发上拿了件外套，塞进季小礼的怀里："又只穿件 T 恤，这几天是秋老虎，天气反热。到晚上可冷了，你回来的时候得冻死。给我把外套带上！"

季爸爸开着车，连忙把儿子送去火车站。

季小礼赶着最后一分钟上了高铁，终于松了口气。

半小时就到了上海。

苏州和上海靠得近，季小礼小时候就经常被季爸爸和季妈妈带来上海玩。等后来通了高铁，交通方便了，他来得更多了。

季小礼熟练地找到地铁四号线，买车票前往复旦大学。坐上地铁，他低头打开手机。

李丰邵：你们到哪儿了？我在宿舍等你们呢。

赵洋：快到了，快到了，我还差三站路。

夏晓：我到火车站了，要不我还是自己打车去酒店吧，就不去找你集合了。

季小礼：你到火车站了？我刚上地铁啊，早知道你这么快到我就等你一下了。我跟你说，坐地铁去李丰邵他们学校可方便了，你就坐四号线……

季小礼噼里啪啦地打字，教导女同学怎么去复旦找李丰邵。

是的，昨天晚上大家在群里说起今天来参加婚礼的事。因为工作和地理的原因，最后决定来参加婚礼的同学只有七人。其中三个人是提前一天坐飞机抵达上海，直接在酒店附近找了个宾馆住下，只有季小礼四人是当天才到。

在复旦读研的李丰邵当仁不让：**我有车，我带你们去酒店。那地方我可熟了，我经常去那附近吃饭！**

有本地人带路当然最好，四个人便决定先在复旦集合。

下了地铁，季小礼跟着导航走了一会儿，很快找到李丰邵说的学校东门。李丰邵早早地在学校门口等着了，身旁还跟着一个戴眼镜的平头年轻人。他们看到季小礼，热情地挥手："季小礼，你可算来了，就差你和夏晓了。"

季小礼小跑过去，和老同学们互相推了几下，三个男生哈哈一笑。

李丰邵："你怎么还带了个外套？不是和你说了这两天上海贼热，热得我在宿舍都开空调。"

季小礼哪有办法："我妈塞给我的。"

李丰邵一脸"我懂"地点点头，他"嘿嘿"一笑："来，看看兄弟的车，上个月我爸才给我买的，庆祝我考上复旦！"

季小礼扯着外套的两只袖子，把外套随随便便地扎在腰间，跟着老同学去看他的新车。

李丰邵的车是辆普通的大众，外表非常低调，车前窗玻璃里夹着一张通行证。

李丰邵："进我们学校必须办通行证，我磨了老头好几天，老头才给我办。"

赵洋："你们导师对你不错啊，还给你办通行证。"

李丰邵撇撇嘴："那你是没看到老头平常怎么使唤我的，我在他跟前就像没妈的野草一样，连他家太子殿下的头发丝都比不上。"

没聊一会儿，李丰邵接到一个电话，他表情微变，挂了电话看向季小礼二人：“妈呀，老头要我给他送个资料！”

季小礼不懂研究生的习惯，非常天真地说：“你要参加婚礼呢，能不去吗？”

“那不行！赶紧，现在还来得及，趁夏晓没到。”

幸好李丰邵的导师也没太为难他，只是要他把一份研究资料从宿舍送到教学楼。复旦很大，李丰邵开着车迅速地赶到宿舍，拿了一叠资料。把车开到教学区，他下了车：“里面不能开车进去了，我得走过去，你们在这儿等我。”

季小礼：“我们正好逛逛你们学校啊，一起呗。”

赵洋：“就是，高等学府，得多看两眼。”

三人结伴走向教学楼。

时间比预想的充足很多，李丰邵给季小礼二人介绍起学校的建筑来。他道：“我们学校太大了，我刚来两个月，很多地方都没走到。看到那儿没，是我们学校的文综楼，全校的妹子都在那儿了……”

走了一会儿，李丰邵刚说到“我有个学妹长得特别可爱，人也特别好”，忽然他停住不说话了，看向前方。季小礼顺着他的视线看去，只听李丰邵低声说了句：“我家老头来了。”接着迅速地跑上前去。

宽敞的林荫道上，李丰邵笑哈哈地把资料递过去，笑得像个大傻子。

戴着眼镜的老教授没好气地看了他一眼，不知道说了句什么，李丰邵连连点头。李丰邵先是对老教授说了几句话，接着又向老教授身旁的人点头哈腰地打了声招呼，然后才转身跑回来。

季小礼慢慢地抬起眼睛，看见了那个站在老教授身旁的年轻人。

他穿着一件白色的衬衣，衣袖挽起，露出一截手腕。瘦削的手腕上，尺骨的凸起看上去非常明显。阳光透过树叶碎碎地照射在他的身上，带着一股清新俊逸的味道。这人长得实在好看，季小礼看得愣了一会儿，忽然，他的视线与对方对上。

墨色的眼睛盯在季小礼的身上，这个气质清俊的年轻男人定定地看着季小礼，眉毛微微皱起，渐渐地，嘴角却微微勾了起来。

他长得十分俊俏，气质又好，路过的女学生都忍不住回头看他。可他就盯着季小礼看，表情似笑非笑的。

季小礼打了个寒战，觉得莫名其妙。

这时李丰邵回来了："走走走，夏晓好像到了，咱们赶紧去东门找她。"

季小礼点点头，三人一起转身离开。

走到一半，季小礼悄悄回过身。只见那个长相好看的年轻男人依旧盯着他瞧，发现他转过头，对方也有些惊讶。他朝季小礼轻轻点了点头，又俯下身，对老教授说了几句话。

季小礼："……那家伙谁啊，莫名其妙的。"

李丰邵回头看了一眼，眼睛都瞪直了："谁？太子啊！阮风和，我家老头的心头肉！"

赵洋哈哈笑道："确实长得不错，难怪是你们学校的风云人物。老李，不怪你家导师偏心，你和人家比，真的差远了。"

"滚你的！"

三人说说笑笑就忘了刚才的事。

阮风和目送着师弟三人离开，深墨色的瞳孔里闪过一丝戏谑的笑意。忽然季小礼转过身，他微微一愣，礼节性地朝对方点点头。

老教授问道：“看什么呢，风和？”

阮风和：“他衣服穿反了。”

老教授愣住：“谁？”

“那个小朋友。”

老教授顺着阮风和手指的方向看去，他推了推眼镜，终于才看清楚了人。

季小礼穿着一件白色 T 恤，后背上印着一只大大的米老鼠。只可惜这米老鼠上全是线头，很明显被它的主人穿反了。穿着卡通 T 恤，腿上是一条牛仔裤。季小礼本身就长得白，看上去年轻，再加上把牛仔外套松松垮垮地系在腰上，走起路来衣服的两只袖子一蹦一跳，有点傻乎乎的样子。

“小伙子长得挺秀气的，看上去也蛮聪明的嘛，怎么连衣服都穿反了。对了，风和，你提醒他了没？”

阮风和微笑道：“忘了。”

季小礼心大得很，完全没把李丰邵的导师和那位太子殿下放在心里，几秒后就抛到太平洋去了。三人勾肩搭背地来到校门口，女同学已经等了几分钟了。

她一见到季小礼，便惊讶道：“季小礼，你衣服穿反了！”

其他两个男生再看向季小礼：“小礼，你衣服真穿反了啊！”

季小礼：“啊！”

季小礼赶紧躲进车里把衣服穿正，几个老同学相视一笑。

四人上了车，很快抵达酒店。

给老同学唱歌做婚礼节目，再送上份子钱。大家都在喝酒，季小礼喝酒上脸，没喝几口脸就通红，同学们都不敢再让他喝。他乐得清闲，开心地喝汤。刚喝两口，鼻子突然觉得热热的，随即，红色的血滴在甲鱼汤里。

“妈呀，季小礼你流鼻血了！”

一阵手忙脚乱，季小礼的鼻血终于止住。

乱七八糟的一天结束了，季小礼泪流满面地上了高铁，返回苏州。

坐在座椅上，季小礼默默发了条朋友圈。

都怪我妈，把我补成什么样了！喝口甲鱼汤还流鼻血，我的一世英名没有了！

退出朋友圈，大学同学群里都在说今天季小礼喝汤把自己喝得流鼻血的事。季小礼深感没面子极了，郁闷地暗自发誓：这周绝对不喝汤！什么汤都不喝！

忽然，微信有人发来消息。

Cyril：流鼻血了？

香烤可达鸭：……

Cyril：？

香烤可达鸭：徒儿，你师父我的一世英名全都没有了！

越见春和想了想，没有把“你什么时候有一世英名”几个字打出去。

第六章

侠缘 buff

季小礼彻底放弃了帮徒弟撬人墙脚的不道德事业。

当时，两人正在做每天的日常任务。红烧乳鸽非常热心，和季小礼熟络后，经常带季小礼和他的徒弟奶茶小酥一起刷任务。

红烧乳鸽就在队伍里，可奶茶小酥从来没和她说过一句话，甚至在红烧乳鸽说话的时候，他偶尔还会发上一两个莫名其妙的单字。

比如……

红烧乳鸽：春和那个混账又收集到一块玄铁。昨天他还在竞技场把我打成了皮皮虾，一点儿都不手下留情！臭不要脸！

奶茶小酥：嗯。

红烧乳鸽：……

红烧乳鸽私下找到季小礼：你徒弟是不是对我有意见？

老师立正敬礼：……

他对你是有意见，对你有特别好的意见！就徒弟这智商，别说当臭小三了，追女生他下辈子也追不上！

季小礼彻底放弃，再也不想帮这个傻徒弟了，但他是个负责任的师父，于是他找到自家徒弟：徒儿，当小三不好，为师也帮不了你。

奶茶小酥：……

奶茶小酥：从很久以前我就想问，你到底在想什么。

季小礼一愣：啊？

奶茶小酥：我什么时候当小三了？

季小礼一脸蒙：你不是喜欢红烧乳鸽吗？

两人正私聊，凑巧红烧乳鸽一刀把BOSS砍飞。红衣女侠一脚踩在BOSS的脑袋上，霸气十足：哈哈哈，让你砍我，还不是得死在我的刀下，砍不死你个乌龟王八蛋！

老师立正敬礼：……

奶茶小酥：……

奶茶小酥：为什么你会觉得我喜欢她？

老师立正敬礼：你不喜欢她，为什么要专门买这个峨眉奶妈号去奶她？

奶茶小酥：……我奶她？

老师立正敬礼：你不奶她奶谁？

季小礼一头雾水，完全摸不着头脑。

徒弟要奶的对象血量极高，连峨眉大师姐北苑都不一定奶得住。不是红烧乳鸽，难道是越见春和，是贫僧法号戒色？季小礼眼前浮现出那个一身袈裟、手执九环锡杖的秃头大和尚，浑身一抖：徒弟，你的口味也太重了吧！

奶茶小酥：……

你脑子里装的到底都是什么玩意儿！

到最后，奶茶小酥也没告诉季小礼，自己想奶的人到底是谁。季小礼揣着一肚子困惑，心里却稍稍安定了一些。

“原来他不喜欢红烧乳鸽啊。”季小礼松了口气，他心底曾经有过的一些奇怪的不舒服的感觉，全是在徒弟想当小三的时候产生的，现在知道徒弟并不会做这么不道德的事情，他当然就舒服多了。

帝阁是个不错的帮派，玩家等级高，实力强，资源也多。

过了一两周，季小礼和奶茶小酥的等级终于赶上了大部队。

季小礼 155 级，修为 17100。

奶茶小酥 155 级，修为 18200。

目前全服实力最高的是越见春和，等级 155 级，修为 22000。

值得一提的是，奶茶小酥顶替保护我方肉包，上升到了峨眉排行榜第三位，也就是《侠客行》一区的峨眉三师姐。

奶茶小酥只比北苑低 800 修为，再加上极品金色技能“妙手回春”，实力不比北苑差，但奶茶小酥从来没去打过竞技场。

季小礼在帮派里聊天，见到两个小峨眉在讨论自家徒弟。

小鱼仙：刚才门派频道里在说咱们奶茶老板，我看到了，都是刀剑笑的人。

叫我啾啾吧：我也看到了，那几个垃圾峨眉，明明是刀剑笑的人，还装什么路人，说奶茶大佬因为操作差才不去 PK，怕丢人现眼。

小鱼仙：我和奶茶大佬一起做过日常，她操作特别牛！

不一会儿，我就是肉包也出现了。

我就是肉包：谁说奶茶操作不好？

两个女峨眉赶紧向帮主夫人倒苦水。

小鱼仙：就是刀剑笑的几个峨眉，在门派频道里乱说奶茶大佬的坏话，说她不PK是因为操作特别烂，不敢PK。

我就是肉包：什么鬼，奶茶的操作不要太好。我听鸽子说，当初她带一群新人一起下“白陀山庄”副本，就奶茶一个人没死，还活到了最后，给他们加血呢。奶茶当时好像才15000出头的修为。

季小礼也不能忍：我徒弟操作特别好！比我强特别多！

叫我啾啾吧：就是。不过好奇怪啊，为什么奶茶大佬从来不PK？她操作那么好，好浪费啊。

这个问题问住了在场所有人。

小鱼仙：敬礼大佬，要不然你去问问奶茶大佬？

到了晚上，奶茶小酥终于上线，季小礼赶紧私信他。

老师立正敬礼：徒儿，你为什么从来不打竞技场？

奶茶小酥先发了个问号，接着问：问这个干什么？

季小礼义愤填膺：刀剑笑的人污蔑你操作差，才不去打竞技场！

奶茶小酥：……

帝阁和刀剑笑是敌对帮派，两个帮派经常在抢BOSS、刷排行榜上产生冲突，双方谁都看不起谁。不过帝阁因为有越见春和、戒色、红烧乳鸽等几个大佬在，一直隐隐压刀剑笑一头。

季小礼和奶茶小酥从来没和刀剑笑的玩家起过冲突，但他们是帝阁的人，这就足够让刀剑笑的玩家讨厌他们。

奶茶小酥：目前的竞技场，如果只看装备，不看操作，除了越见春和、玉星舟、借天一刀、贫僧法号戒色和红烧乳鸽，我都能打过。

老师立正敬礼：看操作呢？

奶茶小酥：除了越见春和，其他人我都打得过。

老师立正敬礼：徒儿，为师以为自己已经算是够能吹的人了，没想到你比为师还能吹！

奶茶小酥：我有金色技能妙手回春。

老师立正敬礼：？

奶茶小酥：所以我能打败他们，只是没有必要。

没等季小礼回复，奶茶小酥又道：你希望我去打竞技场？

老师立正敬礼：那当然，你看他们私底下都怎么说你。我徒弟明明那么强，一个吊打他们十个，必须证明给他们看。

奶茶小酥：那没必要打竞技场。

老师立正敬礼：？

奶茶小酥：晚上有帮战，走吧，去参加帮战。

季小礼听到这里，吓得一哆嗦，差点就想跪了。

《侠客行》游戏每天晚上都会开帮战，系统随机给每个帮派指定一个对手。这个对手必须是同等级的帮派，两帮分别占领一个城楼，十五分钟内谁先攻下对方的城楼，谁就算赢。如果没攻下对方的城楼，双方谁杀人多，谁就算赢。

获胜的帮派可以得到一定的资源奖励，不过奖励并不丰厚，对帝阁这种大帮派来说，那奖励连给老板们看一眼的资格都没有。

帮战要的是面子。

《侠客行》一区一共就五个七级帮派，包括帝阁和刀剑笑。

如果帝阁随机匹配到其他三个帮派，那还算好。但凡匹配到刀剑笑，两个帮派的玩家就像打了鸡血似的，非得打个你死我活。有时候，他们的目标甚至不是攻占城楼，而是打架，杀个昏天黑地，血流漂杵。

不过今天晚上帝阁匹配的是排行第三的帮派，江山如画。

江山如画是个休闲帮派，女孩子很多。一些大佬挺喜欢在里面养老，包括武当大师兄玉星舟。

季小礼是第一次参加帮战。

如果说竞技场是一对一的战斗，帮战就是一场大混战。季小礼看到这么多人，立刻㞞了，很想跑路。但奶茶小酥让他放心，说能赢。

马上，帮主保护我方肉包就在帮派里打了奶茶小酥的脸。

[帮派频道]保护我方肉包：这一战很难赢，虽然江山如画的平均修为比我们低很多，也比刀剑笑低，但他们比刀剑笑难打多了，他们帮有好几个特别厉害的武当。

季小礼："……"

徒弟你看看，你还说能赢？！

武当是群伤门派，一个技能下去，横扫一大片。

单打独斗，华山非常容易就能切死武当，但到了这种混战场合，武当就成了人头收割机。只要保护好一个厉害的武当，就能打出无数伤害。

[帮派频道]保护我方肉包：春和今天晚上不参加帮战，今晚我们最大的任务就是……先杀玉星舟！

帮派成员立刻附和：

对，帮战可以输，玉星舟必须死！

必须死！

杀了玉星舟那个人头狗！！！

季小礼和奶茶小酥被安排进了红烧乳鸽的队伍。

天山大师姐摩拳擦掌，她知道季小礼操作不好，于是对他说道：

敬礼，你就在战场边缘输出。奶茶，你跟着我，奶我。你是我们帮最大的奶，春和那个家伙今晚泡妞不参加帮战，杨修也说有事，只有我能切死玉星舟。你好好奶我，我们俩去砍他。

季小礼好奇道：越老板是去泡妞了？

红烧乳鸽满嘴跑火车：要不然呢？大半夜的不参加帮战，还能干什么去？肯定是去泡妞了！

季小礼点点头：有理有据，没毛病！

奶茶小酥：呵呵。

进入战场，季小礼和奶茶小酥就分开了。

季小礼操作不好，不能深入敌军，只能在战场边缘杀杀等级低的玩家。红烧乳鸽一进入战场就看到了玉星舟。

红烧乳鸽：给我砍死这个叫玉星舟的人头狗！

帝阁帮众：好咧！

然而玉星舟被江山如画的奶妈们团团围住。

一个队伍最多有十个玩家，玉星舟简直丧心病狂。他仗着江山如画女玩家多，奶妈号也多，自己一个人霸占了九个奶妈，不停地给他加血。红烧乳鸽的刀砍在他身上，还没掉一层血皮，就被奶了上来。

红烧乳鸽开了队伍语音，不停地发布指挥。

“敬礼，你拖住了，别让其他人靠近。”

“老万，你快把那九个奶妈给我砍了，烦死我了！”

“奶茶，赶紧奶我，注意我的血量。”

红烧乳鸽和老万两个大输出一起上，总算砍死了玉星舟一回。谁料仙风道骨的武当道长还没在地上躺一秒，就被一个峨眉奶妈拉了起来，原地复活了。

队伍频道里有一瞬的寂静。

众人的电脑屏幕上，玉星舟的击杀数量不停叠加。红烧乳鸽和老万要费尽心思才能砍到他，可他随随便便放个技能，就能杀一群帝阁玩家。

眼看时间一分一秒过去，江山如画的击杀数量超过了帝阁，有玉星舟在，帝阁玩家也攻占不了城门，红烧乳鸽乱了阵脚，没办法，只能一心一意地盯着玉星舟。帮战可以输，玉星舟必须死！

最后三分钟，一道清润好听的男声突然在队伍频道里响起。

“鸽子、老万，你们带人盯着那九个奶妈，别让她们复活拉人。玉星舟交给我。”

季小礼瞬间挺直了脊背，竖着耳朵听音响里传来的声音——是徒弟！

红烧乳鸽正在杀人，忽然听到这声音，她压根儿没反应过来是谁在说话，下意识地按照他的指挥操作。

这人又道：“上，鸽子，老万。”

声音清雅动听，带着一丝不容拒绝的果断和命令。红烧乳鸽举起大刀朝玉星舟身旁的九个奶妈砍去，好像被这声音指挥过无数次一样。

奶茶小酥：“先杀留香。”

这是峨眉二师姐，江山如画的帮主。

奶茶小酥又道：“老万，压低他们血量。”

“好！”

红烧乳鸽和老万迷迷糊糊地任人指挥，在这群奶妈只剩下一丝血皮时，白衣峨眉骤然暴起。她挥舞白练，串葫芦似的连杀九人。红烧乳鸽都没来得及骂她抢人头，就见瘦弱窈窕的女峨眉义无反顾地冲向玉星舟。

红烧乳鸽在队伍语音里急道：“奶茶你打不过他的！”

玉星舟，155 级，武当大师兄，修为 19400。

比奶茶小酥高了足足 1000 多修为！

玉星舟也压根儿没把这个女峨眉当回事。

他挥舞拂尘，一道八卦图想要困住奶茶小酥。谁料奶茶小酥走位灵活，迅速躲开。玉星舟暗道一声不好，可奶茶小酥已经逼近他的身侧。

武当是一个远程群攻门派，最不擅长近身战斗。不过峨眉也是，甚至峨眉都不是一个输出门派。

然而就是这个应该只会加血的奶妈，飞跃半空，雪白的绸缎长练在空中翻舞。“妙手回春”暴击伤害加成，玉星舟惨叫一声，倒地不起。

还剩下两分钟。

奶茶小酥稳稳落地，声音平静：“攻城。”

红烧乳鸽等人这才反应过来。

[帮派频道]红烧乳鸽：攻城！！！

帝阁玩家乌压压地冲了上去，很快占领城楼。

系统：敢问天下，谁是英雄。七级帮派“帝阁”成功占领七级帮派“江山如画”的城楼，获得奖励 10000000 铜币。

蓝衣剑客呆呆地站在战场边缘，远远望着那个身处战场最中央的白衣峨眉。

尸山血海中，一个美丽动人的白衣峨眉站在最中央，静静舞动白练，她与周围地狱般的杀人景象格格不入，黛眉微蹙，我见犹怜。忽然，她转过头看到了季小礼，然后踩过玉星舟的尸体，一步一步地走到蓝衣剑客的面前。

也没打字，奶茶小酥直接在队伍语音里说话，声音还是那么好听。

“我说过，除了越见春和，我可以击杀任何人。”

季小礼在电脑前呆坐了好几秒，眼睛有点发直，下一秒，手忙脚乱地关机下线。

打赢帮战，帝阁成员们欢呼雀跃，并没有人发现季小礼突然下线。

红烧乳鸽率领队友攻破城门后，刚高兴了几秒，渐渐回味出不对来，犹犹豫豫地私聊奶茶小酥：那个……奶茶，你是男的？

奶茶小酥看着这行字，似乎看出了屏幕那端红烧乳鸽瑟瑟缩缩的样子。他回复了一个字：嗯。

红烧乳鸽回忆了一下刚刚发生的事，有点难以置信：哈哈哈，没想到你是男的。刚才帮战最后是你在指挥吧？你蛮会的嘛，指挥得很好。对了，你的声音和春和有点像呢，我差点认错了，以为是春和在指挥我们。

[私聊频道] 奶茶小酥：我就是越见春和。

红烧乳鸽：……

同样的一声国骂，也发生在《侠客行》一区另一位大佬身上。

天山三师兄老万和红烧乳鸽一样，也私聊了奶茶小酥，并得知了真相。

队伍里的其他玩家都没听过越见春和的声音，顶多是惊讶奶茶小酥居然是个男人。只有红烧乳鸽和老万，感觉自己的世界观被狠狠地碾压了一遍，碎成了渣渣，再也粘不起来了。

红烧乳鸽想得比老万还多点。

“……我当着他的面骂他是混账，骂他不要脸，我还污蔑他去泡妞……”红烧乳鸽泪流满面，她怎么就管不住这张嘴呢？！

[私聊频道]红烧乳鸽：春和……喀喀，你玩峨眉干什么？

[私聊频道]奶茶小酥：奶我自己。

[私聊频道]红烧乳鸽：啊？

越见春和没回答，而是说了另一件事：他不知道我是谁，我暂时不打算暴露身份。除了肉包、你和老万，其他人都不知道我是谁。他俩都不是喜欢到处乱说的人。

红烧乳鸽一下子没反应过来，琢磨了一会儿才明白对方意思——保护我方肉包和老万都不喜欢八卦，只有她挺爱找人聊天。

如果“奶茶小酥是越见春和”这件事被别人知道，只有可能是她说的。

红烧乳鸽不服气：凭什么是我说的啊！肯定不是我，我嘴特别牢！

奶茶小酥：嗯？

红烧乳鸽：……好吧，我嘴一点儿都不牢。但我绝对绝对不会说出去的，我发誓！要是我说出去，就让北苑一辈子打不赢！

无辜躺枪的北苑打了个喷嚏。

威逼利诱了红烧乳鸽和老万后，过了几分钟，一个突然下线的人，头像再次亮了起来。

[私聊频道]老师立正敬礼：啊啊啊，突然跳闸了！

越见春和若有所思地看着这句话，觉得这话和“手滑拉黑”颇有异曲同工之妙。

帮战已经结束十分钟，玩家们打扫战场，领取了自己的帮战奖励，早已离开。荒凉的战场上，只剩下蓝衣剑客和白衣峨眉相对而立。

季小礼：那个，徒弟，你为什么不走？他们都走了，你留在这儿干什么？

奶茶小酥：等你回来。

季小礼顿时心虚不已，赶紧对电力公司进行指责：突然跳闸，害得我连帮战奖励都没拿到！

等了一会儿，没等到回复，季小礼松了口气，看来是混过去了。

师徒二人离开战场，组队去做今天的日常任务。

风景如画的竹林里，华山剑客挽起袖子，低头砍竹子，峨眉在一旁采药草。两人都没有说话，也不需要操作，他们在挂机做任务。但是季小礼忍不住转动视角，偷偷看着自家徒弟。

为什么忽然关机下线，季小礼自己也不明白。

他只记得那个时候，耳机里传来徒弟好听的声音，看着眼前那个清冷绝世的白衣峨眉。女峨眉向他走来，说出来的话是男声，这声音冷静稳重，角色的实力也很强大。他们的声音不太契合，但他们就是同一个人。

季小礼在那一瞬间被狠狠地震撼到了，等他关机下线，才发现自己做的是无意识的事情。

蓝衣剑客非常老实地砍竹子，季小礼看着屏幕里的女峨眉。

老师立正敬礼：徒儿，你居然真的能单杀玉星舟！你也太强了吧，他装备比你好，又是输出职业，你一个奶妈竟然能单杀他！

奶茶小酥：他操作一般，另外武当如果被近身，很容易死。

老师立正敬礼：那你也很强啊。不过所有人都知道你是男的了……

奶茶小酥在帮战中语音指挥，他指挥得很出色，操作也很犀利，一个奶妈单杀武当大师兄。但帮战过后，队伍里的玩家们也没瞒着，直接将奶茶小酥是男人的事情说了出去。

奶茶小酥：我难道不是男人？

老师立正敬礼：啊？

奶茶小酥：我本来就是男人，也从来没故意瞒着。

对啊，他徒弟又没装女人，为什么玩女角色的人不能是男人！

师徒两人开开心心地在竹林里砍竹子、挖草药。季小礼砍完足够数量的竹子后，奶茶小酥突然道：你好像很开心。

季小礼一脸蒙：我很开心？哦，可能有吧。我不开心做什么？徒儿，你有什么不开心的事吗？

犹豫片刻，越见春和把输入框里的字删去，看着屏幕里傻里傻气的华山剑客，轻轻叹了口气。

打完字，奶茶小酥一直没动作，季小礼以为他那边游戏死机了，操控角色绕着白衣峨眉转了几圈，一边走一边问“徒儿你卡了”“徒儿你听得到为师说话吗”“喂喂”。

奶茶小酥：……没有。

季小礼本以为徒弟被爆出是男人之后会出现一些八卦，或者贴吧、论坛出现一些讨论他的帖子，谁料三天过去，风平浪静，压根儿没人对“奶茶小酥是男人”这件事有任何兴趣。

季小礼非常蒙。

老师立正敬礼：不是，你们就不惊讶我徒弟是个男人？

老万：惊讶过了啊，帮战那天晚上，帮里讨论了十分钟。

老师立正敬礼：就十分钟？

老万发来一个“擦汗”的表情。

老万：不然呢？峨眉三师姐是男人这件事，能让我们每个人增加100修为吗？能给每人发一个神器吗？关心他一点儿好处都没有，还不如想办法提升修为。

我区一心一意钻研武学的设定果然不崩！

队伍里，红烧乳鸽却突然插话。

红烧乳鸽：这都得感谢春和。春和作为我区第一大佬，也是全区第一大佬，起到了非常好的带头作用。他从不骗小姑娘感情，也不勾搭小姑娘，全身心投入提升修为、如何让自己变得更强的伟大事业中。正因为这样，我们才能在他的正确带领下，过上清心寡欲……但是无比充实的生活！

季小礼提醒道：你前两天还说他大半夜去泡妞。

红烧乳鸽十分惊恐：是谁？是谁说的这种话？胡说，简直是满口胡言，说这话的人良心不会痛吗？春和是什么样的人我不知道吗？他人特别好，非常自律。他大半夜没参加帮战肯定是因为要工作，才不可能是泡妞！

老师立正敬礼：……

你的良心才不会痛吧！

游戏里，奶茶小酥淡定地给季小礼加了口奶，没有吭声。

红烧乳鸽还越说越起劲了。

她把越见春和从头发丝到脚底板夸了个遍，恨不得抓着越见春和，当着他的面好好夸一通。

红烧乳鸽：越老板的装备那叫一个好，越老板的操作那叫一个妙，我们越老板人长得帅，又有钱，脾气还好。我要是没对象，我一定要嫁给他。

季小礼："……"

你们大佬脑子都不正常吗？！

然而这只是个开始。

季小礼发现，红烧乳鸽不知从什么时候开始，变成了"越见春和吹"。下副本的时候，她会夸一下越见春和，说越见春和的操作有多好，这个副本就是他带领大家开荒的；做日常任务的时候，她还要夸一下越见春和。

红烧乳鸽：我们区跑商的时候从来不会有人劫镖，为什么？因为当初有小号被劫镖，越老板帮着他追杀了劫镖的那个人半个月！越老板仗义！

…………

就这么吹了整整一天，直到奶茶小酥说了句"打 BOSS 的时候不要打字，这个 BOSS 伤害很高，你容易死"，红烧乳鸽才闭嘴。

终于做完了所有任务，红烧乳鸽临走前还在队伍频道里说：其实我真的蛮佩服春和的。

季小礼敏锐地察觉到：你这句话说得好像挺真诚。

红烧乳鸽惊慌道：我之前也特别有真情实感，每句话都发自肺腑，字字珠玑！

老万：……字字珠玑不是这么用的。

红烧乳鸽：反正我特别特别真！

老师立正敬礼：……

你说这话你自己信吗？

大家解散队伍，各做各事。

季小礼要去做单人任务，他打算和徒弟告别，顺便吐槽一下红烧乳鸽。

老师立正敬礼：鸽子大佬今天是不是吃错药了，怎么一直夸越见春和那个渣男？

奶茶小酥：或许她说的都是真的。真情实感？

季小礼一脸疑惑地看着自家徒弟，还围着白衣峨眉转了好几圈。

老师立正敬礼：徒儿，你今天是不是也吃错药了？居然夸咱们门派的死敌，你忘了咱们的祖训了吗？

奶茶小酥：……

季小礼觉得今天每个人都很不对劲，怎么全世界都在夸越见春和是个好人？

他莫名其妙地骑上大宝马，准备去做单人任务。就在这时，奶茶小酥喊住了他。

纤细的女峨眉站在高头大马前，抬起头，望着马上的蓝衣剑客。月光照耀在她的身上，仿佛月下仙子，不染纤尘。

[当前频道]奶茶小酥：师父，我超过北苑了。

季小礼一愣，赶紧打开排行榜。

[当前频道]老师立正敬礼：徒儿你太牛了，你真的超过北苑了！

峨眉排行榜第一名，奶茶小酥，157 级，19100 修为。

[当前频道]奶茶小酥：我打算开始 PK。

[当前频道]老师立正敬礼：那好啊，赶紧证明给他们看，我徒弟能一挑五！

[当前频道]奶茶小酥：PK 分为四种。单人 PK，双人 PK，三人

PK 和五人组队 PK。

季小礼没明白：啊？

怎么突然说这个。

奶茶小酥：单挑，除了越见春和，其他人我都不怕。三人 PK，我和你组队，再加上红烧乳鸽，也不成问题。五人 PK，也非常简单。但是双人 PK，我可能打不过北苑。在双人 PK 上，她才是峨眉大师姐。

季小礼急了：你打不过她？不可能！你有妙手回春，你操作那么好，你才是峨眉大师姐！我徒弟天下第一！

奶茶小酥：但她有侠缘 buff。

侠缘 buff，指组成侠义关系的两个玩家，组队 PK 时，双方血量增加百分之十，防御力增加百分之十。仅限于两人组队。

奶茶小酥：我们结缘，除了侠缘 buff，还有师徒 buff。

月悬中天，竹影摇曳。

白衣峨眉挡在华山剑客的马前，轻飘飘地说出一句话，砸得季小礼半天没回过神。

季小礼的脑子炸成一团糨糊，他觉得哪儿哪儿都不对劲，可是心底有个小角落又发出肯定的声音：好像也没什么不对。

2V2 的竞技场 PK，一旦北苑和借天一刀组队，他们有侠缘 buff，别说奶茶小酥打不过，就算是越见春和，要是不和一个大奶妈组队，也不是他们的对手。

如果季小礼和奶茶小酥结缘，他们除了有侠缘 buff，还会有师徒 buff。

季小礼现在是华山排行榜第十五名，比上不足，比下有余。双重

buff 加身，再加上奶茶小酥高超的 PK 技术，绝对能击败北苑和借天一刀。

但是……

老师立正敬礼：徒……徒儿，我们要是结缘了，PK 的时候真的能变得更厉害吗？

奶茶小酥：我们的师徒 buff，看到了吗？

老师立正敬礼：看到了。

奶茶小酥：我们结缘就是为了 2V2 的 PK，不出于其他目的。毕竟，虽然我们目前是师徒关系，但其实是可以随时出师的。你说过，结缘还可以取消关系，但是徒弟只有两个，收完两个，再也没有第三个，所以我一直没有想过出师。侠缘 buff 加上师徒 buff，双重 buff 作用下，我们的战绩肯定会更好。

徒弟说得好有道理，他竟无法反驳。

奶茶小酥：之前不打竞技场，是因为我的号还没提升到那个程度。玉星舟、借天一刀、红烧乳鸽……他们几个的装备不比我差，甚至比我还好，我没有把握稳胜他们。现在我有把握了。

奶茶小酥：2V2 其实也不是那么重要，没有侠缘的玩家不会去打这个。比如越见春和、玉星舟都没打过 2V2。

奶茶小酥：所以在这方面，输给北苑也没什么。

输给北苑？那不行！

季小礼赶忙道：结！咱们现在就去结缘！

蓝衣剑客十分果断，说结缘就结缘，拉着自家徒弟就要去孔庙。

奶茶小酥似乎被季小礼的办事效率给震惊到了，一时间没说话。等季小礼拉着徒弟抵达孔庙时，奶茶小酥才道：我们还没领取任务。

老师立正敬礼：啊？

奶茶小酥：……你没看过攻略吗？结缘的话需要先提前准备一周，做“生死之交”任务，然后才可以结缘。

老师立正敬礼：……

他看这个干什么啊？！

两人灰溜溜地离开孔庙，领取了任务。

这个任务分为三部分，有单人任务、双人任务和神秘任务。季小礼一边做单人任务，一边奇怪地想道：“徒弟好像蛮懂结缘流程的，他不是临时决定要结缘的吗？怎么一副有准备的样子……”

想不通的事就不再去想，反正没事就好。

这大概是季小礼的人生准则吧。

《侠客行》的结缘系统非常正式，做前置任务期间，双方都可以反悔，不扣任何金钱。然而一旦结缘，打算解除关系，主动解除关系的一方需要给另一方 100 万铜钱的“绝交费”。

刚收徒的时候季小礼就对徒弟说过，侠缘关系可以绝交，徒弟却一辈子只能收两个。原因就是绝交的代价太低了。100 万铜钱折合成人民币才 10 块钱，还可以在游戏里慢慢攒出来，不用花钱。徒弟却是实打实地只能收两个。

为了徒弟，结缘又怎么样，季小礼一咬牙，当然决定干了。

奶茶小酥说到做到，他开始参加 PK。

峨眉大师姐，拥有妙手回春，再加上极高的操作，几天内，奶茶小酥就成了 1V1 排行榜第三名，3V3 排行榜第四名，5V5 排行榜第三名。季小礼非常不幸，曾经和徒弟匹配到一次，师父高兴极了，赶忙给徒弟打招呼：徒儿，你让让我啊！

三十秒后。

系统：拭剑天下，唯我独尊。玩家“奶茶小酥”击败玩家“老师立正敬礼”，拔得头筹。

季小礼：“……”

下一刻，徒弟发来私信。

奶茶小酥：你的PK有点问题，刚才我故意没放水，试一下你的缺点。来切磋，提高一下你的PK操作？

季小礼感动极了，原来自家小徒弟是为了帮师父提升PK技术，他立刻回道：徒儿，我这就来！

虽然有了帮战的一战成名，但是大多数玩家并没有亲眼看见奶茶小酥单杀玉星舟的场景，很多人依旧不信奶茶小酥技术很好。随着奶茶小酥的名字在竞技排行榜上的崛起，玩家们终于意识到，奶茶老板的技术是真的好！

一周后，奶茶小酥击败借天一刀，成为1V1排行榜第二名，仅次于越见春和。

周日下午，季小礼美滋滋地喝完李婶煮的莲子汤，打开游戏。

这个时候，他已经做完了最后一环神秘任务，和奶茶小酥站在孔庙外。孔庙外有一棵巨大的枫树，上面挂满了全服玩家的同心锁，密密麻麻。

两片火红色的枫叶从树上飘落，落在季小礼和奶茶小酥的手中。

系统：此情如山，共赴五岳。请在红叶上写下密语。

系统：友情提示，该密语不会直接告知对方，但是每日亥时，良缘树会随机掉落三十三片红叶，掉落时间为十分钟。如果你想知道爱人留给你的爱情密语，可前往孔庙良缘树，有缘则可找到。

季小礼第一次知道良缘树每天会掉叶子的事。

难怪《侠客行》刚开结缘系统的时候，每天都有好多玩家来捡良缘树的叶子，原来是想看看能不能捡到自己的那两片叶子。后来估计是难度太高，想在全服几万对侠缘的红叶中找到自己的实在不大现实，那些人渐渐就不再来了。

季小礼扭头一看，奶茶小酥十分淡定地写完密语，早早交了上去。

季小礼想了想，在叶子上写下一行字，也交了上去。

两人在红叶上写完字，挂好同心锁，做完合酒的任务，提交给系统。

系统：海内存知己，天涯若比邻。玩家“老师立正敬礼”和玩家“奶茶小酥”同气相诺，苦难共度。今日嘉礼初成，良缘遂缔。互助精诚，共盟互助之誓。此证。

季小礼是华山排行第十五位的大佬，奶茶小酥更是峨眉大师姐，两人一结缘，整个游戏立刻炸锅了。

世界上——

什么情况？说结缘就结缘，连个提前通知都没有？

帝阁帮派里，帮众们也被吓了一跳，纷纷炸出水面。

[帮派频道]老万：我想静静，别问我静静是谁。

[帮派频道]红烧乳鸽：静静是我的，我也想静静，也别问我静静是谁。

[帮派频道]我就是肉包：哇哦，敌礼和奶茶结缘了？你们怎么说结缘就结缘？

《侠客行》的结缘对象不分男女角色，异性角色可以结缘，两个男角色可以结缘，两个女角色也可以。但是大多数玩家都喜欢用异性角色结缘。

[帮派频道]叫我啾啾吧：老板们结缘了！有红包吗？有红包吗？有红包吗？！

[帮派频道]杨修：……什么情况。

[帮派频道]小鱼仙：我不管，这个时候一定要留下我的身影！

季小礼赶紧在帮派频道解释。

[帮派频道]老师立正敬礼：我们是为了参加 2V2 的 PK 才决定结缘的，有侠缘 buff，还有师徒 buff，你懂的。

[帮派频道]小鱼仙：原来是为了 PK 啊，唉……

[帮派频道]保护我方肉包：就为了 PK？不是吧，奶茶老板，就算为了 PK，你也不提前通知一下兄弟们？该不会你就准备凑活做个任务，其他什么都不搞了？

[帮派频道]我就是肉包：你们不举办结缘礼了？

[帮派频道]红烧乳鸽：必须办，必须办，我要参加！

[帮派频道]老万：我也很想参加……

季小礼正准备说“我和徒弟就为了 PK，办什么办啊”，只见奶茶小酥道：嗯。

[帮派频道]保护我方肉包：你“嗯”是什么意思？你该不会利用

完我们敬礼小朋友就跑吧？

［帮派频道］奶茶小酥：我是说，有结缘礼。

下一秒，只见一条价值 68 元人民币的喇叭从众人头顶飘过。

奶茶小酥：下周日晚八点，坐忘峰雪域外，欢迎参加我和老师立正敬礼的结缘礼。

68 元人民币的大金喇叭，一连刷了三十三条。

今年的公务员考试在十一月的第一个周六。

季小礼虽然没上过几天补习课，但他平时复习得还是很用心的，于是，到了考试那天，他信心满满地去参加了考试。

大清早，季爸爸、季妈妈把儿子送进考场，就离开了。

下午，考完试季小礼回到家，整个人蔫蔫的，非常老实地冲他爸妈说：“感觉考砸了。”

季爸爸一拍大腿：“没事，儿子，你干什么爸爸都支持你！”不当那什么公务员也挺好的，离家远。

晚上，季小礼打开微信，发现大学同学群也在聊今天的公务员考试。所有人都说自己考砸了，只有极个别学霸表示“好像也没特别难”，然后遭到大家的一致谴责。

季小礼顿时乐了，敢情不是他一个人考砸啊。

看到大家都过得不开心，季小礼瞬间开心起来。

群里聊了一会儿，有人调侃李丰邵。

夏晓：老李你就不同了，复旦的研究生，将来可是名校毕业。你压根儿不愁，哪像我们，太苦了，今年的申论怎么这么难啊！

李丰邵：唉，可别提了，今天我家老头发了好大一通火，咱们整个研究所的师兄、师姐走路都不敢吭声的。

夏晓：怎么了？更年期？

李丰邵：不是，就太子殿下突然回家继承家业去了！那可是我们老头的心头宝啊，就指着他以后继承老头的研究所，把研究所发扬光大呢。这下可好，学校挽留不听，老头苦劝不管。原来人家回国不是为了搞机器人，是为了继承家业！我也想有家业继承。

季小礼的脑海里一下子浮现出那个长得特别好看的男人。

大家安慰了几句李丰邵，最后得出结论——

不好好学习就回去继承家业的梗，竟然是真的。

众同学感慨，万恶的有钱人！

季小礼深表赞同：万恶的有钱人！

暴发户季小礼压根儿没有自己也是有钱人的自觉。

计划内的公考结束，第二天就是季小礼的游戏角色和奶茶小酥结缘的日子。

季小礼早早地上了线，师徒之间非常默契。

奶茶小酥：2V2？

老师立正敬礼：好！

季小礼操纵人物，熟门熟路地来到楼兰古战场。奶茶小酥早在那儿等着了，两人立刻组队，进行匹配。不一会儿，就匹配到了对手。

季小礼摩拳擦掌，把自己在公考上没用完的力气全部发泄到游戏 PK 上。

他俩一个是华山排行榜第十三名的大剑客，一个是峨眉排行榜第一名的大奶妈。再加上师徒 buff 和侠缘 buff，季小礼和奶茶小酥所向披靡，战无不胜。

季小礼认真地操作着，直到晚上七点多，奶茶小酥突然取消匹配。

老师立正敬礼：徒弟，咋不玩了啊？

奶茶小酥：结缘礼。

季小礼一惊，对啊，到时间了！师徒二人赶紧离开楼兰古战场，前往坐忘峰。

一周前，奶茶小酥连发三十三个金色大喇叭，宣布自己和季小礼的结缘礼，着实吓到了世界上的玩家。按理说两个人结个缘还搞得这么张扬，怎么都该引发一拨讨论吧，但是很快，当季小礼和奶茶小酥开始组队打 2V2 竞技场后，玩家们竟都自然而然地明白了这一行为的目的：奶茶老板和敬礼老板结缘，明显是为了侠缘 buff 嘛！

这个说法一传十，十传百，渐渐地，所有玩家都认可了，随着师徒二人在 2V2 排行榜上名次的提升，这个说法更是得到了证实。

本区一心关注修为、从不搞事的人设，今天也没有崩。

但也有人提出疑议：既然是为了 PK 结缘，为什么还要举办结缘礼？奶茶老板还发了三十三个黄金大喇叭啊，这也太有钱了吧！

季小礼也觉得这句话说到了自己的心坎。

谁料下一秒，本区佛系玩家竟然又帮季小礼找好了理由：有钱人的世界我们不懂。就像你能明白，为什么玉星舟那个王八蛋左拥右抱，七个 CP，每个人还死心塌地谁都不吃醋吗？

该玩家立刻认可：对对对，有钱人的世界我们不明白。

是的，本区武当大师兄“玉星舟”前两天被爆拥有七个女峨眉绑定奶，而且八个人经常一起做任务，相处得极为融洽。

回到为了侠缘 buff 才结缘，为什么要办结缘礼？

对于这个问题，奶茶小酥本人给出了答案：你是第一次结缘吗？

季小礼一愣，老实承认：对。

奶茶小酥：我也是第一次。

老师立正敬礼：？

奶茶小酥：师父，你忘了我们门派的宗旨了吗？

老师立正敬礼：砍死越见春和那个龟孙儿？

奶茶小酥：……是人傻钱多。

奶茶小酥：我们俩的第一次结缘礼，既然要办，就要办成最好的。

季小礼被忽悠得直点头：没错，要办最好的！

完全忘了一开始的问题是“为什么要办结缘礼”。

奶茶小酥开始准备结缘礼，季小礼也没闲着。他不知道徒弟做了什么准备，但他也想给徒弟一个好的游戏体验。他俩玩游戏这么久，师徒二人长期绑定在一起，互相取暖，感情非常深。

《侠客行》历来就有凑热闹的习惯，当然要好好庆祝一番。

季小礼来到坐忘峰，奶茶小酥先他一步离开。

白雪皑皑的坐忘峰顶，站满了帝阁帮众和一大堆围观的吃瓜群众。

蓝衣剑客骑着大宝马走上坐忘峰的最高处，非常豪迈地一挥手：谢谢各位来参加我和我徒儿的结缘礼。虽然咱们这个结缘礼的动机非常不纯，喀喀，是的，咱们是为了 PK，但来者是客，大家吃好喝好。

下一秒，季小礼撒下一大把红包。

[世界频道]武当叛徒：敬礼大佬在坐忘峰发红包了！

[世界频道]千山鸟飞绝：啊啊啊，我抽到一个绿色技能！谢谢敬礼大佬，给老板比心，祝老板结缘快乐！

[世界频道]农夫山泉：妈呀，等等我，我这就去坐忘峰！

季小礼无比豪气，价值1块钱的红包不要钱地发。终年积雪的坐忘峰顶飘起了红包雨，玩家们疯抢一空，连帝阁帮众都忍不住参与进了抢红包活动，一句句的“老板万岁”在坐忘峰顶刷屏。

八点一到，保护我方肉包一声令下，抢红包的帝阁帮众立刻归位。

大家齐贺一句“结缘快乐”，接着一起从包裹里拿出价值128元人民币的烟花。

数十朵烟花齐齐在夜空中绽放，将漆黑的天空照亮。每朵炸开的烟花都是128元人民币，人民币的光芒亮瞎了每个玩家的眼，不断有玩家在世界频道发着信息——

这得多少钱啊？！

都说128元的烟花最好看。我看全错了，100个128元烟花才是最好看的啊！

季小礼被这大手笔震撼到了，回头只见灿金如雨的黑夜中，一辆九鸾凤车从天而降。

金色的烟花绽放在华丽的凤车周围，九头鸾凤高鸣一声，群鸟回应。

一身白衣的峨眉站在凤车前方，向季小礼伸出手，邀请共乘。

等季小礼反应过来，徒弟已经驾驶九鸾凤车，绕着坐忘峰转了一圈。接着师徒二人在全部游戏玩家的惊呼声中，驾着九鸾凤车……走了。

第七章

越见春和

坐忘峰顶的玩家们疑惑不已，这就结束了？

保护我方肉包站了出来：喀喀，人家师徒俩有悄悄话要说，所以就这样了。不过奶茶在给我们烟花前，还给了我们很多红包，虽然敬礼发过红包了，但还有一拨，激动不？

玩家们：给老板们比心！老板们千秋万代，游戏愉快！

千秋万代的季小礼被九鸾凤车的特效震惊得久久没有缓过神来。

季小礼：徒儿，九鸾凤车啊！这是不是那个抽奖抽出来的九鸾凤车？

奶茶小酥：嗯。

九鸾凤车和越见春和的那件时装一样，都是《侠客行》中的稀缺品。上周《侠客行》才开了一个活动，抽时装箱子，有一定概率获得某件时装，还有极小的概率能获得九鸾凤车。

驾驶这辆车，可以跨越地图界限，无须转换画面，就能满世界跑。

九头鸾凤拉着你满地图跑，怎么看怎么带感。但这东西的掉率太低了，有人为了抽出九鸾凤车花了很多钱。

老师立正敬礼：你花了多少钱抽出来的？

季小礼无比关心这个问题。

奶茶小酥：……我挺欧的。

老师立正敬礼：多少？

奶茶小酥：8 万。

老师立正敬礼：你比越见春和还黑！

奶茶小酥：……

越见春和花了 3 万多抽出那件时装，他徒弟花了足足 8 万啊！

季小礼有点肉疼：好贵……

奶茶小酥：好看吗？

老师立正敬礼：好看，太拉风了！

奶茶小酥：好看，就行了。

丢下坐忘峰上的玩家，季小礼拉着徒弟兴奋地跑遍了整个地图。玩完后，季小礼还不忘炫耀最近的战果：我最近 PK 技术有提升，徒儿，你要来试试吗？

奶茶小酥：好。

季小礼打起精神，不停地按键盘、鼠标，撑了三分钟，还是死在白衣峨眉的白练下。

奶茶小酥却有点惊讶：你变强了。

不是装备更好，而是技术更强了。

季小礼从地上爬起来，理直气壮地打字回复：徒儿，你不是想 PK 吗？虽然为师比你差很多，但是我不能拖你的后腿啊。我可能永远不能做到像你那么强，但我会慢慢变强的。咱们师徒一心，同进同退！

奶茶小酥：练了多久？

季小礼一愣，他想了想：也没多久吧，就每天晚上，鸽子老板都来陪我练一会儿，她PK技术也蛮厉害的。大概……每天一小时？哦，对，昨天我要公考，练得少了点，不到一小时。

奶茶小酥站在九鸾凤车上，华美高贵的鸾凤轻轻地蹭着女峨眉，而她看着身旁的华山剑客。

良久。

奶茶小酥：我也会足够强的。

季小礼看着这行字，微微一愣。

老师立正敬礼：好！

季小礼和奶茶小酥开心地玩了好几天刚得到的九鸾凤车，玩过瘾后，他们才继续磨炼PK技巧。

这天晚上徒弟不在，季小礼只能一个人参加5V5竞技场。红烧乳鸽将他拉进一个队，季小礼进去一看，被这队伍的豪华阵容惊呆了。

红烧乳鸽、贫僧法号戒色、保护我方肉包和……越见春和？！

加入帝阁一个月，季小礼已经很久没想起越见春和了。

帝阁的玩家非常热情，只要混熟了，大家都很好说话。突然看见越见春和，季小礼情绪复杂，对红烧乳鸽发去六个点。

红烧乳鸽：？

老师立正敬礼：这是……越老板？

红烧乳鸽：不是，春和今晚有事，不打PK，这是他的代练，你认识的，之前我们一起下过副本。

原来是那个代练啊，季小礼松了口气。

贫僧法号戒色：小三，怎么最近都是你上春和的号？那个小五呢？好久没见过了。

越见春和：什么小三，我有名字的，我叫老牛。

贫僧法号戒色：你不是春和代练团里的第三号代练嘛，叫什么都一样。那个小五呢，他上个月还说想给我代练。正好我那个代练最近忙，可能不想干了。

越见春和：那个小五被老板开除了啊。我发现那个人私底下卖越老板的装备，越老板大方，没追究他，就把他开除了。越老板的好装备、好道具太多了，好多用不到，卖掉一两个完全发现不了，所以他卖了好几个月了，我无意中才发现。

季小礼愣住。

老师立正敬礼：代练团？

红烧乳鸽：对啊，春和有个代练团，敬礼你不知道？我就俩代练，春和有八个代练呢。

保护我方肉包：那个代练也太恶心了吧，卖春和多少东西了？

越见春和：不知道。反正以前越老板玩的那个小号峨眉，也抽出过好东西。越老板后来不是不玩那个号了吗？就没再上过号。我前两天帮他上去一看，里面的东西也全被卖光了。

这话一出，队伍里的其他三人都震惊不已：越见春和以前还玩过峨眉小号？！

肉包和红烧乳鸽是惊讶于越见春和还玩过其他峨眉小号。

戒色则是真的完全没想到。

只有季小礼没出声，他忽然觉得好像有一丝不对，奇怪的感觉又抓不住，脑子里蒙蒙的。

越见春和：玩过啊。大概两个月前的事情了，我找一下……

峨眉小号，代练团，卖装备的代练，两个月前……

越见春和：那号叫“和春”，120 级，13000 修为，最厉害的时候还上过峨眉排行榜第十七名呢。我偷偷告诉你们，可别说是我说的。越老板早就觉得北苑太烦了，想换个奶，所以他自己练了个小号，我们也帮他代练那个号。不过后来不知道为什么，他突然不要那个号，就不玩了。

知道内情的肉包和鸽子立刻明白——为什么不玩？因为买到有妙手回春的峨眉号了啊！

季小礼愣愣地看着手机屏幕。

系统：您的侠缘“奶茶小酥”上线了。

系统：您的徒弟“奶茶小酥”上线了。

季小礼下意识地点开徒弟的头像。

[私聊频道] 老师立正敬礼：徒弟，我忽然有了个大胆的猜想……

[私聊频道] 奶茶小酥：?

[私聊频道] 老师立正敬礼：我可能误会越见春和……那个渣男了……

[私聊频道] 奶茶小酥：怎么回事?

队伍频道里，越见春和的代练还在和其他几位老板说号主的八卦，津津有味，不亦乐乎。季小礼却郁闷极了，他大约猜出了一个真相，然而不向越见春和本人求证，谁也无法证明他猜得对不对。

可季小礼怎么可能找越见春和求证。

如果他的猜测是真的，那他简直是送脸去给越见春和打。

要是假的……那更丢人了啊！

心里乱成一团，季小礼没注意到徒弟的话，也没注意到徒弟和往常不同的语气。等到奶茶小酥又问了一遍“发生了什么事”，季小礼一个激灵。

老师立正敬礼：也……也没什么，就是，我可能误会越见春和了，或许骗我的人不是他……

奶茶小酥：他骗过你什么？

季小礼：“……”

徒弟为什么这么单刀直入？都不委婉一点儿吗？！

季小礼没好意思把自己当初做的蠢事说出来，含含糊糊地说了点。

《侠客行》这个游戏刚上线时，季小礼是第一批玩家。他第一次玩网游，对装备、等级、副本一窍不通，看游戏推荐说峨眉奶妈操作简单，比较容易上手，就选了峨眉。

金庸大侠的峨眉派不仅有女子，还有男子，可到了《侠客行》，峨眉派只招收女徒弟。但季小礼并不介意。

老师立正敬礼：其实你师父我以前玩过一个峨眉号……当然没你这么厉害了，就是个普通的峨眉，最厉害的时候大概是峨眉排行榜第八十名。我后来收了个徒弟，没想到居然是越见春和的小号。

看着屏幕上的字，越见春和瞳孔一缩。

奶茶小酥：你叫什么？

季小礼想也没想，就把自己的ID打了上去，完全没想过徒弟为什么会问这个问题。

老师立正敬礼：叫“画风清奇”。

奶茶小酥：……

季小礼：唉！别说了，越见春和的一个代练说，他那个小号根本不是他上的，很多时候都是代练上。说不定骗我的人是他代练，越见春和本人压根儿没玩过那个小号，当初拜我为师的也不是他。

意外知道了这件事，季小礼突然对越见春和也没那么讨厌了。

又或者说，早在他来帝阁的这一个多月，他对越见春和这个人，就已没有太多之前的那种厌恶感了。

他认识了红烧乳鸽、肉包，每天可以打游戏下副本，日常活动丰富多彩。

他还有新的徒弟。

当初那个带给他不愉快体验的人，在他心里，也已经没有太多分量了。

看着电脑屏幕上静静站立的白衣峨眉，季小礼心情好了许多，烦躁感一下子消失了。

就是，他还有徒弟！奶茶小酥是个好徒弟，无论怎么说，都比越见春和好一万倍！

老师立正敬礼：不说他了，反正越见春和那么高冷，为师以后和他也扯不上关系。这次应该是我误会他了，他不是渣男，咱们门派也不需要把他当头号死敌了。

良久，奶茶小酥发来一句话：或许他也不是那么不渣。

老师立正敬礼：？？？

徒弟什么意思？

宽敞安静的书房里，阮风和后仰着靠在椅背上，疲惫地揉了揉太阳穴。

有些事可能是被炒掉的代练做的，但是他也并不是那么无辜，季小礼说出那个ID前，阮风和仔细回忆，没有想出一点儿关于“小号曾经有个师父”的事。

他忘得一干二净。

直到季小礼说出“画风清奇”这四个字，阮风和才从记忆的夹缝里拖曳出蛛丝马迹，他当初好像确实拜了个师父，那个师父的ID里也确实有“画”这个字，但他具体叫什么，甚至他是华山还是峨眉，他一点儿都不记得了。

拜师的是他，但是他从来没把那个师父放在心上过。

能让季小礼玩个小号都口口声声说“砍死越见春和”，那两人一定发生了一些事。

他的小号做了什么事让傻师父生气了？

确实，那个小号有代练去玩，但阮风和自己也玩了不少，季小礼接触到的和春，有一半应该是他。

可他还是不记得。

嗯，是挺渣的。

游戏里，季小礼看徒弟很久没回话，以为徒弟又掉线了。

老师立正敬礼：徒儿，你回来的时候跟我说一下，我打完本去喝汤啦。

十分钟后，季小礼美滋滋地喝完今天的汤，回到房间一看。

奶茶小酥：不怕流鼻血吗？

季小礼：“……”

这是什么垃圾徒弟！逐出师门！

老师立正敬礼：徒儿，为师得提醒你一下。徒弟一辈子只能收两个，但是绝交的话，为师账号里的铜钱还是够数的……

奶茶小酥：威胁我？

老师立正敬礼：哪敢，哪敢。

就许你天天欺负为师，不许为师反撺你一次啦？

奶茶小酥：对不起，我错了。

季小礼刚举起杯子，一口水卡在嗓子眼里，呛了个半死。

奶茶小酥：走吧，PK 去了。

季小礼晕晕乎乎地“欸”了一声，等上了马，他摸摸自己的脸，呲，有点热。

季小礼不再把越见春和当仇人，但事实上，连他自己也吐槽：“人家越老板压根儿不知道他有我这么一个仇人吧。”

游戏仍旧继续，没了一个假想仇敌，季小礼玩游戏玩得更开心了。

一切和往常一样没变，硬要说的话，徒弟好像更“活泼”了点儿。

以往都是季小礼被徒弟一句话噎住，半天说不出一个字。现在季小礼有样学样，偶尔也气气自家徒弟。

有次红烧乳鸽和季小礼师徒组队，看到季小礼在队伍频道里撺奶茶小酥，奶茶小酥居然没说什么，还反手给季小礼加了口血。

红烧乳鸽惊恐地私信季小礼：敬礼老板，老板啊！你这么跟奶茶说话呢？

老师立正敬礼：？？？

什么玩意儿？！怎么了？不行吗？

红烧乳鸽：奶茶这么宠你的吗？

老师立正敬礼：啥？

红烧乳鸽：你俩关系突然这么好？！

季小礼有点疑惑，不一直是这样吗？这有什么好奇怪的？

这时，因为两人私下在聊天，季小礼和红烧乳鸽非常默契地一起划水，奶茶小酥一个奶妈默默地单挑了 BOSS。BOSS 轰隆一声倒地，掉了满地的宝物。

奶茶小酥：捡东西，这个 BOSS 可以掉你需要的翡翠矿。走吧，去打下一个 BOSS。

老师立正敬礼：好咧，徒弟辛苦了！

红烧乳鸽：！！！

他以前不是这样的！

队伍解散，红烧乳鸽目送着季小礼和奶茶小酥骑马远去，最后私信了一下季小礼。

红烧乳鸽：我觉得奶茶老板太高冷了，敬礼，你得劝劝他，以后再这么下去，没女孩子喜欢的。

老师立正敬礼：？？？

老师立正敬礼：我徒弟这么优秀，为什么没女孩子喜欢？我徒弟长得帅，又有钱，操作强，还特别体贴。不喜欢是她们眼光不好。

红烧乳鸽：……你见过他了？他长得很帅吗？

老师立正敬礼：……

没见过就不能想想了吗？我徒弟天下第一！

然而没几天，季小礼发现，自己或许可以不用只是“想想”了。

[帮派频道]保护我方肉包：兄弟们，我和肉包想举办个线下聚会。正好快到圣诞节了，咱们帮很多时差党都要回国。我本人在上海，咱

们帮里江、浙、沪的人也比较多，聚会就定在上海。有人有兴趣吗？

［帮派频道］我就是肉包：戒色说酒店他包了，就住他家。

［帮派频道］贫僧法号戒色：阿弥陀佛，肉包施主说得有点夸张，不过，欢迎大家来小僧家借住，当然，格外欢迎女施主。

帝阁帮派里，江、浙、沪的玩家确实很多，占了一半。还有一些时差党，正好放圣诞假，他们便决定回国直接飞上海，先参加帮派聚会，然后再回家。

如此一来，肉包统计了一下。

［帮派频道］保护我方肉包：大概有三十个人可以来参加聚会，这比我想象的多啊，戒色，你家酒店够吗？

［帮派频道］贫僧法号戒色：女施主一律免单，男施主可否给点房钱？小僧做客栈的，最近生意不行，快揭不开锅了。

［帮派频道］红烧乳鸽：你可拉倒吧。大家快去他家蹭吃蹭喝，他家酒店是五星级的，黄浦江边上那家就是他家开的。以后咱们去上海就住他们家，然后报戒色名字，免单！

［帮派频道］贫僧法号戒色：你……！

［帮派频道］贫僧法号戒色：欺负出家人啦！

帮派频道里聊得热火朝天，季小礼犹豫半天，最后打了一行字，发出去。

［帮派频道］老师立正敬礼：我也去。

［帮派频道］保护我方肉包：好咧，这下有三十一个人了。

［帮派频道］老师立正敬礼：还有谁去？

过了几分钟，肉包发来回复。

挺多的，鸽子、戒色、老万……他们都去。欸，对了，你是苏州人？

[私聊频道]老师立正敬礼：对，我苏州的。

[私聊频道]保护我方肉包：可惜了，鸽子和老万都是无锡的。去的人里正好没苏州的，要不然你们还能一路。

[私聊频道]老师立正敬礼：我坐高铁过去，很方便的。

又聊了一会儿，季小礼找到自家徒弟，发现徒弟的头像是灰色的。

帮里又聊起聚会那天具体的活动。

鸽子、肉包几个女孩子讨论得像模像样，男人们插不上嘴。实在无聊，季小礼决定打一打竞技场。

自从认真学了PK技术后，季小礼的水平一日千里。

《侠客行》一共有六个门派，加起来有四十八个技能，加上被动技能，不超过六十个技能。原本认真学PK是为了不拖徒弟的后腿，可当季小礼真的把五十多个技能效果背熟后，他的水平一下子有了质的提高。

如今，季小礼162级，修为19000，PK排行榜第九名。

因为等级高，PK排名高，季小礼匹配了一分钟才匹配到对手，但他仔细一看，看到对手名字——

老师立正敬礼VS越见春和

游戏里，画面一转，两个华山剑客被扔进了楼兰古战场。

宽广的PK台上，巨石嶙峋，石头在中央堆砌出一个足够大的平台，就是PK场。

季小礼穿着华山少侠的蓝色门派装，越见春和穿着那一身价值3万元人民币、无比拉风的白色时装，虽然两个华山剑客都提着相似的长剑，然而，季小礼怎么看都觉得自己操作的这个号是捡来的。

季小礼有点怂，如果没有之前越见春和代练说的事，他还能把越见春和当仇人，不用客气，撸起袖子就干。

可现在……

[当前频道] 老师立正敬礼：越老板好，你也打竞技场啊，好巧哈哈哈。

更尴尬了。

季小礼发完这句话就后悔了。

如果操控这个号的是那个代练，那他可能认识季小礼，还会和他一起尴尬地哈哈哈，但要是越见春和本人……

他对我的印象大概就是那块玄铁，我还没卖给他吧？说不定都不记得我是谁了。季小礼在心底暗想。

[当前频道] 越见春和：我退出？

季小礼一愣，随即他反应过来。

老师立正敬礼：越老板本人？

越见春和：嗯。

越见春和：开始后，我退出。

季小礼不明所以地看着这行字。退出？越老板这是要给他送分？

如今《侠客行》一区排行榜上，第一名仍旧是越见春和，修为24000。第二位是玉星舟，修为20000出头。第三位变成了奶茶小酥，他家徒弟超越借天一刀，成了排行榜第三名。

越见春和是总榜第一，财富榜第一，PK榜第一，他的装备是全区最好的，据说PK技术也特别厉害。

季小礼突然燃起熊熊斗志：越老板，别退出，我PK也很厉害的。

越见春和：……嗯。

二十秒后。

系统：拭剑天下，唯我独尊。玩家“越见春和”击败玩家“老师立正敬礼”，拔得头筹。

季小礼：“……”

PK 厉害个毛线啊！还不是活不过一分钟？

每轮 PK 结束后，会有三十秒的死亡时间，玩家可自主选择是否退出 PK 台。然而季小礼没退出去，他躺在地上暗自悔恨，人家都要给他送分了，他居然不要，怕不是个傻子吧？

[当前频道]越见春和：我的装备和技能比你好太多。你如果有华山的极品金色技能“寸芒剑心”，我有可能被你反杀。

季小礼看着这话，一时没反应过来，这是在安慰他？

[当前频道]老师立正敬礼：越老板天下第一！

[当前频道]越见春和：……

正好看到帮派频道里又在说聚会的事，季小礼下意识地问了句：越老板，你参加这次聚会吗？

他这顺杆爬的毛病什么时候能改啊？问这干什么？他和越见春和又不熟，几天前还是死敌呢！

越见春和：什么聚会？

这时，三十秒时间到，两人被强制传出楼兰古战场。

季小礼挠挠头，继续匹配 PK。过了几分钟，他的邮箱里出现一封私信。

[私聊频道]越见春和：去。

季小礼看着这封信，手足无措，尴尬了半天，发出去几个字：哈哈哈，越老板也去啊，这么巧啊，我也去。

接下来，越见春和没再回复。

季小礼悻悻地做别的事情去了。

[帮派频道]保护我方肉包：告诉你们一个好消息，越老板也决定参加聚会！

帮派里瞬间沸腾了。

啊啊啊，我能见到越老板了？

我要抱越老板大腿，求越老板随便赏我们一个技能吧！我听说越老板抽玉阁抽了上百万，仓库里用不到的紫色技能都堆成山了！

季小礼发现徒弟上线了，一下子开心起来，赶忙发消息过去。

老师立正敬礼：嘿嘿，徒儿，你看到肉包说的聚会没？你去吗？

奶茶小酥：看到了。

奶茶小酥：你希望我去？

老师立正敬礼：啊，你有事不方便去吗？

过了片刻。

奶茶小酥：我会去。

季小礼顿时乐了。

越见春和这种人离他太远，或许这一次的意外 PK，就是他和对方的最后一次交集，但小徒弟不一样，聚餐有徒弟在可以放心很多。

老师立正敬礼：欸，对了，徒儿，我想到一个事情，互相发照片要不就算了，怎么样？我看帮派里他们都说要先发照片，到时候好认人。咱们不发，看看能不能认出对方。

奶茶小酥：我先认出你，会怎么样？

季小礼不服了：怎么不能是我先认出你？

奶茶小酥：你先认出我，我就告诉你一个秘密。

“一个秘密……怎么感觉有点耳熟啊。”季小礼嘀咕道。

老师立正敬礼：行啊，要是你先认出我，我也告诉你一个秘密好了。

奶茶小酥：好。

老师立正敬礼：对了，徒儿，你昨天在微信上说的那个特别好吃的小笼包是哪家来着……

…………

季小礼心情愉快地和徒弟聊天。

虽然在 PK 场以非常凄惨的方式输给了越见春和，但季小礼仍旧是个大佬。

和他猜的一样，越见春和这个人完全消失在了他的生活里，包括游戏。他本人似乎非常忙，经常是代练上他的号，带帮里小号刷本打怪。

季小礼和徒弟开开心心地打副本，做装备。

谁都没想到，发生了一件让两人哭笑不得的事。

他们结缘一个月纪念日，系统给了一万铜钱做奖励，奖励他们“义结金兰”，没有绝交。季小礼被这一万铜钱震慑到了，这次连奶茶小酥都没回过神。

季小礼：“哇！原来结缘一个月不绝交，系统还会给奖励，我第一次知道。不过一万铜钱也太寒酸了吧，一点儿都配不上咱们师徒的身份！”

两人组着队，开了队伍语音。

奶茶小酥似乎猜到了季小礼接下来要说的话，他轻轻地“嗯”了一声，语调有些上扬，轻轻撩着季小礼的耳朵。

“所以，你想怎么样呢？”

季小礼咳嗽一声，故作严肃："怎么也得符合咱俩的身份和地位啊！"

一个是峨眉大师姐，一个是华山排行榜前十。

所谓符合身份地位的事，就是来到门派基地——野外没人要的小破屋，季小礼把商城里的烟花全买了一遍，依次放着玩。

奶茶小酥就站在旁边看着，烟花照亮夜空，映在白衣峨眉美丽清冷的脸庞上，季小礼看得入了神。

放完所有烟花，季小礼拍拍手："放好啦。"

"还有一个。"

季小礼不明所以，只见白衣峨眉从包裹里拿出一个最便宜的 4 块钱烟花。

"砰"的一声，烟花飞上天空，金雨徐徐落下。

季小礼看着这一幕，忽然想起和徒弟刚认识的时候。那天晚上，徒弟突然把他拉到基地，放了三个金色小烟花，告诉他是用副本掉落的没什么用的装备换钱买的。

仿佛福至心灵，季小礼忽然道："徒儿，你当初说把咱们用不着的装备全部换成钱，然后买烟花放着玩，是不是不想我收第二个徒弟啊？"

奶茶小酥默了默，接着，他轻轻地笑了一下，声音清润动听："你猜。"

寂静的深夜，季小礼的卧室里亮着一盏台灯，他缩在被子里，双手拿着手机，听着另一端传来的声音，心思也渐渐飘远。

忽然，他回过神，发现自己竟然有一会儿没说过话了，季小礼立即道："我不猜！"

"哦，不猜算了。"

季小礼："……"

你就不能再问一下吗？！季小礼有点郁闷，心里堵着不大舒服。

他随口道："应该不是。"

奶茶小酥在对面轻笑了一声，没说肯定，也没否定。

季小礼愣愣地看着手机屏幕，试图在等待对面给他回复。

画质高清的屏幕上，华山剑客站在星空下，白衣峨眉紧挨着他。因为站了好久没动，女峨眉自动做出一个仰望星空的系统动作。

眉如远黛，宁静致远。

季小礼突然不那么想知道答案了，他的语气欢快了几分："不重要啦，反正我现在跟你玩得也挺开心的，再收一个徒弟也不见得能有多少精力带。"

徒弟轻轻"嗯"了一声。

季小礼长舒一口气，开开心心地和徒弟继续放烟花。

季小礼和奶茶小酥的等级越来越高，实力也越来越强。他们再也不是帮里的小号，需要大佬帮着带刷副本，慢慢地，他俩也开始带小号做副本任务了。

这些事都是由肉包负责的。他是帮主，招揽新人、分配任务都是他的事。不过奇怪的是，季小礼慢慢发现肉包从来不单独喊奶茶小酥帮忙带新人。他总是喊季小礼，喊完季小礼后，再装模作样地问上一句，敬礼，你徒弟有空吗？让奶茶也来帮帮忙呀。

季小礼去喊徒弟，徒弟当然会过来带人。

找到空闲，季小礼私下询问肉包：为什么每次都喊我，不直接喊我徒弟？

肉包一惊，支支吾吾了一会儿，才道：奶茶现在可是排行榜第三的大佬。

季小礼不服气：我也是总排行榜第二十八名呢！

肉包：……

你说这话自己有底气吗？！

季小礼也觉得心虚。第三和第二十八好像确实差蛮多的。不过他还有理由：你喊戒色和鸽子的时候，一点都不客气。他们一个排行榜第五，一个第八呢，也没比我徒弟差多少。

肉包意味深长地看着季小礼，说出一句莫名其妙的话：以后你就知道了。

季小礼：知道啥？

距离圣诞节还有半个月，一切都非常和谐，其间没有太多意外。

如果硬要说有什么特殊的事，就是红烧乳鸽某天走到孔庙散步，凑巧到了良缘树飘落叶的时间，她随手那么一捡，竟然发现了自家CP的红叶！

红烧乳鸽没想太多，非常开心地看了看叶子上的字……

那天，好多人都看到了这样一条喇叭。

红烧乳鸽：葱烧海参！你给我滚蛋！哪儿凉快哪儿待着去！

系统：借如死生别，安得长苦悲。玩家“红烧乳鸽”修书一封，与玩家“葱烧海参”恩断义绝。“红烧乳鸽”寄出100万铜币，愿双方再会无期，一别两宽，各生欢喜。

这一变故引得帝阁玩家和世界上的玩家纷纷惊叹不已。

红烧乳鸽的 CP 葱烧海参，是天山排行榜第四名的高修大佬，两人一向感情和睦，红烧乳鸽整天以欺负老公为乐，据说两人已经奔现，就等着葱烧海参回国，两人结束异国恋。

事后季小礼从肉包那儿听到了事情真相。

原来红烧乳鸽捡到了两人当初结缘时写下的红叶信，葱烧海参在红叶上写的是——

老鸽脾气差成这样，除了我谁还要她。唉，被家暴的第一天开始了。

这算什么一刀两断，这压根儿就是打情骂俏！

和季小礼猜的一样，没两天，葱烧海参就把媳妇哄了回来，两人又甜甜蜜蜜地做了一次任务。这次葱烧海参遵循乳鸽教诲，老老实实地在红叶上写下“我媳妇是全天下最好、最美、最善良的姑娘”，红烧乳鸽这才罢休。

红烧乳鸽：你小心点儿，以后我没事就来良缘树看看，万一让我知道你写的不是这个……呵呵。

葱烧海参：……

虽然不像红烧乳鸽、葱烧海参那样是特殊的侠缘关系，但经过这件事，季小礼突然有点儿好奇自家徒弟在红叶上写的是什么，他有了想法，直接就问了徒弟。

老师立正敬礼：徒儿，当初你在红叶上写的是什么啊？

奶茶小酥：……

奶茶小酥：红烧乳鸽的事？

老师立正敬礼：你也知道啊。徒弟，快说说你写的是什么，你该不会也说我坏话了吧？

嘴上这么说，季小礼心里却在反思：徒弟不至于写他坏话吧？他可是全天下最好的师父了，有他这么好的师父，完全是徒儿八辈子修来的福气！

奶茶小酥：你可以自己去翻。

老师立正敬礼：……

他要是真的去翻了，那他得有多无聊。

虽然这么想，但他后来还是时不时地去孔庙看看，万一哪天就捡到徒弟写的红叶了呢。

半个月后，终于到了圣诞节。

一大早，季小礼火急火燎地吃完早饭，赶到高铁站，一段旅途后，抵达上海。

出站后，他按着肉包给的地址，很快找到戒色家开的酒店。

这家酒店位于南京路附近，酒店正面朝着黄浦江，道路两旁人来人往，全是游客。

季小礼是苏州人，家离上海近，是当天到达的那拨人里最早的一个。他有些紧张，站在酒店门口不知道该找谁。

另一边，肉包和戒色刚从酒店走出来，就看见一个穿着蓝色短棉袄、皮肤很白的年轻人。

这人看上去不过二十岁出头，长得很嫩，又秀气。手里拿着一部手机，眼睛四处乱瞟，一副不知所措的模样。

肉包走上去对“暗号”：“《侠客行》，帝阁？”

季小礼听到这话，惊喜得直点头：“对对对，我是来参加聚会的。”

肉包哈哈一笑，伸出手：“来得这么早，说话还有点苏州口音，嗯……我猜猜，敬礼？”

季小礼被这推理能力惊到了，他握住对方伸出的手，用自己不大发达的推理能力想了想，这人三十岁的样子，还在门口等人，道：“你是肉包，还是戒色？”

“我才是戒色。”站在一旁、穿着羽绒服的平头青年走过来，他咧开嘴，露出一口白牙，“阿弥陀佛，施主，可别认错人喽。”

季小礼对着戴眼镜的肉包说道：“那你就是肉包！”

“哈哈哈，我媳妇是肉包，我是保护我方肉包。走吧，昨天晚上已经来了好几个了，他们都在屋里。”

季小礼连连点头，进酒店的时候他想到：“对了，我徒弟来了没？”

戒色：“你徒弟？奶茶小酥？”

肉包：“春……咳，你徒弟没来呢。等他来了，我叫你。”

季小礼有点期待。

肉包可不知道他和他徒弟的赌约，徒弟也不会对肉包他们隐瞒自己的身份，到时候他来了，肉包一来叫他，他不就知道谁是徒弟了？

季小礼：“好咧，我在里面等你们。”

季小礼打着如意算盘，美滋滋地进了酒店，在服务员的带领下来到一层的一个大包厢。

一进去，他就被房间里的玩家团团围住。

这房间里已经来了八个人，三男五女。大家互相介绍了一下，原本季小礼还有点忐忑，但是大家都很热情，一旦报上游戏 ID，人对上后，季小礼立刻就觉得熟悉起来。

“我是老师立正敬礼。”

闻言，一个高挑的短发女生站起来："敬礼！"

季小礼笑起来，嘴边有个不深的小酒窝："鸽子！"

大家聊成一团。

不知是谁提议可以玩游戏，九个人开了一个队，一起下副本刷怪。

红烧乳鸽感慨道："没想到我参加游戏聚会，还得带小号刷副本！"

季小礼操控华山剑客正在打 BOSS，完全没时间说话。

随着时间的流逝，来的人越来越多。

十二点多，肉包和戒色回到包厢。

肉包无奈地说道："有几个人航班延迟，中午赶不上了，只能和咱们吃晚上那顿。咱们先开始吧。大家都认识了？"

一个女孩子忍不住问："帮主，越老板的航班也延迟了？"

肉包："没，春和堵车。他上海人，刚才我和他打了电话，他好像堵高架上了，一会儿就到。"

听到越见春和的名字，季小礼还是有点不知所措，不过他很快平复，问道："那我徒弟呢？"

肉包面色古怪地看着季小礼："奶茶啊……应该也快到了吧。"

红烧乳鸽："不等他们了。老万也堵在高速上了，我早跟他说，咱们从无锡过来坐高铁好了，他非要开车。这下好了，堵着了吧。咱们先吃饭吧，饿死我了。"

肉包哈哈一笑："嗯，你们越老板刚才在电话里也和我说让咱们先开始，他说他等会儿来结账。"

戒色闻言双眼一亮："春和请客？来来来，大家随便点，我跟你们说，我家最贵的是波士顿龙虾，这个三色素糕……好不好吃？管他呢，好吃重要吗？越老板请客，咱们肯定点最贵的啊！"

有戒色这个地头蛇在，他拿过菜单，毫不客气地点了两桌子菜，什么贵上什么。

半小时后，大家吃吃喝喝，聊得热火朝天。季小礼没心情吃饭，随便吃了两口。他莫名地有点心不在焉，忍不住拿出手机询问徒弟到哪儿了。可是不知为何，徒弟没回复。

季小礼想：可能在开车，没看见？

对了，徒弟好像也是上海人，今天也说要开车过来呢。

吃到一半，忽然，肉包接到一个电话。众人停下筷子，好奇地看着他。

肉包说了一会儿话，神秘兮兮地看向众人："一个好消息，一个坏消息，要听哪个？"

我就是肉包直接踹了自家老公一脚："都说！卖什么关子！"

妻管严肉包老实交代："好吧，好消息是，你们等的越老板终于来啦，我得去门口接他。"

一阵窸窸窣窣的交流声，有人问："坏消息呢？"

肉包语气冷淡："哦，坏消息是，老万正好也到了，在门口和越老板碰上了。我还得顺便去接他。你们等会儿可以猜猜哪个是越老板，哪个是老万。猜中没奖，重在参与。"

肉包很快离开包厢，玩家们全都好奇极了，不停地讨论。

除了肉包，红烧乳鸽和戒色是在场见过越见春和的两个人，大家纷纷凑上去问他们俩越老板到底长啥样。

"越老板帅吗？他到底多大？有人说他才十七岁，有人说他都四十了。"

戒色道："阿弥陀佛，你们越老板要请客呢，贫僧不说话，万一暴露他身份，他不请客怎么办？"

红烧乳鸽更直接："不说。我看你们谁能猜中。春和和老万一起来，啧啧，他俩完全是两个样子，视觉冲击啊。"

大家的好奇心一下子被勾了起来。

等了五分钟，包厢的门被人轻轻敲响。所有人都伸长脖子，好奇地看向大门。季小礼的心里也打起了鼓。

越见春和就站在门外……他忽然觉得特别没有安全感，忍不住又打开手机，给徒弟发了条微信：徒儿，你什么时候到啊？

刚发完，一道清脆的手机消息提示声在门外响起，季小礼愣了愣，抬头看向大门。

包厢的门被人打开，第一个进来的是肉包，他嘿嘿一笑，众人不给面子地齐齐嘘声。

肉包道："这不就来了吗？猜猜看，谁是越老板，谁是老万？"

说完，肉包走进包厢，往旁边让了让。

第一个走进来的是个魁梧的大汉，长得有点凶，即使穿着棉袄，都藏不住他一身剽悍的腱子肉。

包厢里的女孩子们二话不说，赶紧道："肯定是老万，肯定不是越老板！"

有男玩家不乐意了："为什么不是越老板，我看挺像的啊。"

老万压根儿不知道肉包和包厢里玩家打赌的事，他摸了摸头，有点蒙："我是不是不该进来？那我走好了。"说着，他故作失望地转身离开，一副十分受伤的模样。

众人正准备出声挽留，只见老万还没走两步，就被一个人挡住去路。

这人微微一愣，似乎也没想到老万会突然转身离开。他站在门口，眉头轻轻蹙起，墨色的瞳孔打量了老万一眼，进也不是，退也不是，他静默片刻，反问："不进去了？"

房间里一片死寂。

季小礼错愕地看着门口的那个人，脑子里瞬间浮现出一幅画面。

铺着金色落叶的大学校园里，被学弟学妹们仰慕敬重的传说级师兄，长得太过好看，好看到让人不能一下子把他和那些特牛的学术成就联系在一起，可他又气质清冷。那时候季小礼能感觉出来，即使他看一个人的时候笑了，也不能代表他对那人有任何好感，也许只是礼貌性的表示。

"越……越老板？"有玩家不可思议地问出口。

戒色直接拍了桌子："春和，说好的你埋单，不许反悔！"

越见春和走进包厢，目光环绕一周，最后停在季小礼身上。

季小礼顿时挺直了背，下一秒又觉得不大对，赶紧把头低下。

越见春和微微一笑，还是那种浮于表面、没走心的、礼貌的笑，却让包厢里响起一道道短促的惊呼声。

"嗯，我请客。"

"越老板仗义！！！"

季小礼恨不得把头埋进桌子底下。

……妈呀，为什么越见春和会是阮风和？！

越见春和坐在季小礼的正对面。

包厢里一共有两张大桌子，三十多人。越见春和一来，大家都不再说话，一个个交头接耳，悄悄地偷看他。过了几分钟，这种情况才好起来。大家又开始吃吃喝喝，越见春和也和肉包、戒色几个人交谈。

除了长得出乎所有人预料，越老板和其他人似乎也没什么差别，只有季小礼知道，差别大了去了！

阮风和！老同学口中的太子爷，回去继承家业的那个，他居然是越见春和！

这是阮风和啊！老同学在大学群里吹了不知道多少次的阮风和，他竟然是越见春和！

季小礼脑子里的第一反应是“原来成绩好的人也喜欢玩游戏”，接着才想起来，他该不会也认出我了吧？

季小礼一边埋头吃饭，一边摇摇头：“不可能，不可能，我就和他见过一面，还隔那么远。他这种人怎么会记得我这种小人物？”

桌子的对面，戒色正和阮风和说话。阮风和附耳听着，目光却微微扫过去，看着正对前方的季小礼。

季小礼今天穿了件蓝色的小棉袄，他皮肤很白，深蓝色的外套一穿，更显得皮肤白嫩、年龄又小。

这次没再穿反衣服了。

看着季小礼一连喝了两碗汤，阮风和皱了皱眉，找来服务员。

“点了几份汤？”

服务员小声报出几个名字。

阮风和一听，居然还有五份汤没上，他一下子明白了怎么回事，然后看向戒色。

戒色双手挡在胸前，一脸无辜：“我可不是因为那些汤贵才点的，明明是大家都想喝。不信你问大家。”

阮风和对服务员道：“退了那几道菜，改成……”

季小礼突然发现没汤喝了，不过很快上了几道大龙虾、大闸蟹。

身为苏州人，季小礼双眼一亮，开开心心地吃了起来。

美美地吃了一顿，帝阁的聚餐并没有到此为止。

越见春和去签账单，大家坐在包厢里聊天。

“敬礼，你看上去好年轻啊，是不是还在上大学？”

季小礼不是第一次被人说年纪小：“没啊，我今年刚毕业。”

红烧乳鸽闻言也惊讶道：“看不出来啊，我还以为你大一、大二呢。”

有人问：“你在苏州上的大学吗？”

季小礼道：“不是，我在南京，C 大。”

“这么巧，我就在你隔壁！不过我今年才大二。”

聊着聊着，话题不可控制地偏到了越老板身上。

一个马尾辫小姑娘坐在沙发上，惊讶道：“我到现在都不相信，越老板居然长那样。这也太帅了吧。又有钱，长得又帅，还那么有气质，难怪北苑那么死心塌地地喜欢越老板。欸，等等，该不会北苑现实里也认识越老板，知道他长这样吧？”

肉包哈哈一笑：“不错嘛，啾啾，这都被你猜到了？没错，以前我们一区的高修在上海聚餐过一次，当时北苑也来了。”

叫我啾啾啊：“那北苑老板追求越老板我能理解了。我要是没男朋友，我也要追越老板。”

“有男朋友我也追，如果我是个女人的话。”

众人哈哈哈大笑起来。

过了一会儿，越见春和和戒色一起回来。

肉包道：“晚上还有一顿，咱们下午先找个地方玩？”

阮风和看了眼包厢的人，季小礼觉得他好像在自己身上多停了一秒，但他很快看向肉包：“我朋友在附近有个俱乐部，我和他提前打过招呼，下午没人。”

红烧乳鸽举起手：“走喽，占大腿的便宜喽！”

季小礼挠挠头，他想多了。

第八章

偶然成邻

越见春和口中的俱乐部，位于静安区核心地段。很难想象在上海的市中心，还有这么一大片地方被绿茵覆盖。

大家进了俱乐部，都兴致高昂。只有季小礼没精打采，他掏出手机，看着微信上自己给徒弟发的消息。

好奇怪，这么久了，徒弟一直都没回复过。

徒弟到底在哪儿啊?

季小礼一下子对这次的见面会失去了大半的兴趣。

到了俱乐部后，这种无聊感更加明显。

这种高级俱乐部里，除了牌桌外，还有一些室内高尔夫、保龄球、台球可以玩。然而季小礼一个都不会。

肉包说："咱们是和谐聚会，赌博类的一律不玩。"

季小礼本想说"我《斗地主》还蛮厉害的"，如此一来，他只能站在一旁干瞪眼，无事可做。

季小礼坐在旁边无所事事，大家都有事可做，没人注意到他。

这时，阮风和走过来：“不玩保龄球？”

季小礼摇头：“我不会。”

阮风和似乎没想到会是这个答案，他默了默，问：“你会什么？”

季小礼非常认真地想了想，语气真诚：“我挺会钓鱼的。”

片刻后，阮风和找来俱乐部经理：“找点鱼，这位先生想钓鱼。”

俱乐部经理错愕地看向季小礼，季小礼被他看得莫名其妙，不知道阮风和和他说了什么。这经理微微俯身：“好的，我们会尽快满足这位先生的要求。”

什么玩意儿？

十分钟后，季小礼和阮风和被经理带到俱乐部二层的游泳池。季小礼刚想说“我也不会游泳”，就见到一条红色的东西从游泳池碧蓝色的水中一蹿而过。

季小礼惊讶道：“锦鲤？！”

游泳池里，居然游着七八条锦鲤！

经理回道：“如果不是想吃，只是单纯地想钓鱼，锦鲤应该可以。这是我们最快找到的鱼了，这是您的鱼竿，先生。”

季小礼目瞪口呆地接过鱼竿，等经理走了，他对着阮风和吐槽道：“不是吧，还有这样的？这是游泳池啊，游泳池！都是消毒水，里面还有铜！鱼在这里面游真的没问题吗？”

阮风和居然也拿了一根鱼竿，非常熟练地把钩子甩进池子里。

“不会游太久，只游一会儿。”

季小礼一下没反应过来，等他明白阮风和的意思：“不是，就算鱼没事，我们在游泳池里钓鱼像话吗？”

你见过有人在游泳池里钓鱼的吗？！

钓了半天，季小礼也没钓上来一条鱼。他深深觉得一定是游泳池不对！要不然为什么阮风和也一条鱼没钓上来？

后来，季小礼和阮风和结束了这场莫名其妙的钓鱼游戏。

他们回到一层，红烧乳鸽一看到他们，便大声道：“我跟你们说，越老板的号特别牛。我玩过他的号，简直是另一种游戏体验。越老板，今天大家都在，你要不要把你的账号贡献出来，让大家都试试？”

众人发出一阵欢呼，开始起哄。

越见春和拿出手机，递给红烧乳鸽。

红烧乳鸽打开游戏，所有人都兴奋地围在她身边。

红烧乳鸽是个天山，对华山的技能了解不多。她摆弄了一会儿，发现玩得不大好，于是她抬起头：“敬礼，你是咱们这儿第二强的华山，要不你来试试越老板的号？”

众人的目光“唰”地转向季小礼。

季小礼钓鱼钓累了，正坐在角落里偷偷摸摸地吃蛋糕，突然被人点名，他差点儿一口蛋糕呛着。

“啥？我来？”

红烧乳鸽点点头：“对啊。春和不算，青莲剑歌又没来。你不就是咱们帮最强的华山了？我记得你 PK 排行也很高啊，快，来试试越老板的号是什么手感。”

季小礼蠢蠢欲动。

打竞技场这么久，他也喜欢上了 PK，能用越见春和的号 PK……

季小礼默默抬起头，看向越见春和。

越见春和静静地看着他，浓墨般的眼眸里看不出特殊的情绪。他微微一笑，鼓励道：“试试？”

季小礼撸起袖子：“试试就试试！”

季小礼接过越见春和的手机，点开竞技匹配。

越见春和是 PK 排行榜第一，又是全区修为最高的玩家。过了三分钟，才匹配到对手。

对方竟然是另一个区赫赫有名的大佬，全区第一武当，修为 23000。

发现自己和越见春和匹配到一起，对方发来六个点。

季小礼气势汹汹地开始 PK，武当道长不停地躲避，季小礼就在后面猛追。抓住机会，季小礼打出一套连招，将武当控住，几乎一眨眼就打掉了对方大半的血。可季小礼还没松口气，就见这道长突然升天。

季小礼暗道不妙。

在场的一个武当也惊呼：“不好，给他开出大了！”

这武当一开大，季小礼整个人被他控住，压根儿动不了。

对方修为只比越见春和低 1000，两人 PK，胜负就在伯仲之间。这人眨眼间就打空了季小礼的血条，幸好这时触发了越见春和的极品金色技能“回光一现”，季小礼的血条完全空了，但是得到五秒无敌状态。

武当道长心如死灰地从空中落下，几下被季小礼打死。

大家都松了口气，红烧乳鸽接过手机：“我就说吧，越老板的账号特别好！全区最强！要是碰到的这个对手不是第一武当，随随便便，几下打死了事。”

季小礼没说话，心情却不大好。

他掏出自己的手机，打开游戏。

别人可能没看出来，但是他知道，自己刚才犯了一个很大的错误。

那个武当一看到对手是越见春和就发来六个点，是因为他知道自己不可能是越见春和的对手。越见春和每次和他 PK，都能把他打得满地找牙，想退游保平安。然而换成季小礼和他交手，季小礼却差点被他打死。

要不是越见春和的账号实在太好，季小礼早就死了。

如果是越见春和来玩，肯定打得很轻松。

如果是徒弟来玩，应该也非常简单……

季小礼慢慢想远了。

“你刚才有个小失误。”

季小礼猛地回过神，扭头看向身后。

不远处，红烧乳鸽等人疯狂研究越见春和的账号，在得到后者允许后，他们打开越见春和的仓库，看着里面堆积如山的极品装备发出一声声惊叹。越见春和本人却走到了季小礼身后，他低头一看，发现季小礼正在匹配竞技。

正巧他匹配到了一个对手，也是一个非常强的武当。

季小礼没时间和越见春和说话，赶忙低头操作 PK。他的账号没越见春和那么好，打起来有点费力，伤害也不够高。就在那个武当即将开出大、控住季小礼时，突然一只手伸过来，握住了他的手机。

季小礼身体一震。

“这里，你的技能操作不够连贯。”

小小的手机上，放着季小礼和阮风和的双手，他越过季小礼头顶，从他背后伸出手帮他打 PK。严厉中带着温润的教导，让季小礼浑身不适。

他轻轻地说着：“这个时候不要接‘流星逐月’，用一招‘快雪时晴’……”

这声音清润如月，仿佛山风吹过竹林。

游荡在每个字节间清朗的触感，让季小礼头皮发麻，浑身起了一层细细的鸡皮疙瘩。可他还在说，用那好听又熟悉的声音，一个字一个字，非常有耐心地教着。

二十秒后，武当倒地身亡，季小礼却感觉过了一小时。

他扭过头，看向身后的阮风和，明明他没比自己大多少，却一直在指导自己，感觉差别有点大。

良久，阮风和松开手：“你操作很不错，但是具体实操还是差了点儿经验。”

季小礼张了张嘴，没说出话，他睁着一双明亮清澈的眼睛，认认真真地看着面前的男人。他没有移开视线，依旧看着对方，然后退出游戏，同时打开微信。

找到“我的傻徒弟”，连季小礼都没发现，他的手指在微微颤抖。他点进聊天框，随便输入了一个表情。

下一秒，红烧乳鸽手中的手机响了起来，是微信新消息提示音。

红烧乳鸽一愣：“春和，有人找你。”

既然有人找越见春和，红烧乳鸽等人当然不会霸占他的手机，他们把手机还给阮风和，决定去玩桌球。季小礼眼睛一眨不眨地看着他，阮风和垂下眼睛，扫了一眼手机，打开微信界面，然后抬起头定定地望着他，按下了语音说话键。

他看着季小礼的眼睛，说出了一句话。

“嗡——”

季小礼手里的手机振动了一下，他看着徒弟发来的语音消息，忍了半天，还是按了下去。

清润如月的声音立刻传来。

宽敞明亮的高级俱乐部中，帝阁玩家们嘈杂的背景音令阮风和的声音显得有些模糊不清。他的目光凝视着季小礼，眼神专注而坚定，隔着那么远，季小礼仍旧觉得他身上清幽的味道萦绕在自己的鼻间。

他说的是："对不起，师父……我就是越见春和。"

这一瞬间，看着这个人，季小礼的第一感觉竟然不是被欺骗后的暴怒。

"嗡"的一声，又一条语音过来。

阮风和的声音从手机里传来："小礼，对不起……我是奶茶小酥，也是越见春和。"

心脏仿佛被人猛地攥住，扔进了充满棉花糖的大床垫。

季小礼忽然意识到——

几个月的相处，虽然不曾见面，但是他们已经互相熟悉到能够忽略这不是故意产生的欺骗了。

晚上，众人回到酒店，再次聚餐。

越见春和不再请客，戒色老实很多，主动介绍了许多价格并不昂贵的特色苏帮菜，大家一边吃，一边聊着游戏里的事。

恰巧当天晚上游戏里有帮战，对战帮派又是玉星舟所在的江山如画。

戒色义愤填膺："玉星舟这个狗贼，有七个绑定奶妈，太过嚣张！兄弟们，今天必须给我砍死他！"

帝阁帮众士气高昂："冲啊！！！"

大家吃完饭，坐在一起玩游戏，个个摩拳擦掌地把玉星舟和他的七个绑定奶凌迟了一遍又一遍。

这场帮战是越见春和现场指挥的。

以前季小礼就听红烧乳鸽说过，每当帮战，都是越见春和上 YY 语音指挥，只是季小礼进入帝阁后，他很少出现，没怎么参加过帮战，或者参加了不指挥。

“他是我徒弟，我徒弟要给我当奶妈，当然参加不了帮战……”季小礼小声嘀咕着。

第一次听越见春和帮战，季小礼被他分到了二队。

阮风和的指挥井然有序，他每次都简单地说出玩家名字，简明扼要地用三五个字告诉他要做什么。这时候他的声音不再是温润如玉的，而是拥有一种特殊的力量，语气肯定，不容拒绝，声音坚定，给帮众一种只要按他说的做，就一定能获得胜利的感觉。

事实上，他们也轻松吊打了江山如画，地上躺着玉星舟和那七个奶妈的尸体。

打完帮战，阮风和宣布帮战胜利，大家领了奖励，又一起闲聊了几句。

十点多，这次聚会结束。

肉包总结道：“戒色已经给大家开好了房间。离得近的兄弟晚上回去注意安全，到家了给我打个电话，离得远的兄弟就住在这儿吧，明天再走。”

老万说：“我回无锡，鸽子和我一起。敬礼老弟，你好像是苏州的吧？”

季小礼蒙蒙地点点头："啊，对，我苏州的。"

"那顺路啊，走吧，你别坐高铁了，怪麻烦的，跟我一起，我送你回去。"

季小礼笑道："好呀。"

肉包和戒色把离开的帮众一个个送走。

越见春和是上海人，他并没有走，也跟着他们一起送人。

将季小礼送到老万车上时，肉包和戒色站在前驾驶座旁和老万说话。越见春和一个人站在后座的窗户旁，双手插在大衣口袋里，看着季小礼。夜色将阮风和俊美的脸隐去了大半，霓虹灯照在他的脸上，让他多了几分烟火气。

"走了？"

季小礼回道："啊，嗯……"

"到家给我发微信。"

季小礼虽然反应也比较慢，但不是真的蠢。下午阮风和在他这里掉马后，他第一时间竟然没感觉到生气，可见是个心大的。

但不知为何，现在反应过来，居然上来了一点小脾气。

徒弟骗他骗了这么久，生气！

他还在徒弟面前说了那么多关于越见春和的坏话，更生气！

这么一想，季小礼没回阮风和的话，直接一伸手，把车窗按上了。

突然被挡在车窗外的阮风和："……"

老万开着车离开，阮风和看着车屁股，闻着车尾气，无奈地笑了。

肉包正巧看到："春和，笑什么呢？"

"不觉得挺可爱的吗？"

肉包一脸疑惑："啥？"

啥玩意儿可爱，老万？？？

阮风和没回答，走向停车场，开车回家。

上海离苏州很近，晚上车又不多，老万开着车，三人在车里有说有笑。

季小礼心想：越见春和是阮风和又怎么样？他徒弟是越见春和又怎么样？他又不会因此而缺块肉。

这次聚会后，季小礼加了帮派的微信群。群里正聊着今晚线下聚会的事，来参加聚会的成员兴奋地向其他人描述越见春和的“美貌”。

大家聊得兴起，忽然有人问道：欸，奶茶老板没去？前几天帮主不是说，奶茶老板也会去的吗？

对啊，今天奶茶老板没来啊。帮主，出什么事了吗？

保护我方肉包：哈哈……奶茶老板啊，奶茶老板今天临时有事，就没来。下次我们聚会再喊他好了哈哈哈……

季小礼关了帮派群，冷哼一声。

奶茶老板有事？你们奶茶老板今天中午请你们吃了一顿，下午还带你们去私人俱乐部玩来着！

看着看着，季小礼突然琢磨出不对来。

他抬起头：“那个，老万，鸽子……你们是不是早就知道我徒弟是谁？”

老万和鸽子一愣，回过头齐齐道：“咦，你也知道了？”

季小礼：“……”

果然嘛，肉包、老万和鸽子都知道奶茶小酥就是越见春和！

红烧乳鸽对着季小礼说：“咱们帮知道的人不多，就你、我、老万、肉包还有杨修。我以为春和练个奶妈是给自己当绑定奶的，但是不知道他什么意思，居然还批了个马甲，搞得好像真存在奶茶小酥这个人一样。现在可好，他自个儿没绑定奶了，我看他都成你的绑定奶了。”

老万也觉得莫名其妙：“就是。这么牛的一个奶妈，也花了春和不少心思，氪了不少。但他居然不给自己奶了……我也不懂他在想什么。敬礼，你徒弟对你真好。”

红烧乳鸽也点点头：“春和居然这么尊师重道，我以前没发现啊。”

被他们这么一说，季小礼也发现，奶茶小酥几乎已经算是他的绑定奶……虽然这个奶妈有点能打。

当初他问徒弟，作为男人为什么要练奶妈号，徒弟告诉他，我要奶一个人。

那个人肯定不是季小礼，这么看来，应该是他的大号越见春和了，可是徒弟现在完全不去奶大号，每次下副本、PK 都是奶季小礼。

想着想着，季小礼心里乐了，原本就没多生气，现在又开心起来。

这时，他的微信响了一声，打开一看，越见春和给他传过来一张照片，季小礼赶忙点开。

图片是一张微信聊天截图，是阮风和和一个人的对话。

酹江月：越老板，救救孩子，做个人吧。每次 PK 匹配到你，我都被你几下捶死，能不能给点面子，让我赢一局？就一局？

酹江月：越老板，夸你呢，你都不给个回复？

Cyril：今天打败你的不是我。

酹江月：？？？

咦，酹江月？这不是今天下午被他打败的武当吗？

这时，季小礼又收到阮风和的消息。

我的傻徒弟：他夸你，你觉得下次要让他吗？

季小礼忍不住乐了，非常严肃地打字：不！全服第一武当了不起吗？比越老板差远了。谁让他修为不够，要让他知道这个世界有多么残酷。

Cyril：好，不让他。

过了一分钟，阮风和又发来一张图，依旧是聊天记录截图。

Cyril：他说不让你。

酹江月：？？？

酹江月：姓越的，不让就不让，下次老子把你吊起来打你信不信！

阮风和又给季小礼发消息。

Cyril：他说要把我吊起来打。

季小礼：怕他？别说你了，就是我上，都能打他十个来回！

Cyril：不生气了？

季小礼一愣，其实老万的车窗没贴防偷窥窗膜，估计他不乐意的表情都被阮风和看去了。

季小礼：？！

Cyril：到哪儿了？

季小礼反应过来，这是问他车开到哪儿了。

季小礼：告诉你干吗？

阮风和回到家中，给自己倒了杯热水，看着这行字，他一边喝水，一边发了句语音。

季小礼点开。

老万："咦，我刚刚是不是听到春和的声音了？听错了？"

鸽子："哈哈哈，你可别吓人。"

季小礼捂住手机，偷偷摸摸地戴上耳机。

“要怎么做，我的小师父才能不生气？”

季小礼想了想，计上心头，打字：让我上你的号，我要试试成为越老板的感觉！

季小礼也不知道自己为什么脑子一抽，提了这么个要求，难道他觊觎越见春和的账号已久？不对啊，他的华山号才是自己的心血。

季小礼仔细琢磨了一会儿想明白了，每个华山的心中都有一个信仰般的存在，他的名字叫作越见春和。

最初季小礼玩华山号，是为了亲手砍死越见春和，可他玩了以后，慢慢地，他爱上了这个门派。华山弟子多豪俊，一剑凌平天下事。在众多华山弟子中，最出色的无疑是华山的骄傲——越见春和。

不过就算这样，随便上人家的号也挺莫名其妙。

他正准备打字说“我开个玩笑”，就见阮风和发来回复：好。

“嗡”的一下，手机又进来一条消息，是他的账号和密码。

新鲜热乎的神级账号，季小礼有种泡在热水里的感觉，他晕晕乎乎地打开游戏，然后晕晕乎乎地登录了越见春和的号。因为他自己的账号也是华山，所以他进入游戏后，老万和鸽子都不知道他上的是越见春和的号。

红烧乳鸽调侃道：“敬礼，这么喜欢玩游戏啊？这就开始玩了？”

季小礼支支吾吾地说了几句，见鸽子没再说话，他小心翼翼地打开越见春和的仓库。

下午红烧乳鸽带领帝阁帮众围观越见春和的仓库时，季小礼不在，他正在被越见春和指导操作。如今重新有了一睹的机会，他吞了口口水，做足了心理准备，打开了仓库。

然后，季小礼被越见春和仓库里的极品装备、极品技能、极品秘籍震撼到了。

放在外面一个能卖几千块的紫色技能，越见春和有一百多个，随随便便地扔在仓库。极品金装堆砌了几百个，往架子上一摆！更别说各种稀有材料、金色秘籍……

他一个人实在用不完这些东西，所以，就搁置在这儿了。

他就……搁置在这儿了。

季小礼："……"

他没忍住，截了个图，发到微信。

香烤可达鸭：你居然有这么多五彩石，你就不能分我一点儿吗？！

我的傻徒弟：说得好像有点儿道理。

香烤可达鸭：啥？

我的傻徒弟：明天给你。

季小礼一脸蒙，给我？怎么给？

季小礼一边在游戏里截图，一边发到微信上，对越见春和浪费的行为表示不赞成。

香烤可达鸭：我们师门就没出过你这样的败家子！！！

我的傻徒弟：现在不是有了？

季小礼："……"

徒弟太过臭不要脸怎么办？在线等，有点儿急。

明明嘴上说的是"真不要脸"，季小礼却笑得咧开嘴。老万开车时不经意地往后视镜一看，小声地对红烧乳鸽说："你看敬礼那样，像不像恋爱了？"

红烧乳鸽偷偷看了一眼，点点头："像！"

“不知道是哪家小姑娘，该不会是今天来聚会的人吧？”

鸽子道：“不过如果敬礼恋爱了，春和是不是算被绿了？哈哈哈，他怎么说也是敬礼的‘娘子’。”

老万猥琐一笑：“有点儿意思，赶紧绿了春和，咱们看好戏，嘿嘿嘿。”

一小时后，老万亲自将季小礼送到家门口。

本来季小礼一直说送到高速路口就行，他打车回去，老万却道：“不能让小朋友一个人回家。没事，反正也不远。”于是就一直送到了家。

季小礼完全忘了自己曾经说过的话，到家就给阮风和发消息，报平安。

阮风和看着这条消息，笑了笑：嗯。

季小礼溜进家门，一进门，就被季妈妈抓住了。

“小礼，终于回来啦？正好，你李婶熬了乌鸡枸杞汤，赶紧趁热喝了。你看看你瘦的，得好好补补！”

季小礼本想拒绝，今天聚餐吃得有点撑。可闻到汤的香味，他还是非常自觉地在餐桌旁坐下了。

喝完汤，季小礼打开微信。

香烤可达鸭：徒儿，你睡了吗？

过了几秒，对方回复：不喊越老板了？

季小礼理直气壮：难道你不是我徒儿吗？

阮风和没回复。

季小礼返回游戏，打算骑着越见春和的高头大马从西湖溜达到秦淮河，再从秦淮河跑到长城，好好过一把老板瘾。然而他刚上线，就看到自己的屏幕变黑了，一块墓碑矗立在他原本站立的地方。

系统：您已被“消消乐玩家”击杀于杭州西湖。

季小礼：“……”

杀死季小礼的血衣楼杀手自己都蒙了，他在当前频道打字。

[当前频道]消消乐玩家：我居然……真的杀了越老板？

[当前频道]消消乐玩家：啊啊啊，我就随便接了个暗杀任务，也不知道对方是越老板。我跑过来就是想看看越老板，瞻仰一下老板的风采，没想到越老板居然挂机，我就顺手把他给……打死了？？？

[当前频道]消消乐玩家：人生巅峰！

此时此刻，在西湖旁的玩家并不少。越见春和刚被击杀，墓碑刚立起来，泥土都是新的，一堆玩家就把他的死讯发到了世界上。更有甚者，竟然还发了喇叭！

腊梅寒雪：杭州西湖，杭州西湖，越老板今天死掉啦！越老板死在西湖啦！西湖8线，坐标（316，243）！大家快来围观，越老板的尸体还没走，越老板的墓碑还热乎，走过路过不要错过，快来瞻仰越老板遗容了！

季小礼：“……”

去你的遗容！

一分钟内，杭州西湖就被看热闹的玩家挤满了。

季小礼一脸蒙，就看到一个个玩家从自己的脸上踩过。他们一边围观越见春和的墓碑，一边还聊天。

那个谁你别挡着越老板的墓碑，我都按不到了。

快让开，我要给越老板的墓碑留言！

华山弟子到此一游，为华山大师兄默哀一秒。

…………

季小礼愤愤不平地选择复活，离开了墓碑所在地。可是他虽然走了，墓碑却还留在那儿，至少要过半小时才会消失。玩家们哪里见过老板的墓碑，尤其还是越见春和的墓碑。想过来围观墓碑的玩家络绎不绝，西湖 8 线被堵得水泄不通，已经进不去了。

季小礼觉得丢人极了，赶忙离开。

这时，他的邮箱亮了。

[私聊频道]消消乐玩家：越……越老板，我不是故意的，我真的就是随手接了个任务。我是无辜的，你别打我，给老板道歉！

你还无辜？罪魁祸首就是你！心里这么想，季小礼却很要面子地回复了两个字，无比高冷。

[私聊频道]越见春和：没事。

[私聊频道]消消乐玩家：谢谢越老板！越老板千秋万代，一统江湖！

当老板也不容易啊，徒弟真辛苦！

季小礼准备下号，他要赶紧销毁证据——被杀死的不是他，是越见春和本人；被人围观墓碑的也不是他，就是越见春和！

然而在他打算下号的时候，不小心点到了越见春和的好友栏。

“咦？”

这好友栏里竟然一共有三个分类：脑子有点问题、脑子非常有问题、脑子全是问题。

第一个分组人数最多，季小礼点开看了看，是肉包、戒色、鸽子他们。

再看第二个分组，玉星舟就在这里。

“第三个就一个人？”季小礼一边嘀咕一边点进去，“……”

香烤可达鸭：孽徒！你有什么要解释的，你说！！！

阮风和刚洗完澡，手机就响了，他拿起一看，是一张图片，点开，画面显示的是游戏好友列表截图。

脑子全是问题：老师立正敬礼。

阮风和看着图片上的字，目光微微一闪，随即，他一边淡定地从架子上拿了条干净的毛巾擦头发，一边单手给季小礼回复微信。

我的傻徒弟：嗯，怎么了？

你还好意思问怎么了？！孽徒，欺师灭祖！

季小礼又发了一遍图片，这次用红笔给“脑子全是问题”和“老师立正敬礼”画了个圈：你说说，这个好友分组是什么意思，这里面只有一个人！

季小礼哼了一声，心想：这次我看你怎么解释。

半分钟后，阮风和回复了。

你说的是，那个只属于你一个人的分组？

那个……只属于你一个人的分组。

季小礼愣愣地看着这行字，一时间竟然觉得自己有点不知好歹。

等等，不对，最大的问题难道不是这个分组的名字吗？

香烤可达鸭：你说我脑子里全是问题！

我的傻徒弟：我说了吗？

香烤可达鸭：你自己看！

我的傻徒弟：可是，我只看到，这个分组里，只有你一个人。

徒弟能说会道，讲道理讲不赢，委屈，季小礼想了半天，发过去几个字：睡觉了，明天就把你逐出师门！

阮风和垂眸看着微信页面，发去一条语音消息：“晚安，师父。”

他等了好一会儿，季小礼没回复，估计是真的睡了。

手机切到游戏界面，阮风和准备上去做一下日常任务。然而刚刚进入“越见春和”这个账号，上百条私信消息就塞爆了阮风和的邮箱。他微微皱眉，忽然意识到可能发生了什么事。

直接忽视所有陌生人的消息，点开第一条好友消息。

玉星舟：哈哈哈哈哈，越见春和，你也有今天！

玉星舟：我告诉你，你的墓碑我已经去观光过了，并且截了各个角度的图片，和你的墓碑合影留念。下次帮战的时候放尊重点，要不然我每天去贴吧、论坛曝光你的墓碑照，保证一百天不重样。

阮风和扫了一眼，又看下一个人的私信。

排行榜前一百名，除了借天一刀等几个和越见春和关系不好的大佬，其他人纷纷发来慰问。甚至有个不大熟悉的奶妈这样说道：越老板，北苑说她被你拉黑了，没法给你发消息。她想问问，你怎么会死了。

阮风和从记忆角落里找出“北苑”这个人，然后顺手删除了这个奶妈。

这么多幸灾乐祸的私聊信息，让阮风和大概拼凑出了事件的发生经过。估计是季小礼下了老万的车回家后挂了会儿机，结果正巧被人接了悬赏，然后杀了他。

这时，玉星舟又发来一条私信。

[私聊频道]玉星舟：越见春和，你丢人的墓碑我已经发到我们帮派微信群里了。不用谢，好东西就要大家共享。

［私聊频道］越见春和：也对，好东西就要大家共享。

［私聊频道］玉星舟：？

五分钟后，喇叭频道热闹了起来。

玉星舟：越见春和，下次帮战，我一定把你打成棒槌！

同一时间，有好事玩家发出喇叭。

前线八卦记者：大家快来汴京9线，坐标（911，134）。刚才越老板突然从天而降，击杀了玉老板，现在玉老板的尸体还热乎呢，墓碑也新鲜着呢，大家快来瞻仰大佬的遗容！

玉星舟已经不想说话了，万万没想到，他嘲笑越见春和挂机被人砍死的时候，越见春和居然还亲自悬赏他，接着亲自接了悬赏，然后不辞辛苦地亲自动手。

白衣剑客收剑入鞘，那清冷潇洒的身姿仿佛在说：看，你不挂机也能被我砍死。

越见春和的墓碑过了半小时的时间限制，早就消失了，但玉星舟的墓碑还热乎着。

玩家们兴奋地从杭州西湖跑到汴京，围观玉星舟的尸体和墓碑。

玉星舟气得脸都绿了，但是他也只能眼睁睁地看着越见春和抬步离开。

《侠客行》一区着实是个八卦绝缘体质，一天内，华山大师兄、武当大师兄纷纷被人击杀，都没在论坛、贴吧引起关注。玩家们围观大佬的墓碑后，又一心一意地投入“如何提升修为”的伟大事业中。

这一晚季小礼睡得极为香甜。

可能是因为赶了一天路，玩了一天，确实累了，也可能是因为那声“晚安”有着安眠的功效。

等到第二天，季小礼上线，看见帮派频道里的讨论才想起来……他忘了昨天自己挂机，害得越见春和被全服的玩家围观墓碑了！

季小礼顿时心虚到不行。

他偷偷摸摸打开好友栏，发现越见春和不在线。再去看徒弟，奶茶小酥也不在线。

松了口气。

[帮派频道]老万：听说春和昨晚上死了？被一个小号给砍死了？

[帮派频道]保护我方肉包：老万，你居然不知道这事？哈哈哈，笑死我了。

[帮派频道]老万：当然不知道啊，那时候我和鸽子正在回无锡的路上呢。

[帮派频道]大森太甜：大佬们，我有截图！发到微信群里啦！

众人去看了截图，立刻笑成一团。

春和死得太搞笑了！

越老板居然也有这种时候……喀，有点想笑。

虽然很不厚道，但我也想笑。

你们居然敢在帮派里笑越老板？！难道你们不知道，昨天玉星舟嘲笑了越老板后，被他击杀了？

大家一时间没理解，那人解释起来。

很多帝阁玩家昨天因为帮派聚会，早早就睡了，压根儿没关注游戏里发生的事。经这人一解释，他们才知道，昨天越见春和被杀后，据说玉星舟私底下挑衅嘲笑得太过分，越老板亲自动手，让他体验了一把“成为墓碑”的感觉。

季小礼愣愣地看着这些消息，沉默半晌，给阮风和发去一条微信，毕竟是自己害他处在风口浪尖的。

香烤可达鸭：听说你昨天杀了玉星舟？

发完消息，季小礼就下楼吃饭去了。

正吃着饭，季爸爸："过两天咱们去你二叔家玩，小礼，你记得收拾好行李。"

季小礼咬着鸡腿，一愣："去二叔家？"

季妈妈惊讶地看着儿子："前两天不是说了吗，你二叔新买了套房子，咱们去给他暖房。"

季小礼："啊，好。"

埋头吃完饭，季小礼要走的时候才想起来："二叔家是在上海？"

季妈妈呆了："对啊。"

季小礼："……"

回到房间，季小礼收到一条微信。

我的傻徒弟：今天不把我逐出师门了？

香烤可达鸭：孽徒，住口！

人要懂得适可而止，他也是会奓毛的。

等定了定神，季小礼发现阮风和不知什么时候上线了，还拉他进了队伍。

季小礼悄悄地打量电脑屏幕里的白衣峨眉。

峨眉是个窈窕纤瘦的女性角色，黑发如瀑，白衣翩跹，明明该是柔弱的形象，但一想到操作着这个女峨眉的是阮风和，季小礼就觉得她有一种莫名的清冷帅气。

季小礼思考了一下，还是打字解释道：我昨天刚从老万的车上下来，不得已才挂机的。

我的傻徒弟：没事，挂机也挂得别出心裁。

季小礼：……

我的傻徒弟：傻师父，打本吧。

很快，季小礼随便组了三个路人，开始做日常副本任务。

季小礼是华山排行榜上的大佬，奶茶小酥更是峨眉大师姐，他们随便往那儿一站，就有很多小号兴奋地申请入队。

季小礼带着三个新人，打算挂机打本。

刚进本阮风和就说有事，要离开一会儿，季小礼便取消了挂机状态，手动打怪。

打完两个 BOSS，队伍频道里一个新人小和尚说话了。

那个……大佬们好厉害啊，可以请教一下操作手法吗？

这个问题难倒了季小礼，他也是被人指导才能像现在这样厉害的。

奶茶小酥忽然回道：官网攻略里有视频教学。

一个峨眉新人激动地道：奶茶大佬，我刚刚才发现你是我们峨眉排行榜第一的大师姐！大师姐好！

敬礼大佬的输出也特别高，我什么时候才可以变得像你们一样强？

季小礼一脸蒙，不知该怎么回复，这时奶茶小酥发来私信：没必要跟他们解释，真正想要变强的人总能找到办法的。

阮风和回来了，季小礼打怪的速度更快，也不用再自己吃药包加血。

三个新人不停地给两人加油，萌新总是容易被操作犀利的老玩家吸引，等到打完副本，果不其然，三个新人都申请加好友。

季小礼心想：被我猜到了吧，吹我和徒弟吹了一整个上午，吹得我都不好意思了，可不就是想我们以后每天带新人打本嘛。

不带！季小礼非常潇洒地带着徒弟退队离开，师徒俩再去做各自的单人任务。

明明是单人任务，两人却十分默契地没有退队。

做完任务，季妈妈正好来楼上敲门喊季小礼下楼吃中饭。季小礼忽然想到一件事，他在队伍频道里打字：对了徒儿，你好像是上海人？你住在哪个小区啊。

几秒后，阮风和发过来四个字。

季小礼一看，不是二叔他家小区！

奶茶小酥：怎么了？

老师立正敬礼：哈哈哈，没什么，我二叔最近买了新房，我们一家人要过去住几天，给他暖新房子。

上海那么大，哪有这么巧会碰上，虽然他记不清二叔那个小区叫什么了，但肯定不是阮风和的这个。

阮风和没再说话，季小礼退出游戏，下楼吃饭。

两天后，季爸爸和季小礼各自拎了一个行李箱，一家人前往高铁站，又是半小时路程。

出站的时候，季小礼的二叔早就在站外等着了。

季小礼的二叔早年南下去深圳做生意，正好赶上了政策开放，跟着时代潮流，赚了一大笔钱。以这个做启动资金，他在上海开了个装修公司。又赶上上海买房热，装修公司的生意越做越红火。上个世纪买的房子眼看有点老了，他便花大价钱买了一套新房。

二叔家有个上初中的儿子，正在上学，没来火车站接季小礼一家人。

季小礼作为男生，非常自觉地帮季爸爸、季妈妈把行李搬到车上。季爸爸和二叔聊得开心，两个中年男人坐在前排，季小礼和妈妈坐在后座。

季二叔也知道季小礼家继承了一笔遗产，一夜暴富的事，但兄弟俩感情好，加上二叔家也很有钱，所以并没因这个闹得不愉快，关系仍旧很好。

前排的两位男士讨论起新房来，季爸爸刚成为暴发户几个月，他听到季二叔买的房子的价格，吓了一跳："3000 多万？这么贵！上海的房子真贵！"

季叔叔开着车，笑道："哪里贵了，我那可是大平层，还在离外滩不远的地方。我可是托了关系才买到的。"

季爸爸心有余悸："幸好我们当初没来上海定居，要不然可买不起。"

车子驶下高架桥，进入一条被林荫包围的道路。

上海火车站本就在上海市中心附近，离黄浦江不远。忽然见着一个绿树掩盖的地方，一家人都忍不住往窗外多看了几眼。在茂密的树木后，季小礼看见了几栋独栋别墅。

季叔叔："你还说我的房子贵，这儿才是真的贵。知道吗？这是上海最贵的几个小区之一，我是买不起这种地方了，只能买隔壁的。"

季爸爸好奇地问："有多贵？"

季叔叔轻嗤了一声说："最便宜也十几万一平方米了。"

大家面面相觑，吐槽起房价来。

车子转了个弯，就在快看不见小区时，季小礼忽然看见天价小区门口的整块大理石上，用浅金色的漆镌刻了四个字。

这不是阮风和发给他的小区名字吗？季小礼掏出手机拍了张照片。

到家收拾好行李后，季小礼纠结了半天，打开微信，把照片发了过去。

过了一小时，阮风和才发来回复。

我的傻徒弟：嗯？

香烤可达鸭：徒儿……

我的傻徒弟：？

香烤可达鸭：就是……我到上海了，现在在我二叔家。我发现他家隔壁小区的名字，和你家小区的名字好像啊。

半小时后，季小礼穿着一件暖和的白色小棉袄，站在寒风里，悔得肠子都青了。

他为什么要告诉徒弟他住在他家隔壁！

现在可好，季爸爸、季妈妈一听说儿子有朋友住在附近，季爸爸还给他支付宝转了笔钱：“小礼，请你同学吃顿好的，你现在可住着3000万的房子呢，不能让人家瞧不起。”

季小礼：“……”

他哪有这个智商和阮风和做同学啊！

不对，他确实住着3000万的房子，可是爸，人家住在隔壁！隔壁啊！

季小礼也不知道为什么，当知道自己就住在徒弟隔壁后，他没忍住，立刻就告诉了对方，甚至还有点小雀跃。

一月的风冷得刺骨，季小礼把手插进口袋里，双脚不停地原地走动。他找了找，觉得路边的广告牌可能遮风，往后面一站，接着再根据风向，他不断变换位置，能遮一点儿是一点儿。

所以，当阮风和开着车从小区里出来时，看到的就是一个穿着白棉袄的年轻人，在一块大广告牌后面跳来跳去的景象。

阮风和没忍住笑了一声，他把车停在路边，走向季小礼。

季小礼虽然只等了两分钟，却感觉等了两年，徒弟为什么还没来？他真的要冻死了。

“冷吗？”

季小礼一愣，“唰”地转头，看向身后。

晚饭到了。

昏黄的路灯下，穿着灰色大衣的年轻男人静静地看着季小礼，目光平静，他深墨色的眼睛里倒映着一点点微弱的灯光，晕染成了好看的月牙形。

不得不说，阮风和的长相确实非常出众，哪怕是这么冷的天，路过的人都会一边缩着脖子赶路，一边忍不住回头看他几眼。

“走吧。”

阮风和带他上了车。

季小礼坐在副驾驶座上，迷迷糊糊的，居然还记得给自己系上安全带。

“想吃什么？”

季小礼：“啊？”

阮风和单手握着方向盘，看着后视镜里的后方车辆，正在倒车：“天这么冷，吃火锅？”

“你还会吃火锅？！”

阮风和看了他一眼，反问：“那你觉得我会吃什么？”

这题季小礼会：“日料！”

“不怕冻死？火锅暖和。你想吃日料的话，我们也可以去。”

“我要吃火锅！！！”

阮风和笑了声：“嗯，吃火锅。”

火锅跟冬天绝配！

第九章

良缘红叶

季小礼本以为阮风和会带自己去一家高档的火锅店，吃传说中人均几千的顶级火锅，毕竟这样才能符合他们的身份。谁知道车子在上海的小巷子中转了几个弯，最后来到一条老旧的小吃街。阮风和下了车，季小礼小步跟上，两人进了一家看上去很朴素的火锅店。

一进店，就看见一条长长的铁案板。季小礼吓了一跳，这案板上方吊着十几条新鲜的牛肉，完全不像火锅店，反而像个屠宰场。有顾客高声喊“师傅，来盘吊龙”，厨子拿起大菜刀，手起刀落，当几下就削出一盘新鲜的肉片，然后经由服务员送上桌。

季小礼目瞪口呆，还有这种吃法？！

阮风和要了间包厢，点了几盘牛肉。

季小礼起初还有点拘谨，等肉放锅里煮熟后，他一尝：“好吃！”

阮风和把肉涮了涮，又夹了一片放进季小礼的盘子里。

季小礼好奇地问：“你还会来这种地方吃饭？”

阮风和挑挑眉：“那我该去哪里？”

季小礼不假思索，比画了一下："就那种每人一个小锅，里面放着鲍鱼、鱼翅，还有服务员帮你涮菜的。"

阮风和轻笑了一声，带着些气音，听上去格外开心："我手又没断，这里不好吃吗？"

"好吃！"

"吃吧。"

季小礼心想：这哪里是好吃的问题，不仅好吃，重点是他还请得起！

季小礼从小学习不是很聪明，高考也是努力很久才勉强够着一本线，但他在为人处世上被季爸爸、季妈妈教育得不错。

季小礼的父母特别热情，以往季爸爸、季妈妈想请朋友吃饭，都是悄悄把钱塞给季小礼，让小孩子借口上厕所，去把账结了，天长日久，季小礼也习惯了这种模式。

这次季小礼如法炮制，眼看快吃完了，他把筷子一放："我去上厕所。"

阮风和抬头看了他一眼。

季小礼拿着手机就走，路过厕所，到了吧台："您好，结账。"

服务员莫名其妙地看着他："先生，已经结过账了。"

"啊？"

"我在这里留了卡，每次点单的时候自动刷卡。"

季小礼扭头，阮风和手臂上搭着他的那件白色羽绒服，走了过来。他微微一笑："还要吃吗？"

季小礼："……"

爸，不是你儿子不想结账，是道高一尺，魔高一丈！

两人吃完饭出门的时候，是晚上八点多，冬天天黑得快，于是季小礼道："挺晚了，赶紧回家吧，晚上还有帮战呢。"

阮风和在他脑门上轻轻弹了一下，告诫他少玩点儿游戏，然后开车送他回家。

一到家，季小礼先是跟父母和二叔一家打了招呼，聊了一会儿，距离帮战只剩下十几分钟的时候回屋，给阮风和发微信。

香烤可达鸭：徒儿，你今天上越见春和那个号吧，没你打不赢，他们帮会有北苑。

我的傻徒弟：见面的时候，你似乎从来不喊我徒儿。

季小礼头皮一紧，废话，看着阮风和那张脸，他哪里敢喊徒儿，也就在网上扯扯嘴皮子罢了。

我的傻徒弟：上了，今天我指挥。

进了帮战地图，站在城楼上，季小礼远远看到借天一刀和站在他身边的北苑。

据红烧乳鸽说，北苑也是个有钱的年轻女孩，长得还算不错，不情不愿地夸完北苑，红烧乳鸽说：可惜，春和不喜欢她。

季小礼忍不住问：你觉得越老板喜欢什么样的？

红烧乳鸽：我寻思，他大概喜欢聪明点儿的？听说他学历蛮高的，估计喜欢跟他有共同话题的女孩子吧。

不怎么聪明的季小礼不敢说话。

这时，耳机里传来越见春和温润的声音："先杀北苑。"

季小礼立马应道："好咧！"

帝阁的平均实力本就比刀剑笑高，这次还有越见春和亲自指挥，刀剑笑输掉帮战是迟早的事，借天一刀、北苑更是躺在地上就没起来过。

打到快一半，帝阁帮派里的两个大奶妈临时有事，不能玩游戏。少了两个排行榜大奶妈，局势瞬间变化，刀剑笑有了喘息之力。

[帮派频道]保护我方肉包：这可怎么办，就我和我媳妇两个人，奶不住你们啊。

这时，季小礼收到一条私信。

[私聊频道]越见春和：上我的号，奶茶小酥。

然后发了自己的账号和密码给季小礼。

[私聊频道]老师立正敬礼：来了！

季小礼立即下线，换上奶茶小酥那个号，随即加入战场。

奶茶小酥以一己之力，奶满了全队的血。

越见春和：“奶茶，跟我。”

季小礼心里回答：“好！”

全服第一华山和全服第一奶妈，一个手持长剑，一个挥舞白练，携手飞入人群。穿着白色劲装的华山被人围殴掉了一半血，白衣峨眉瞬间给他奶满。

两人如同人头收割机，配合默契，在人群中厮杀，很快扭转局面。

帮战大获全胜，刀剑笑的玩家气得在喇叭上骂骂咧咧，帝阁帮众的心情却爽极了。

少数几个知道奶茶小酥真实身份的玩家偷偷地私信他。

红烧乳鸽：春和，你双开还这么猛？

季小礼：喀喀，鸽子，我是敬礼。

红烧乳鸽：果然嘛！我就说春和再厉害也不至于双开杀人吧。

帮战结束，众人打扫战场，拾取掉在地上的装备和道具。季小礼看着电脑屏幕里的白衣峨眉，不知怎的，手有点痒。他使用峨眉的技能非常熟练，不是因为他天赋异禀，而是因为他曾经也玩过一个峨眉。

想起那个尘封已久的峨眉小号，季小礼抿抿嘴，登录了上去。

季小礼已经三个月没上过这个号了，现在登录上去，难免有一丝别扭。电脑屏幕上，穿着黄色门派服的峨眉静静地挥舞白练，看着季小礼，他安慰自己："没什么嘛，反正他又不在，当初就是个误会。"

这么一想，季小礼开心地进入游戏。

刚进去，他就发现自己的信箱亮了。

都这么久没上线了，居然还有人给自己发消息？

他点开一看。

系统：玩家"越见春和"请求添加您为好友，通过 / 拒绝。

申请时间：一个月前。

季小礼看着这条消息，愣了半天，点了通过。

没多久。

[私聊频道]越见春和：小礼？

[私聊频道]画风清奇：欸。你加我这个号干什么……

[私聊频道]越见春和：一个月前加的。

季小礼心想，我当然知道你是一个月前加的。那时候我还不知道越见春和就是我的徒弟，我还傻乎乎地把自己的事都告诉你了，但……

[私聊频道]画风清奇：你为什么要加我？

[私聊频道]越见春和：有些话，是只能对这个号说的。

[私聊频道]画风清奇：？？？

[私聊频道]越见春和：师父，忘了你，对不起。

他握着鼠标的手指猛地缩紧。

三个月前，画风清奇也是《侠客行》一区排行榜前百的奶妈。她在一夜之间消失，同时，《侠客行》出现了一个新的华山。

如今，高手迭出，画风清奇早已变成一个不为人知的小奶妈，而那个传奇一样的华山——越见春和对她说：对不起。

还有人记得她。

季小礼打开自己的包裹。

包裹里的所有东西在他抛弃这个号的时候，就全部销毁了，他用账号上剩下的钱买了很多金色烟花，那是他为庆祝徒弟出师而准备的。极品装备和极品道具他全销毁了，唯独这些烟花，他一个都没舍得扔。

画风清奇：徒儿，你过来。

越见春和：好。

没有询问为什么，几秒后，越见春和进了季小礼的队伍，来到他的身边。

穿着最朴素的黄色门派服的小峨眉从包裹里取出一只烟花，点击越见春和的头像，点燃了烟花。

系统：玩家“画风清奇”对玩家“越见春和”燃放烟花，江湖偌大，前程似锦。

系统：玩家“画风清奇”对玩家“越见春和”燃放烟花，江湖偌大……

…………

金色的烟花绽放在漆黑的夜空中。

西凉城的郊外，季小礼曾经大放厥词“我要砍死越见春和那个龟孙儿”的门派基地前，他要砍死的那个人站在他的身边，他却开着小号一遍遍地为他放完了包裹里的烟花。

世界早已炸开了锅。

[世界频道]前方记者：这个烟花必须是组队情况下选中头像，才能放出来的。这都多少个烟花了啊？

[世界频道]我才不是秃驴：我数了一下，五百多个了！

[世界频道]寻南烟：我没见过这个峨眉，她是谁啊？居然能和越老板组队，还给越老板放烟花，这比当初的北苑还豪横！

喇叭上，也有无数玩家在讨论。

红烧乳鸽：画风清奇是谁，我怎么没见过？

保护我方肉包：春和居然和她组了队，这谁啊？

老万：小峨眉，我今年十八，肤白貌美小白脸，越老板比我差远了，也可以看看我。

季小礼放完烟花，见越见春和不说话，自己也觉得很尴尬的。

[队伍频道]画风清奇：那个……哈哈，这是我当初买给你的，没扔，留着浪费，就当咱们师徒俩今晚搞团建了，怎么样，这烟花漂亮吧？

下一秒，一条系统提示消息从季小礼头顶飘过。

系统：玩家“越见春和”对玩家“画风清奇”燃放烟花，江湖偌大，前程似锦。

无数金色烟花炸开，将整个西凉城照得如同白昼。

季小礼彻底蒙了，倒也不必回礼……

早有玩家发现了季小礼和越见春和所处的位置，他们把坐标发上世界，玩家们纷纷跑过来围观。

西凉城外，夜色深邃，漆黑的天空中布满了星子。

白衣华山和黄衣峨眉站在废旧的小破屋前，周围的玩家仿佛商量好了似的，给他们让出了一个圆形的圈。当前频道里，八卦观众的评论刷了屏——

啊啊啊！越老板居然是这么温暖的人！

越老板再也不是那个一心修为、从不关注八卦的人了，为什么我觉得这样的他更苏了？

围观群众聊得热火朝天，然而西凉城的郊外，却是一片寂静。樱花树中，有蝉在聒噪地鸣叫。季小礼愣愣地看着电脑屏幕里的那个白衣华山，因为站得时间久了，白衣剑客拔出宝剑，在空中舞出一道漂亮的剑花，宛若游龙惊鸿之影。

季小礼打出了一句话。

[队伍频道]画风清奇：徒弟，谢谢你。

越见春和没有回答。

季小礼静静地等着。

忽然，越见春和开了队伍语音，属于阮风和的声音钻入季小礼的耳朵，如林间清风："之前忘了你，是我不对，当初承蒙你关照，如今算是我对你的道歉。"

季小礼握了握手指："我没有怪你的意思。"

阮风和笑着道："知道你不会介意，所以才要补偿。"

这让人怪不好意思的。

季小礼差点就要关机遁走，但是这一次，他忍住了，他说：“你晚上吃饭的时候没喝酒。”

阮风和没想到他会说这话，竟然一下子没跟上季小礼的逻辑：“什么？”

“要记得这事。”

阮风和：……

电脑音响里传来一道轻轻的笑声，他还没来得及反应，就听阮风和说：“嗯，记得，不会忘记的。”

这有点让人开心啊！季小礼怕被阮风和听出自己的开心，只能打字。

画风清奇：孽徒，欺师灭祖，闭嘴！

阮风和幽幽地“哦”了一声。

画风清奇：……

忽然，阮风和道：“鸽子和肉包问我，这两个号要不要绑定 2V2。”

季小礼没忍住，“啊”了一声。

“我和他们说，会绑定，所以抽空去结缘吧。”

“啥？”

声音顿了顿，阮风和认真地问：“小师父，你愿意吗？”

季小礼下意识回道：“愿意愿意。”

季小礼已经完全享受到了双重 buff 带来的快感。

“好，那下周六吧。”

“嗯。”

沉溺在当初的付出得到回报的狂喜中，久久无法自拔，迷迷糊糊间，季小礼只记得自己把队长交给了阮风和，他带他跑到帝阁的帮派 NPC

前，拉他进帮，然后在帮派频道宣布一周后帮众可参加结缘礼的事情，之后，帮派频道里全是向越见春和讨要红包的消息。

接着师徒俩在坐忘峰顶看了会儿雪，两人各自下线睡觉。

电脑关机，屏幕陡然变黑，季小礼终于反应过来。

他赶忙拿出手机，打开微信，点击输入框，打了半天字，却一个也没发出去。

这时，阮风和倒是发来消息了。

我的傻徒弟：明天下午见？

香烤可达鸭：啊？

我的傻徒弟：小礼？

香烤可达鸭：？

我的傻徒弟：醒了吗？

香烤可达鸭：……明天下午见！

好像两人在坐忘峰顶看雪的时候，徒弟有说明天下午见面，他还答应了。

季妈妈敲门让季小礼赶紧睡觉，季小礼答应了一声："睡了，睡了。"他稍微洗漱了一下，换上薄睡衣，躺在床上。

灯关了，淡淡的月光透过窗台照进屋内，在天花板上倒映出一层银色的水光。

季小礼盖着被子，愣愣地看着天花板。过了半天，他蒙蒙地自言自语："阮风和居然是小徒弟，他还和我道歉和好啦？"

猜出阮风和是傻徒弟，不过是半个月前的事。

但如今，季小礼把手伸进被子里，摸了摸自己的脚："最近也没踩狗屎啊。"

同学口中的太子居然是自己的徒弟!

事情太玄幻了，季小礼瞪大眼睛不敢睡觉，生怕是假的。可能是震惊，可能是兴奋，到后半夜他反而失眠了，只能拿出手机刷朋友圈。还没点开朋友圈，季小礼忽然看到一小时前阮风和给自己发了一条微信。

是条语音消息。

他点开："晚安。"

舒缓好听的男声在房间里轻轻回荡。

反复听着这两个字，季小礼有些烦躁的心情渐渐被抚平，不一会儿他就睡着了。

第二天早上起来，季小礼打开微信，发现帝阁的微信群里都在说越见春和和神秘峨眉"画风清奇"的事。

季小礼本没想瞒着，但看他们聊得这么兴起，似乎想把"画风清奇"的底细扒个底朝天的模样，他吞了口口水，没把真相说出去。

值得一提的是，《侠客行》一区终于上热门了。从昨晚开始，游戏论坛、贴吧全都被越见春和和神秘峨眉的故事刷屏了。

真是成也萧何，败也萧何。

当初是因为越见春和一心修为、无心恋爱，才弄得整个一区被他带领出一股凛然正气，所有八卦在一区玩家的眼中，吃一下就够了，并不想过多讨论。

吃瓜能增加修为吗？能奖励一本高级秘籍吗？不能。那这瓜有什么好吃的？！

终于，这瓜轮到了越老板头上。

互相燃放的烟花，一周后的结缘礼，让这场八卦吸引了无数围观群众的视线。人多力量大，玩家们扒着扒着，竟有人扒出三个月前“画风清奇”曾经也是个大奶妈的真相。

季小礼吓得赶紧退出游戏，生怕吃瓜群众扒出“画风清奇就是老师立正敬礼”。

下午出门时，季妈妈塞给季小礼一件厚厚的棉袄，把季小礼裹成了一个球。

他走出小区门口，远远地看到一个高瘦清俊的背影。

季小礼脚步顿了一下。经历过昨天的事情，今天突然见面，本该有点不好意思，可季小礼看着徒弟的背影，赶忙走过去：“你不冷啊？”

阮风和转过身，看到季小礼时，微微睁大了双目。

季小礼：“你在看啥？”

阮风和：“在看脑袋。”

“？？？”

“你的脑袋现在像个插在雪人头上的胡萝卜。”说着，阮风和指了指路旁的一个小雪人。

季小礼：“……”

你这样是会挨打的！

阮风和笑了，季小礼暗暗反思自己是不是真的穿得太多了，阮风和一把拉住他的手，向前方走去。穿着蓝色厚棉袄的青年微微一愣，抬起头看着身旁的人。

阮风和：“没开车，因为去我家很近。”

季小礼点点头：“哦，我没问这个。”

过了几秒：“去你家？！”

阮风和看着他："不用担心，我一个人住，我爸妈不在。"

"哦哦哦。"季小礼松了口气，接着，"不是，这有什么关系吗？！"

阮风和停下脚步，定定地看他，语气认真："你这么容易害羞，我担心你怕见生人。"

季小礼："……"

阮风和勾了勾嘴角，领着季小礼走进小区。

走了一段路，季小礼可算明白阮风和为什么说他穿得多了。

今天虽然气温低，但是没有风，两人走一段路，季小礼就热得脑门冒汗。好不容易走到阮风和家，季小礼站在门口，用手给自己扇扇子："可算到了。"

阮风和一边开门，一边看着他："屋子里暖气比较足，你可以洗个澡冲一下。"

季小礼："……"

这嫌弃过于明显！

和阮风和说的一样，还没进屋季小礼就一身汗，进了屋，更是被地暖热得脸都红了。

阮风和给他拿了新的毛巾，季小礼进浴室前还有点不大自在：他第一次来别人家，就直接去洗澡……这样是不是不大好？

他回头一看，阮风和送完毛巾就转身进了书房，于是放下心来。

冲完澡果然舒服很多。季小礼轻轻地敲响书房门，里面传来一道声音："请进。"

推开门，季小礼小心翼翼地从门缝里探出脑袋，阮风和正坐在电脑后面，他头也不抬地说："还有点工作没做完，你要吃什么？"

季小礼一愣："吃什么？"

"家常菜可以吗？"

"可以啊。"

"冰箱里还有西红柿、土豆，等我做完这些再说。你进来看看书？"

季小礼听话地走进书房。

阮风和的书房比他家的客厅还大，占据了二层的一半面积，连卧室都只有书房的二分之一。他的书房有一扇小门，微微掩着，季小礼好奇地看了眼，就跑到一旁的书架上找书看了。

书架占据了一整面墙，多数是计算机和机器人方面的专业书，还有很多金融类的书籍。季小礼找了半天，在角落里发现了一本《粤式煲汤食谱》。他双眼一亮，拿着书跑到沙发上，翻阅起来。

安静的书房里，时不时响起清脆的敲击键盘声和书籍翻页的沙沙声。

季小礼刚坐下的时候还在感慨这种见面的方式挺诡异，随着他缓缓翻看手里的书，他渐渐被这书本上汤品的图片吸引了，他一边看一边嘴里嘀咕了一句："这个可以让李婶试试。肯定好喝。"

"想喝这个？"

季小礼抬起头，不知阮风和何时站在沙发后，俯身看着他。

季小礼："这个看上去特别好喝！"

"你很喜欢喝汤？"

"我从小就喜欢。不知道为什么，就是特别爱喝。我妈还说我上辈子肯定是个广东人。"

阮风和将书拿过来，仔细看了看食谱："可以做，就是食材得让人送过来。"

送过来？

半小时后，一个中年阿姨拎着两个塑料袋，将新鲜的食材送到家中。季小礼看到这阿姨对他们笑了笑，放下东西，转身离开。

季小礼惊道："她不留下来做饭吗？"

阮风和："谁说她做饭？"

"阿姨不做，谁做？"

"我做。"

季小礼一脸蒙，还没回过神，就听阮风和说："你来打下手。"

季小礼：……

请人家吃饭居然让客人打下手？

洗完菜，季小礼站在厨房门口，看着阮风和高瘦的背影，这人以往给季小礼的感觉是高冷、不染尘世烟火的，但他现在居然在做饭。

季小礼觉得很魔幻，于是拿出手机，点进大学群。

季小礼：兄弟们，你们都是怎么和大佬朋友相处的？

很快，众人纷纷回复。

夏晓：干吗？什么级别的大佬？

刘妍：为啥会有大佬朋友？我没有大佬朋友。

李丰邵：我就不一样了，我周围那全是神仙。我的大佬师兄、师姐们，个个都长得很好看，说话又好听，和他们相处我就跟个傻缺似的。放心，你只要点头微笑，大佬说的全对，那绝对没毛病。

季小礼忍不住说：如果……他把我带到他家，然后亲手给我做饭呢？

同学群里一阵沉默。

众人：小礼你好好反思下，你说的这种可能存在吗？

季小礼：……

赶忙把微信关了。退群保智商，退群保平安。这群大学同学都是胡扯！他就不能和大佬当朋友啦？

抬起头，季小礼发现阮风和不知何时已经做好了菜，正端着一盘醋熘土豆丝站在他面前。季小礼立即把手机塞回口袋，非常自觉地说：“我去端菜！”

两人把菜端上桌，季小礼正要动筷子，就听阮风和道：“那是李丰邵？”

筷子在手里打了个滑，得亏季小礼眼明手快才稳住。

“你看到了？！”

“不是故意的，不小心瞄到一眼。他的微信头像很显眼。”

李丰邵的头像是五星红旗，他自诩是红旗下长大的五好青年，爱党爱国爱人民。

季小礼吞了口口水：“啊，对，他是我大学同学。”过了会儿，季小礼品出不对了，“等等，你早知道我和李丰邵认识？”

如果不知道，不可能凭借一个头像就认出李丰邵。

阮风和理所当然：“知道。”

“你什么时候知道的？！”

阮风和笑道：“你猜。”

“……”

才不！大不了等会儿问李丰邵。

吃完饭，两人把碗收进洗水池。

季小礼歪头看过去：“你不洗碗？”

阮风和瞥他一眼："有洗碗机。"

"我以为你都做饭了，就会把碗也一起洗了。"

阮风和理直气壮："做饭是因为我在美国习惯了自己照顾自己。但是洗碗这种事，我觉得洗碗机会比我做得更好。"

季小礼没吭声，心里默默想：你做菜水平也一般般，只比我好一点点。

阮风和睨着他："不许在心里说我做饭不好吃。"

这人在他心里装窃听器了吗？

阮风和又补了一句："下次你来烧。"

说完，阮风和走进书房。

季小礼赶紧跟上去："我又没说想做饭，我做饭可难吃了，真的！"

本来季小礼以为阮风和是回书房继续工作，但他没走向办公桌，反而径直地走向那扇神秘的小门。

看着他拿出钥匙开门，季小礼屏住呼吸，感觉自己可能要看到一个神秘屋，里面说不定有什么秘密。

阮风和把门推开，打开了灯。

季小礼做足了心理准备，然而进门后，只见房间的地上杂乱地堆着一些奇奇怪怪的箱子和小沙丘。他"咦"了一声，走进去再看了看，发现角落里放着一个金属架子。这个置物架上一共有三个玻璃罩，其中两个放着金属小车，另外一个玻璃罩是空的。

架子旁有一个很大的桌子，桌子上密密麻麻地堆满了小齿轮、电极，还有很多季小礼不认识的工具。

在这些工具的中间，有一个人形物体。

"机器人？！"这么一看，季小礼回头仔细看了下另外两个玻璃罩里的物品，“那两个也是机器人？”

阮风和把桌子上凌乱的东西推到一边，腾出一块空地：“机器人不是只有人形的，多数实用性强的机器人都不是人形，那两个是我在美国做的。”

男生总是容易对机械产生特殊的感情，更何况是这种会动的机器人。

季小礼对那两辆车没太大兴趣，可这个人形机器人实在太酷了：“那这个呢？”

阮风和调整了一下那个机器人的位置，然后从满桌的零件里找到一个细长条的金属，塞到这个机器人的右手中，再在桌上的笔记本电脑上按了几下。

黑不溜秋的小机器人举着细长金属条，缓慢地做了一个动作。

季小礼没看明白。

阮风和又让它做了一次。

季小礼惊喜不已：“此日楼台鼎鼐，他时剑履山河。这是华山做‘平沙落雁’技能时的动作！”

阮风和合上笔记本：“现在它只会做这一个动作。”

“那以后呢？”

看着季小礼好奇兴奋的模样，阮风和的目光闪了闪，道：“给你打一套连招？”

“这么强？！”

季小礼大学时学的也是计算机，但他们学校并没开展机器人方面的课程。大一、大二可以选修一门机器人基础课，但季小礼偷懒，选了电影赏析混学分。

虽然他对机器人一窍不通，可他看着阮风和摆弄机器人的模样，不觉看得入神了。

两人玩了一个下午，季小礼还在阮风和的指导下，动手使用控制键，操纵着那两个机器小车穿越障碍地形，原来那些障碍物和小沙丘是给这两个机器小车用的。

天色渐暗。季小礼玩够了会打“平沙落雁”的机器人，有点飘，他忽然想到一件事，脱口而出：“以前李丰邵说你放弃学业，回去继承家业……”

话还没说完，季小礼就闭上了嘴，这种私密的事情其实是不该问的，他不敢去看阮风和的表情。

阮风和轻轻地笑了一声：“面包好吃吗？”

季小礼微微愣住，有点不明白为什么忽然问这个问题，但他还是老实回答：“好……好吃。”

“吃面包是要付钱的。”

“你曾经吃过的每一块面包，都得为它付出相应的酬劳。我得到的面包比绝大多数人更大，所以我需要付出的也就更多。”

季小礼呆呆地看着阮风和。

阮风和把房间里的东西收拾好，走到门口，见季小礼还没跟上，他回过头，挑眉道：“不打算参加帮战了？”

季小礼回过神：“当然要参加，今天可是江山如画。”

在上海住了一周，季小礼一家回了苏州。

到家的时候已经是晚上八点十分，下了车，季小礼就拎着箱子撒腿往楼上跑。

季妈妈奇怪道："好不容易回家，特意让李婶给他准备了他最喜欢的竹丝鸡。你儿子这是怎么了，看都不看一眼。以往他一进家门闻着香味就能跑进厨房。"

季爸爸也觉得奇怪，他一琢磨："咱们儿子是不是有情况了？"

季小礼这么着急上游戏不是为了别的，正是之前答应阮风和的事情——越见春和和画风清奇的结缘任务。

画风清奇这个号当初被季小礼抛弃得十分彻底，身上的高级装备全销毁了，秘籍、丹药一点儿没留。本来季小礼压根儿没想再用这个号，他觉得华山挺好玩的，再说他实在想玩峨眉，完全可以玩徒弟的奶茶小酥号。

然而越见春和之前给画风清奇送了不少烟花，也对全区玩家宣布会和画风清奇组 CP——

越老板被抛弃啦！

那个小峨眉太牛了，连越老板都看不上。

季小礼只能吭哧吭哧地把自己的小号捡起来。

一上线就收到越见春和的消息。

越见春和：来孔庙。

画风清奇：来了来了。

两人在孔庙敬了结缘酒，把结缘任务交付后，两人的身上都浮现出一层淡淡的红光。再过一周，两人就能正式结为侠缘了。

夕阳之下，金色光辉笼罩着小小的孔庙。红叶漫天纷飞，越见春和走上九鸾凤车：去坐忘峰看看风景？

画风清奇：去什么坐忘峰，不去。

越见春和愣了愣。

画风清奇：走了，走了，徒儿，我去刷副本了。你不知道，我的金装打造好了，可是没材料升级啊。买都买不了！垃圾游戏，想花钱都没地方花。

越见春和：……

越见春和：你不需要练这个号。

画风清奇：不练？那不行。你现在劈我一剑我就死了，我太弱了。

阮风和：……

季小礼风风火火地离开孔庙，留给阮风和一个潇洒的背影。

他为什么要劈季小礼？没事干闲的吗？

正好公司有点事要处理，阮风和下了线。

其实季小礼也没真打算把画风清奇这个号练得太厉害。成为大佬，要么氪金，要么足够幸运。不氪不欧就想成为大佬？那绝对不可能。

在以前，季小礼还认为，一个人哪怕再欧，也绝不可能成为大佬，直到几天前，一个60级新人免费抽奖，竟然抽到了武当极品金色技能“凌波微步”，新人转手把这个金色技能卖给了玉星舟，卖了15万游戏币和5万块人民币，他就接受了这个说法。

按理说这就该结束了，结局应该是玩家们怒而悬赏新人三天三夜，新人美滋滋收钱。谁料被悬赏的第三天，这个新人发了个喇叭——

欧洲偷渡客：哼，嫉妒我是没有用的，我一定要再抽出一个极品金色技能！

全服玩家：哈哈哈，新人爹毛了！

五分钟后——

系统：白玉无瑕，浑然天成。玩家“欧洲偷渡客”行善积德，福至攸归，打开百宝匣，获得金色技能“思华年”！

系统：白玉无瑕，浑然天成。玩家“欧洲偷渡客”行善积德，福至攸归，打开百宝匣，获得金色技能“寸芒剑心”！

全服玩家：……

季小礼：……

世界沉寂了一分钟。

随后，无数喇叭刷爆了整个《侠客行》一区，所有排行榜上的大佬纷纷吐槽，就连越见春和都发了个 4 块钱的喇叭。

越见春和：掉率没问题？@策划。

六大门派，六大极品金色技能。

最适合武当的“凌波微步”，最适合天山的“思华年”，最适合华山的“寸芒剑心”，每个随便卖卖都至少能卖 20 万。

这个叫作“欧洲偷渡客”的新人，凭借抽奖，血赚 60 万。他是天山，他留下最适合自己的极品技能没卖，把其他两个技能全卖了，然后再用这笔钱玩游戏，轻轻松松就能成为一方大佬。

哪怕是季小礼，都嫉妒得眼睛红了。

一边打副本，季小礼一边嘀咕：“算了，不和欧洲人比，小号我就随便玩玩好了，稍微配得上徒儿一点就行。”

打完副本，季小礼掉落了一个百宝匣。他心里一喜，赶忙点开百宝匣，参与抽奖。

系统：白玉无瑕，浑然天成。玩家“画风清奇”行善积德，福至攸归，打开百宝匣，获得金色技能“妙手回春”！

全服玩家：……

啊啊啊！前几天冒出来一个欧洲偷渡客，一连开了三个金色技能，还都是极品的。今天居然又冒出来一个！说好的掉率只有1/2500呢？！

等等，画风清奇？这不是越见春和的那个土豪对象吗？

系统不公，金色技能现在不要钱吗？自闭了！

季小礼被幸福砸晕了头，他迷迷糊糊地给徒弟发了个微信。

香烤可达鸭：徒儿，我好像不得不练那个小号了……

阮风和大概在忙，没立刻回复。

切回游戏，季小礼的邮箱被撑爆了。

北苑：妙手回春卖吗？ 20万。

保护我方肉包：嘿嘿，认识春和吗？我和春和是好兄弟。你抽到妙手回春了？你打算卖吗？咱们都是一个帮的，价格肯定不会亏了你。

季小礼想也不想，直接拉黑北苑。

他对肉包说：肉包，我是老师立正敬礼。

画风清奇：对了，不卖，我自己用。

保护我方肉包：？？？

保护我方肉包：怎么回事？！

季小礼和阮风和本来就没想瞒着肉包等人，只是他们没问，师徒二人就没说。

手机轻轻振动了一下，季小礼拿起一看。

我的傻徒弟：嗯？

香烤可达鸭：你看这张图。

季小礼把自己抽到"妙手回春"的截图发了过去。

阮风和："……"

沉默片刻，他才发来两个字。

我的傻徒弟：很好。

看他这个反应，季小礼心里还乐了好一会儿，然后骄傲地说：徒儿，我的号这么红，和你在一起不会被你传染吧？要不咱们过两天别搞什么结缘了，越见春和这个号是真不怎样！可别把我这种欧皇带黑了。

我的傻徒弟：……

越见春和与画风清奇举办的结缘礼，在“画风清奇是季小礼”这个骇人真相前，一下子显得不再重要。肉包知道真相后，将事情告诉给了红烧乳鸽等人。

众人纷纷大跌眼镜，老万更是直接找上季小礼。

老万：我听说了一个事，敬礼老弟，我觉得他们在骗我。

老师立正敬礼：我是画风清奇。

老万：……

老万：不带这样玩兄弟的啊！你有小号居然不告诉我们！本来我们打算拿“告诉画风清奇，春和有个不为人知的小号”为把柄，威胁春和，让他给红包呢！

季小礼心中一紧：幸好他提前说出来这个秘密，要不然徒弟给他们红包，岂不是亏死了？

本来热热闹闹的结缘礼，在保护我方肉包、红烧乳鸽等人有秘密不能说的痛苦中，只让人感觉到了奢侈。越见春和淡定地给众人发了红包，不知情的人立刻道：祝越老板和画姐福如东海，寿比南山！

季小礼：……

这都什么玩意儿！

[私聊频道]画风清奇：徒儿，咱们省钱了你知不知道？

越见春和看到这句话立刻给画风清奇发了个大红包。

[私聊频道]画风清奇：徒儿，干得漂亮！

热闹的结缘礼在众人收获红包的快乐心情中结束了。

奶茶小酥拥有一架九鸾凤车，越见春和却拥有一整座雪山。

《侠客行》开服三个月时，举办了第一届全服 PK 大赛。单人组的冠军获得奖励“祁连雪山”。这座高耸入云的雪山只有 PK 第一名才能拥有，且一旦被人击败，奖励会被自动判给新一任的第一名。

这座雪山就在坐忘峰的隔壁，两座雪山遥遥相望。

全服玩家都能看到这座雪山，但是他们上不来也进不去，只有越见春和和他的侠缘，才能登上雪山，来到独属于他们的城池。

越见春和和画风清奇坐着九鸾凤车，来到祁连雪山的山顶。

两个月前，季小礼曾经在对面那座雪山上与他的徒弟结为侠缘。虽然他们只是为了 PK 增益 buff。

季小礼第一次登上祁连雪山，好奇地到处乱逛。

越见春和站在峰顶，当季小礼看完回过头时，他伸出手。

“小礼，过来。”

季小礼走过去。

群山之巅，白雪皑皑。

穿着红衣的华山剑客将手指向天，忽然，天地变幻，流云飘转，彩霞绚绯，日升月落，雪飞雨降。美丽的祁连山顶上，季小礼被这不停变化的美景震惊得睁大眼睛。当一切变化结束，季小礼第一反应是：“我忘了录屏！刚才那是什么？《侠客行》的天气还能这么变？一分钟变十几种？”

“因为这里是祁连雪山。”

季小礼：“啊？”

阮风和：“我可以控制祁连雪山的天气，你也可以试试。”

季小礼愣愣地看着电脑屏幕里的华山剑客，他发现对方的称号换了。

从开服到现在，越见春和身为华山大师兄，头上一直顶着的称号是独属于华山第一人的“剑履山河”。可现在，他的头上是这样两行字——

越见春和

我师父他人傻钱多

阮风和轻轻地“嗯”了一声，说：“换了。”

季小礼想也没想：“那我也换！”

于是他的头上是——

画风清奇

你师父我人傻钱多

半年前，人傻钱多的季小礼非常潇洒地买了个价值88元的土豪金牌子，用金钱的威力，让自己的收徒宣言成功压过一众苦寻徒弟的新人师父，排在第一位。

半年前，越见春和开着小号，根本连看都没看，就随便点了排在第一位的师父，拜他为师。

当那个人傻钱多的师父举着金光闪闪的大牌子朝他走过来时，他或许已经发现这个人与众不同的气质。

看到季小礼把称号换了，阮风和没吭声，又把天气换了一遍。

季小礼："不过咱们这个号不是师徒关系。你都 180 多级了，也不能再拜师了。"

阮风和："把老师立正敬礼和奶茶小酥的称号换了。"

季小礼惊道："那全服玩家不就知道我俩的马甲了吗？"

"为什么不让他们知道？"

季小礼一想，也对，没什么好瞒着的。不过，如果真曝光了，会不会让一区再上一次论坛热门呢？

他并不知道，此时此刻，一个非常无聊的新人小号路过孔庙，正巧是良缘树落下红叶的时间，他随手捡起一张。

[世界频道]幽泉深渊：我捡到了一张红叶，上面是奶茶老板的字！

紧跟在后面的是一个任务物品。

这件任务物品在各个聊天频道里传阅。

当天晚上，越见春和和老师立正敬礼不负众望地登上了论坛热门，并顺利屠版。

任务物品：良缘红叶。

文字：师父，其实我就是越见春和。

奶茶小酥。

第十章

风和日丽

《侠客行》官方贴吧。

“818”我们一区的第一华山和第一奶妈！

报——

惊天大瓜！谁说我们一区没有八卦？！《侠客行》最负盛名的越老板越见春和，居然开小号啦！他的小号竟然是……

1 楼：麻烦楼主讲详细点，从没见过这种帖子，还没开扒人就没了。

2 楼：标题党走开。

3 楼：你们一区本来就没什么八卦啊——来自全游戏八卦最多的 8 区玩家如是说。

4 楼：越老板？我超级崇拜越老板的啊，越老板怎么了？第一华山是越老板，全服第一奶妈是奶茶老板吗？

…………

10 楼：我来替楼主说，这事我们一区的世界都刷爆了，越见春和就是奶茶小酥，奶茶小酥就是越见春和！

姗姗来迟的楼主：……兄弟你抢我话了

楼主：谁说我不打算讲详细了？我是给你们截图去了！下面放实锤。

这是越老板，也就是奶茶老板，还有越老板的神秘CP画风清奇，和奶茶老板的CP老师立正敬礼。

最后一张图是奶茶小酥结缘的时候，在孔庙写的良缘红叶。

综上，奶茶老板就是越老板！他自己亲口承认了。那么这四个人的关系就有东西了。

据说奶茶老板和敬礼是为了PK而结缘的，但是，他的大号和一个女峨眉绑定在了一起。这个女峨眉有多欧，你们可能不知道，她抽奖抽出了妙手回春！

不过有一点我觉得蛮奇怪的，越老板玩小号很明显是想练个奶妈，老板玩小号都能玩成全区第一奶妈，给老板跪了。但是他这个号从来没奶过自己。

我有个朋友是帝阁成员，他给我爆料说奶茶老板是敬礼的绑定奶。也就是说，奶茶小酥只奶老师立正敬礼，从来不奶越见春和。

所以，越老板到底为什么要练这个小号？而且还要叫奶茶小酥这种女孩子的名字……

17楼：奶茶小酥居然是越见春和？

18楼：不是吧？越见春和如果真的只奶老师立正敬礼，那他为什么又费劲找了画风清奇做绑定奶？

19楼：我比较关注的是越老板先是跟敬礼组成了侠缘，然后又和画风清奇……越老板有点渣啊。

半小时内，这个帖子盖了一千多层楼，广大网友的八卦之火是无穷无尽的。

他们很快扒出，奶茶小酥的马甲从来没暴露过，连贫僧法号戒色都不知道奶茶小酥是谁。那么越老板故意装成女人是为了骗钱？

随后这个看法又被推翻，越见春和要骗钱？别人不骗他钱就已经是给他这个富二代面子了。

帖子越聊越歪，聊到越见春和到底是不是骗子，老师立正敬礼知不知道他徒弟是个男人，以及画风清奇知不知道自家搭档装过女人。

一区玩家第一次这么痛痛快快地八卦。修为是什么？副本是什么？他们通通不要啦！快去吃越老板的瓜，今晚的副本全部不打啦！

就在玩家吵得热火朝天，将各种写都不敢写的狗血小说桥段一个个安在越见春和和他的CP们的身上时，该帖子出现了一个新回复。

Cyril：老师立正敬礼就是画风清奇，谢谢各位的关心。

众人：？？？

三分钟后，这条帖子被游戏官方删除。之后玩家们再开帖，只要帖子有辱骂性质，或者无端瞎编越见春和和季小礼关系的，版主都删得极快。

有嘴碎的玩家不满地发帖：因为发的是越见春和的事情，你们就删帖？有钱了不起吗？有钱就可以为所欲为吗？

版主的回复是：删帖。

对不起，有钱真的了不起，有钱也真的可以为所欲为。

季小礼还没从自家徒儿马甲被爆光的惊人事实中回过神，他的信箱就被塞满了。

整个游戏里，除了杨修、鸽子和肉包，连肉包的媳妇“我就是肉包”

都被瞒着，不知道奶茶小酥是越见春和的真相。他们一开始是发私聊给越见春和，后来当越见春和发了那个回复后，他们惊了一秒，又去找季小礼。

季小礼站在祁连雪山上，蒙蒙地问道："我该怎么回……"

"不用回。"

阮风和似乎在做什么事，键盘敲击的嗒嗒声透过耳机传递过来，他声音平静："他们震惊一会儿，很快就能接受了。"

季小礼："很快？"

阮风和："他们的接受能力其实很强。"

季小礼："要是我都接受不了……"

阮风和打字的手指停了一下，他认真地说："相信我，比起这个，他们对玉星舟怎么拥有七个 CP 这件事，好奇心更加旺盛。"

果不其然，半小时后，帝阁帮众都淡定下来。奶茶小酥就是越见春和，画风清奇是老师立正敬礼。

哦，有什么不对的吗？

连玉星舟都能有七个 CP，还平起平坐，相处融洽，大佬玩个小号怎么了？触犯哪条基本法了？

一区轰轰烈烈热闹了一番，季小礼和越见春和却静静地待在祁连雪山上。

找到他们了，他们在祁连雪山上！

季小礼一低头，看到雪山下黑压压的人头，密集恐惧症都要犯了。

"徒儿，我们不下去，死都不下去！"

阮风和笑了一声，轻轻地说："嗯。"

季小礼慢慢回过神，他看着论坛上那张流传开来的截图："徒儿，你为什么要在红叶上写那句话？”

如果阮风和不主动说，这世界上，没人会把峨眉大师姐和华山大师兄联系到一起。

阮风和默了默：“你认为是为什么？”

季小礼看着电脑屏幕里的华山剑客和峨眉奶妈，他想了想，问：“你是不是从那个时候就想告诉我实情了？”

阮风和沉默片刻。

季小礼一脸蒙：他说错什么了？

阮风和：“我没想到你能这么直白地问出这句话。”

“啊，我不该问吗？”他是真的猜到了啊。

阮风和叹了口气，无奈地笑道：“嗯……应该问。”

季小礼百思不得其解：“？？？”

他又做错什么了？

不过阮风和稍微岔开话题，季小礼就忘了刚才的事。

阮风和将工作文件关闭，微微活动了一下身体，定神看着电脑上的游戏角色。

从头到尾，他所喜欢的，不就是师父这种傻到有点可爱、让人感到轻松的性格吗？

热门帖子的事件终结于阮风和的大红包。

本来就是越见春和和画风清奇的婚礼，再加上突然爆出马甲事件，越见春和沉思了一下，发了不少大红包，红包的数量非常可观。价值100块的红包发下去，全服玩家拿人手短，纷纷表示——

祝越老板洪福齐天，早生贵子！

季小礼："……"

你才早生贵子呢，你全家都早生贵子！

不合格的暴发户季小礼心疼那些红包，阮风和发现了他的郁闷，道："之前玩家聚会的时候，你看到我有很多个五彩石。"

"对啊，我还说你根本用不到，放在仓库里浪费。"

"我当时说，都给你。"

季小礼："啥？怎么给我？《侠客行》不能直接交易的，你放到摊子上卖我肯定抢不到。"

"能抢到一点是一点。"

季小礼："？？？"

下一秒，世界瞬间炸锅。

越老板放了八组五彩石，每个只要1铜钱！1铜钱！一小时后开抢！

你傻吗？这种事你在世界上说，现在我们都抢不到了。

啊啊啊！真的有1铜钱的五彩石，谢谢老板，老板养活我们一个区！现在谁黑越老板我和谁急，我全力支持越老板！

钢铁直男：越见春和傻，老师立正敬礼傻。

这个名叫"钢铁直男"的玩家发了消息还不到一分钟，就被周围的玩家砍死于刀下。

仇富吧你，支持越老板。我绝对不是为了1铜钱的五彩石，我没被越老板贿赂，我就是看不惯这种人！还钢铁直男，你直男癌吧！

季小礼："你居然放1铜钱！五彩石每个价值30元人民币啊！"

阮风和气定神闲："我用得到吗？"

"啊？用不到。"

五彩石固然重要，可需要用到它的极品装备都被越见春和升到满级了。

“既然用不到，那卖了，就不亏。”

商业鬼才！

季小礼没时间和徒弟说话，他也要赶紧去抢五彩石。抢到就是赚到，他可不像人傻钱多的徒弟，他精打细算着呢。能抢多少是多少，抢了用不上，转头卖了也能赚一大笔！

季小礼没再说话，阮风和点开自己的信箱。

[私聊频道]红烧乳鸽：谢谢大公无私、人傻钱多的越老板的五彩石！

[私聊频道]贫僧法号戒色：阿弥陀佛，施主你居然瞒着我你的马甲。算了，贫僧不是个小气的人，看在你的五彩石上，原谅你了。

越老板血亏？或许，从某个方面来说，他今晚血赚了一群小跟班。

第二年二月，公考成绩公布，季小礼压根儿忘了这件事。

一大早，大学群一直有新信息提醒，季小礼开始还以为学校出啥事了，点进去一看才知道是公考成绩公布。

他一边看大家的讨论，一边琢磨：“我怎么可能过？”

吃过早饭，季小礼陪季妈妈散了会儿步，到晚上才想起这件事，然后用手机查了下。

“……妈！”

季妈妈回过头：“咋了？”

季小礼握着手机，吞了下口水：“就是那个，我公考好像……过了。”

季妈妈：“……”

公务员考试不仅仅考验个人水平，还考验人品？

季小礼万万没想到，他今年报考的那个职位，应聘的人特别少，最后录取三个，他恰好就是那幸运的第三个。

不过笔试通过了，还有面试。

季爸爸坐在沙发上，忧心忡忡：“下周去面试？”

季小礼点点头：“嗯，我同学都说要报班，学习专门的面试技巧。”

季爸爸想了想：“小礼，咱们要报班吗？”

“……用吧。”

季爸爸一抹脸：“没事，当公务员也挺好，爸爸给你报班。”

公考成绩下来的那周，季小礼忙于准备公务员面试，没怎么上游戏，只偶尔在微信上跟阮风和聊天，游戏朋友变成了面试搭档。他拉着阮风和道：“你聪明，学习成绩好，帮我听听我这段自我介绍说得怎么样。”

阮风和：“好啊。”

季小礼登录游戏，来到风景如画的杭州西湖，只见一个潇洒帅气的白衣华山站在断桥上，岿然不动。他的身旁是一个蓝衣剑客，头顶“老师立正敬礼”六个大字，也一动不动。两个华山并肩而立，背景是淡妆浓抹的西湖。

站久了，路人还以为季小礼和阮风和在挂机。

[当前频道]拈花一笑：合影。

[当前频道]深山雪女：真人版大佬，合影留念！

他们并不知道，此时此刻，季小礼正在队伍语音里和阮风和进行一场十分严肃的公务员面试练习。

面试练习结束，季小礼发现自己被一群玩家包围了，这些玩家头上不断弹出聊天内容。

自从两人的身份被大家知道后，不知为何，就多了这么个名字。

面试被这么多人围观，季小礼觉得很尴尬，赶紧回了祁连雪山。

一周后，季小礼参加面试。

等到了面试现场他才知道，自己虽然是幸运的第三名，但是分数比前两名低了太多，面试就是拿满分都很难应聘上。这么一想，季小礼乐了，轻轻松松地完成了面试，过两天成绩下来，果然，前两名面试分又几乎满分。

他俩争得头破血流，季小礼光荣结束了自己短暂的公考生涯。

季爸爸、季妈妈也不生气。

季爸爸："每天和爸爸去钓钓鱼，看看咱们家鱼塘，有什么不好？"

季妈妈不满道："小礼才多大，就整天跟着你钓鱼，跟个老头子似的。儿子也有自己想做的事。小礼啊，你有想过以后做什么吗？"

季妈妈只是随口一问，她并没真想儿子干出一番大事业。老两口一直奉行知足常乐的原则，开心就好，日子过得幸福，一家人和和美美才最重要。季小礼只要平安健康，她就满足了。

然而这话听到季小礼耳中，却让他上了心。

"我想做什么？"

大学时候季小礼学的是计算机，他是被调剂过去的，并没有很喜欢这个专业，学得也一般。以前季小礼从没想过以后做什么这个问题，公考一结束，他忽然真正意识到自己已经毕业了。

季妈妈将一盅花旗参鸡汤端上楼，放在桌上："想什么呢，小礼？"

季小礼鼻子动了动，闻到那个香味。他忽然道："欸，妈，我想开个店！"

“啥？”

“我想开个专门做汤的店！”

季妈妈一脸蒙。

季小礼说干就干。他本身就喜欢喝各种各样的汤，家里的李婶是广东人，在这方面很有研究。

季小礼钻研了几天，发现市面上早就有那种专门做汤的店，不过一般都是高级餐厅，上海就有一家。

开店不是一件轻松的事，季爸爸、季妈妈非常支持儿子的事业，季小礼也非常上心。他打算过两天去上海住上几个月，学习一下别人的经验。

季妈妈说：“去你二叔家，路上小心，注意安全，这两天天气虽然热了，但早晚还是冷，多穿点。”

季小礼点点头。

“小礼，有事就跟你二叔、二婶说，照顾好自己。”

季小礼一边收拾东西，一边想也没想地说：“没事，他就住隔壁，真有什么事我也可以找他去。”

季妈妈一开始还没反应过来，等吃饭的时候，她拉着季爸爸把事情一说，夫妻俩这才联想起儿子这半年里老是往上海跑，说是去玩。

两人一合计，晚上看电视时，季爸爸咳嗽一声：“咳，小礼，谈恋爱了？”

季小礼惊讶道：“你怎么知道？”

季爸爸：“……”

季妈妈：“……”

这就坦白了？

季妈妈高兴地说："哪家姑娘呀，你还不给妈妈说说，什么时候带回家看看。"

季小礼："嘿嘿骗你们的！"

季爸爸："……"

季妈妈："……"

季小礼放下吃水果的叉子："是我在上海认识了个新朋友，游戏里认识的。"

季家客厅一片寂静。

电视机里放着一档犯罪纪录片，人傻钱多的富婆被网友骗去百万家产，痛哭流涕、泣不成声："当初他在网上也不是这样的啊……"

晚上季小礼躺在床上，想了想，给阮风和发去一条微信。

香烤可达鸭：我和我爸妈说了。

我的傻徒弟：？

香烤可达鸭：我去投奔你的事。

我的傻徒弟：他们说什么？

香烤可达鸭：他们没说啥。我爸妈对我一直很好，不干涉我的事。

微信刚刚发过去，季小礼突然接到一个电话。

"小礼。"

寂静的深夜里，寒风吹着窗户发出呼呼的声音，季小礼的心忽然平静了。

电话那端，阮风和轻轻叹了口气，认真地说："怎么不提前跟我说下。你爸妈肯定担心。"

"啊？"

"没什么。你明天几点的高铁？"

季小礼愣愣地说："下午三点。"

"好。"

第二天中午，季小礼把行李箱准备好，下楼吃饭。忽然，门铃响了，他走过去开门。看到来人的那一刻，季小礼震惊得一个字说不出口。

季妈妈见儿子站着不动，走过来："怎么了小礼？谁啊？"

只见一个清俊雅致的年轻人站在门口，手里拎着一袋东西。他静静地站在那儿，微微一笑，季妈妈便心生好感。他先看了季小礼一眼，接着对季妈妈微微鞠躬，声音平缓："阿姨好，这么久才来打招呼不好意思。我是阮风和，小礼的朋友。"

季小礼窘迫得不知所措，他像个雕塑一样站在门口一动不动，看着季妈妈把阮风和迎了进去。

"小礼，你还站在那儿干什么？"

季小礼回过神来："啊？哦，来了，来了。"

阮风和带过来的礼物不多，就一袋东西，用精致的金色硬纸包着，上头没有品牌，但一看就知道是好东西。

季妈妈把东西交给李婶，嘴上说"你坐"，自己却跟着跑进厨房，说是要弄点水果。

客厅里只剩下季小礼和阮风和。

季小礼这才反应过来，跑过去："你怎么来了？不是，我马上就要坐高铁去上海了啊。"

"我开车来的，不用坐高铁。"阮风和神色镇定，季小礼觉得自己比他还紧张。然而他并没有注意到，阮风和身体坐得很直，只坐了半个沙发。他难得有这样郑重紧张的时候，或许在 MIT 做学位作品展示时都没这么认真。

季妈妈过了很久都没回来，阮风和意味深长地看了厨房一眼。

没过多久，大门被人推开，季爸爸满头大汗地回到家。

季小礼惊讶道：“爸，你不是去钓鱼了吗？”

季爸爸还没开口，阮风和就站了起来，微微鞠躬：“叔叔好。”

俊秀清朗的青年站在自家客厅里，季爸爸第一次觉得，自家的装修水平好像真和老友说的一样——不咋样。非常暴发户风格的大吊顶水晶灯垂在阮风和头顶，土；深红色真皮大沙发被阮风和坐着，俗。

季爸爸准备好的话一下子说不出口了，他丢下一句“我……我先去找你妈”，也忙不迭地跑进厨房。

季爸爸：“你电话里咋没说是个这样的小伙子？”

季妈妈：“我……我都慌成那样了，能想起来打电话给你，让你回来就不错了，你怎么要求还这么多？”

“……”

阮风和微微一愣，接着笑了。

季小礼以为他是在笑自己的爸妈：“我爸妈他们就是这样，人特别好，他们不会对你怎么样的。”

虽然不知道你为什么要来……

“没有，我只是忽然明白，你为什么会长成这个样子。”

季小礼抬起头，看着阮风和，他也有点好奇：“为什么？”

“因为，你就像一个天生不懂得烦恼的孩子。”

啥玩意儿?

阮风和没再说话。

二十多年来，季小礼被他的父母养得很好，什么都好，所以二十年后，阮风和认识的、遇到的季小礼，就是一块无忧无虑的宝。当他开心时，世界上的一切都非常开心，所有的玫瑰花都绽放盛开，连阳光也变成了彩虹的颜色。

五分钟后，季爸爸、季妈妈回来了。

“小礼，你上楼整理一下行李。”

季小礼不满地回道：“我收拾好了啊。”

季妈妈把季小礼推上楼：“再拿几件外套。”

季小礼知道爸妈的意思，可他不愿意扔下阮风和一个人。

阮风和轻轻地说道：“小礼。”

“欸。”

阮风和笑着点头：“再拿件外套吧，上海过两天要降温。”

季小礼跑上了楼。

季爸爸、季妈妈互相看了一眼。

季小礼在房间里坐着，完全不知道该做什么。他偷偷摸摸跑到楼梯口，发现阮风和早就被爸妈带到了书房。他无聊地等了十几分钟，真的无事可做，干脆坐在客厅沙发上，一边等他们，一边打开《侠客行》玩了起来。

反正要等，干脆把今天的日常任务做了呗。

[帮派频道]红烧乳鸽：来人副本一条龙。

[帮派频道]老师立正敬礼：我来我来。

季小礼开开心心地做着日常任务，没注意书房门打开的声音。阮风和好听的声音在他身后响起：“这个 NPC 不在西凉城，去汴京找。”

“难怪我找半天没找到……”季小礼嘀咕道。

猛地抬起头，季小礼看见阮风和站在沙发后，旁边是一脸恨铁不成钢的季爸爸、季妈妈。

季爸爸脸上挂着“你就不能给爸爸争点气”，季妈妈眼睛里写着“还玩游戏”。

季妈妈道：“小礼，你多和人家风和学学，人家风和这么优秀，快别玩游戏了，赶紧去上海，到你二叔家，好好工作，别整天只想着玩。”

“妈，你以前不是这样的，你以前说只要我开心就好……”

“你还敢说？”

“……”

阮风和把行李拿上车，季小礼郁闷地坐上副驾驶。

季爸爸、季妈妈向他们挥手，一直到车子离开小区。

见人看不见了，季小礼凑上去，好奇极了：“你和我爸妈在书房里说了什么？”

阮风和单手打着方向盘，左转出小区：“你猜。”

半年过去，季小礼早就对徒弟的声音免疫了，他只在心里痒了下，继续说道：“快告诉我。”

“我说，我会照顾好你的。”

“就这些？”

正好红灯停下，阮风和转过身，看向季小礼。

季小礼是半个身体凑上去和阮风和说话的，阮风和转过身，两人的距离有些近，他微微让开一些。

阮风和看着他清澈的眼睛，道：“今天开车来苏州的时候，天气不错。路边桃花都开了，小礼，春天到了。”

“啥？”

说这干啥?

“我想起一个成语。”

“什么成语？”

“风和日丽。”

季小礼：“哈？”

季小礼愣了半天没反应过来，这时信号灯变成绿色，后面的车子疯狂地按喇叭。阮风和哈哈一笑，踩油门开车离开。

他从没这么大声地笑过，显然心情很好，难得有了一丝属于年轻人的活泼和朝气。

季小礼看着他的模样，看得出神了一会儿，问道：“你到底和我爸妈说了什么？”

阮风和没回答，他的右手从方向盘上移开，轻轻捏住季小礼的脖颈。

“你猜？”

“不猜！”

“我说，天气很好。”

“等等，你……”

“对了，你刚才是在和鸽子他们一起做日常任务？”

季小礼直接被带跑了话题：“对，鸽子带我一起做今天的任务呢。”下一秒，“我给忘了！我忘了我还在和他们一起做任务！”

此时此刻，《侠客行》游戏里。

［队伍频道］红烧乳鸽：敬礼?

［队伍频道］红烧乳鸽：敬礼老弟?

［队伍频道］红烧乳鸽：喂?

［队伍频道］红烧乳鸽：……

[队伍频道]红烧乳鸽：老师立正敬礼！你别是睡着了吧？你给我回来把任务做完再走啊！！！

车子上了高速，季小礼当晚抵达上海，并且再也没离开过。

《侠客行》上线一周年，游戏更新了版本，多了一种玩法：捉迷藏。

玩家进入游戏后，可以选择寻找躲藏在游戏世界里的各个 NPC，一旦找到，就会得到巨额奖励。每个 NPC 被找到一次后，当天的奖励份额就会清空。

《侠客行》一共设定了八十八个 NPC 供玩家寻找，也就是说，整个服务器每天就八十八个玩家可以得到奖励。

此外，这游戏还有个独特的玩法：找寻真实存在的玩家。

排行榜前十名的玩家，每天可以选择成为捉迷藏活动的 NPC。比如有一次，贫僧法号戒色选择成为 NPC 后，他需要在十分钟内找到一个足够安全隐蔽的地方藏起来。这个地方必须是每个玩家都可以进入的地图，如果三十分钟内他没被找到，他就会获得巨额奖励；但如果他被找到了，那找到他的玩家就可以获得参与奖。

参与奖的奖品很不怎么样，不过，玩家们却兴致勃勃。

系统：有缘千里来相会，无缘对面不相逢。玩家“红烧乳鸽”进入捉迷藏模式，向全体玩家宣战，请玩家开始寻找“红烧乳鸽”，限时三十分钟。

系统：玩家“红烧乳鸽”发出挑战书，“海参，来找我啊，要是让别人先找到我，你就死定了”。

葱烧海参：……

每个服务器只有十个玩家能参与捉迷藏活动，一区，最喜欢玩这个游戏的是红烧乳鸽、贫僧法号戒色和玉星舟三人。

红烧乳鸽玩捉迷藏，是在和她的 CP 葱烧海参打情骂俏，每次挑战书都点名葱烧海参，要他来找自己；贫僧法号戒色参加游戏，一般是为了跟女玩家开玩笑，挑战书内容通常是“深夜寂寞，可有女施主来寻小僧，咱们共剪西窗烛”。

这两个玩家参与捉迷藏活动，大家都不是很想找他们。

只有玉星舟，每次他一进入捉迷藏模式，全服的女玩家都会特别积极地参与。

啊啊啊，武当道长，我来了！

玉星舟等等我，你在哪里？你说句话啊！

季小礼目前是一区排行榜第十九名，这游戏轮不上他。阮风和那阵子比较忙，也一直没提过玩游戏的事。

很快，到了游戏的最后一天，葱烧海参仍旧没成为第一个找到红烧乳鸽的人，全服女玩家也在掘地三尺、疯狂地找玉星舟。

阮风和难得上线，就看到了这个活动。他沉思一会儿，问季小礼：

玩吗？

季小礼正在副本里奋斗，出来后看到这条消息，立刻回复。

老师立正敬礼：你居然想玩？

越见春和：你来找我。

老师立正敬礼：啥？

下一秒。

系统：有缘千里来相会，无缘对面不相逢。玩家“越见春和”进入捉迷藏模式，向全体玩家宣战，请玩家开始寻找“越见春和”，限时三十分钟。

系统：玩家“越见春和”发出挑战书“等”。

整个世界沉默了一秒，接着无数玩家的消息刷了屏……

我看到了什么？越老板居然也玩捉迷藏？玉星舟算什么，我们要找越老板！

越老板，等等我，虽然你有对象了，但我还是要告诉你，我暗恋你好多年！

也有人表示：越老板的挑战书明显是在等敬礼老板。

玉星舟不开心了，发喇叭控诉。

玉星舟：等等，你们不来找我了？我看到好几个人都差点要找到我了。

全体玩家：找你干什么？！我们要找越老板！

玉星舟：……

季小礼还在打副本呢，BOSS才打到一半，他看着这条系统消息，一脸蒙。有人反应比他快，保护我方肉包直接把季小礼踢出队伍。

保护我方肉包：还愣着干啥，快去找春和啊！

老师立正敬礼：等等，我副本还没打完啊。

保护我方肉包：……

兄弟，这是重点吗？

季小礼连装备都没捡到，就被人踢出了副本，只好去找越见春和。

捉迷藏游戏的设定是，玩家被找到，找到者只能得到很低级的奖励。玩家不被找到，就可以得到巨额奖励。这是为了防止玩家之间互相作弊，故意让人找到自己，互换奖励。

阮风和此刻就坐在书房里，一边喝咖啡一边玩游戏。季小礼拿着手机跑过去："你在哪儿？我找不到你啊，快给我点提示。"说着，季小礼就凑到阮风和的手机前。

阮风和立刻将手机拿开。

季小礼回他一个质疑的眼神。

阮风和："好好游戏，要有竞技精神。"

"没有一点点提示？"

"没有。"阮风和把手机放入口袋，走出书房，进了厨房，拿了几片全麦面包开始做晚餐。

"……"

这日子没法过啦！

上一秒，玩家们还如火如荼地寻找玉星舟，下一秒，所有人开始寻找越见春和。

奖励不重要，重要的是找到越老板，自己的名字和"越见春和"这四个字放在一起截个图，那就是最好的奖品。

不能从当事人手中作弊，季小礼不但不气馁，反而干劲十足。

"我一定能找到你。"

阮风和站在厨房里，抬起头，看见穿着蓝色套头衫的青年埋头盯着手机，整个人缩在沙发里，嘴里不知在嘀咕些什么。

把面包放进面包机里，阮风和拿出手机，只见屏幕上，一个清冷潇洒的白衣剑客正坐在一个破柜子的后方，心平气和，安静打坐。

季小礼冷静下来，开始思索。

徒弟绝对不可能随随便便找一个隐蔽的地方藏起来，那样全世界谁都可以找到他，他藏身的地方肯定和自己有关。

“桃李堂？！”

老师立正敬礼第一次见到奶茶小酥，就是在桃李堂。这个地方对他们两个来说有绝对深刻意义。

事不宜迟，季小礼骑着大宝马赶紧跑到桃李堂，然而，这里早就挤满了人。

啊，敬礼老板来了。

我就说嘛，敬礼老板和越老板是师徒关系，越老板很有可能藏在桃李堂，咱们赶紧到处找找。

季小礼：“……”

越见春和到底是我的徒弟还是你们的徒弟，你们怎么比我还了解他？！

季小礼傻是傻了点，却并不笨，他偷偷地瞄了眼厨房里的阮风和。

高瘦清俊的男人穿着一身白色家居服，正背对着季小礼做沙拉和三明治，他的手机就放在桌子上。季小礼暗搓搓地竖起耳朵，听着那手机里的动静。

几乎没有声音。

“肯定不是桃李堂，这里声音这么乱。”

不是桃李堂，还能是哪儿？祁连雪山不可能，那地方只有季小礼和阮风和能上去，其他玩家都进不去。

“坐忘峰？”

坐忘峰对两人来说，也是一个很有回忆的地方，老师立正敬礼和奶茶小酥就是在这里举办的婚礼。

不过还没到坐忘峰，季小礼就觉得肯定不是那里了，因为他到的时候，那里乌压压的一片人头。

季小礼：“……”

也对，全服玩家都知道他和越见春和是师徒关系，越见春和很有可能去桃李堂，坐忘峰也一样啊。他们俩第一次成亲是在坐忘峰，这也是一个特殊的地方。

“有什么地方，足够特殊，但是只有我和阮风和知道……”季小礼拧着眉毛想了一会儿，“啊，那里！”

夜色低垂，蓝衣剑客驭马奔腾，在最后的十分钟内，来到了西凉城外一栋破破烂烂的小屋子。同一时刻，越见春和的手机里传来一阵嗒嗒的马蹄声。季小礼没回头，他听到这声音，心里一喜，知道自己找对地方了。

他走进破屋子，找了一会儿很快找到那个坐在墙角打坐的华山大师兄。

季小礼赶紧点越见春和的对话框。

系统：身无彩凤双飞翼，心有灵犀一点通。玩家“老师立正敬礼”成功捉到玩家“越见春和”，获得参与奖“你是个好人”。

季小礼拿着手机，头也不回地说：“我找到啦！”

“嗯，你找到了。”清越的声音忽然在耳后响起。

季小礼身体一震，他下意识地回过头，阮风和站在沙发后，微微俯身看着他。

季小礼愣愣地看着这张脸，道："不是，阮风和，你居然找了这个地方。这地方其实挺危险的，你忘了我们之前在这儿放烟花的事了？"

话还没说完，两人手机里一起传来阵阵马蹄声。

[当前频道]一个小机灵鬼：越老板和敬礼老板肯定在这儿。我们居然忘了，之前越老板在这儿给敬礼老板的小号放了好多烟花呢！

季小礼和阮风和立即离开小破屋。

两人前脚刚走，那群好事玩家就冲进了屋子。

季小礼松了口气。

"你记不记得，我们门派的镇派之宝是什么？"

季小礼一愣："啥玩意儿？"

为什么还有镇派之宝？这种"中二"的东西一般不都是他喜欢说吗？从阮风和口中说出来总感觉格格不入。

"越见春和的项上人头，"阮风和故意停顿了一下，"是我们门派的镇派之宝。"

季小礼："……徒儿，你还记仇的？"

两人一边吃晚饭，阮风和一边道："没有。那里还是我们重逢后，第一次见面的地方。"

季小礼刚想说我们重逢不是在桃李堂吗，我顶着一块土豪金的牌子，你拜我为师。然而很快他想到，画风清奇和越见春和的重逢，确实是在那间破屋子前。

过去怎么样，我们都不会再在意。

未来，从现在开始。

吃着全麦面包，季小礼却觉得味道特别棒。

他道："阮风和，你做饭水平怎么一点都没提升？"

"……你来做？"

"我来就我来。"

吃完晚饭，季小礼准备回他二叔家，阮风和将他送到小区门口。

临别前他忽然道："小礼。"

"嗯？"

目光落入一双温柔缱绻的眼中，季小礼心中微微一怔，接着两人相视一笑。

一如这越渐温暖的春日。

番外

我们的明天

来到上海后，季小礼没急着开店，而是先四处考察起来。

上海拥有庞大的消费群，但行业竞争也极其激烈。季小礼刚打算来上海开店的时候，整个上海只有一家专门做汤的高档餐厅。谁知道他一来，瞬间变成三家！

季小礼焦虑万分："不行，我明天就要开店，要不然连渣渣都吃不到了！"

阮风和淡定地揪住他的衣领。

季小礼茫然地转身看向自家徒弟："徒儿，咋啦？"

"急什么。"男人的声音清雅动听，他拎着季小礼的衣领，把人扔到电脑桌后的椅子上，接着挽起衬衫袖子。

阮风和轻笑一声，俯身打开电脑，道："有商业计划书了吗？"

季小礼："嗯……"

阮风和："嗯？"

季小礼举起双手："没有。"

阮风和轻轻“哦”了声，勾起唇角：“我电脑里有几份计划书，你看看，先写一个，做好前期准备。”

季小礼懵懵懂懂地点头，老实地拿起鼠标，开始看计划书。

开店这件事看似是季小礼的一时兴起，但也经过了很长时间的深思熟虑。

在苏州时季小礼就想过很多主意，然而到了上海，他人生地不熟，两眼一抹黑，想出来的那些东西一下子全没了用。不过还好，有阮风和在。

“欸，徒儿，这家店我知道啊，现在非常出名的那个网红店！我昨天去外滩路过这家店，在他家买奶茶要排队两个小时！这家店居然是你投资的？！”

“嗯。”

“还有这个，这个我知道，他们家上个月新出了一款游戏，特别好玩！这也是你投资的？”

“嗯。”

“妈呀，这个这个……”

…………

一整个上午，季小礼完全没干正事，光顾着探索阮太子到底投资了多少企业了！

到了晚上，有帮战。

季小礼回到他二叔家，洗完澡上床，正好帮战开始。

我就是肉包：欸，敬礼来啦。

保护我方肉包：敬礼老弟，赶快进咱们队。今晚你徒弟亲自指挥，就等你了。

季小礼赶紧加进队伍，开了麦，急匆匆地赶上了帮战末班车。等到帮战彻底开始，他抹了把汗，抬头一看，惊讶道："咦，今晚又打江山如画啊？"

队伍语音里。

"嘿嘿，没错，又是玉星舟这个倒霉蛋！"粗犷的男声，是肉包。

"玉星舟怎么又带了这么多奶妈，他还是不是男人？是男人就下来和我单挑！"豪迈阔气的女声，是红烧乳鸽。

季小礼跟着大部队，迷迷糊糊地往敌方城门走。忽然，耳机里响起一道清润平缓的男声："跟着我，小礼。"如泉水激石，泠泠作响，季小礼恍然惊醒，瞬间来了精神，看见了电脑屏幕上那个风姿清越的白衣剑客，赶忙跟了上去。

"我来啦，徒儿！"

当前频道不断刷过帝阁帮众的鼓劲喊话——

打死玉星舟，抢他的绑定奶！

我杀了玉星舟！我杀了玉星舟！

冲啊，攻下城门！！！

十五分钟后，帮战结束。

季小礼退了队，和阮风和组了个两人小队，两个人悄咪咪地在战场上捡战利品。

耳机里，是阮风和一如既往好听的声音："计划书写得怎么样了？"

像是回到中学时期被班主任检查作业的时候了，季小礼吓了一跳，手一哆嗦，差点没把刚刚捡起来的紫装扔了。

他支支吾吾道："就……就，写了一半了！"

阮风和轻轻笑了："哦，一半？"

"……三分之一？"

"哦？三分之一？"

"……好嘛，我承认，就一行字！"

阮风和："什么字？"

季小礼毫无底气："季氏开店计划书……"

耳机里传来阮风和"噗"的一声笑。

季小礼："……"

这欺师灭祖的倒霉徒弟！

现在、立刻、马上，逐出……当然是不可能逐出师门的，季小礼在心里乱骂一通。

阮风和捡完装备，问道："好了吗？"

菜鸡师父屁颠颠地跟上去："好啦好啦！"

"戒色听说你来上海了，打算在他家酒店请你吃顿饭。"

"就外滩边上那个？"

"嗯，去吗？"

"去啊！"季小礼摩拳擦掌，双眼放光，一拍桌子，"必须去！戒色他家酒店在外滩名气可大了，我要去学习前辈的经验，为好好开餐厅做准备！"

很快，门外传来季小礼二婶的敲门声："小礼，怎么了？听见你敲桌子了，有事吗？"

季小礼立即双手离桌，高声道："没事没事，我不小心敲的。"

"哦，好。"

二婶的脚步声渐渐远去，季小礼吞了下口水，听见耳机里传来一道清悦低沉的笑声。季小礼微微愣了愣，张了张嘴，愣了一会儿，他问道："你刚才是不是在笑我？"

"有吗？"

"有！"

"是吗？"

"是！"

"哦，那就是吧。"

"……"

这倒霉徒弟！

第二天晚上，阮风和开车接季小礼去戒色家酒店。

他今天开的是一辆和他既相配又有点不搭的超炫跑车。

不搭的是阮风和一身清雅绝尘的气质，穿着干净清爽的白衬衫，像个翩翩公子，这辆火红色的骚包跑车是一点都配不上他。

但相配的是越老板顶级神"壕"的身份。

一上车，暴发户季小礼好奇地东张西望："徒儿，你怎么开了这么一辆车？"

阮风和单手开着车，轻声地"嗯"了一声，问："不行吗？"

季小礼一扭头："行，当然行！就是第一次看你开……"

阮风和淡淡道："等到了酒店你就知道了。"

再好的跑车在上海晚高峰的车流中，也得堵成老年代步车。

花了半个多小时才抵达外滩，刚进酒店，经理就迎了上来："阮先生和季先生吗？”

季小礼立马道：“对！”

经理微笑道：“请跟我来。”

跟着经理七拐八拐，来到一间幽静的包厢。

一推开门，季小礼一眼就瞅见了戒色，他高兴地挥手：“戒色！”还没入座，余光一瞄，突然……

咦？

戒色哈哈一笑，指着包厢里另外一个人：“敬礼，猜猜他是谁。”

金色的高背椅上，穿着黑色朋克系T恤、脸上长着几颗雀斑的少年双手抱臂，十分神气地回了一个字：“哼！”

季小礼上下看了好几眼，他眼珠一转：“老板说句话听听？”

雀斑少年不乐意地“哼”了一声。

“说句话嘛，老板。”

“哼嗯？！”

“来呀，杨老板？”

“……”

全程围观的戒色见此：“哈哈哈哈！”

不错，包厢里的这位客人，正是侠客行一区的幽泉大师兄，杨修杨老板！

阮风和没有参与戒色和季小礼的“调戏杨老板”活动，他点完餐，季小礼和戒色已经聊开了。

戒色说：“杨修不可以喝酒，但是嘛，除了他，咱们仨，包括你，春和，不醉不归啊！”

越老板淡定道：“我开车来了。”

戒色一拍桌子："找代驾！"

"Aventador SVJ。"

"……"

季小礼没明白："啥？"

杨修没注意，下意识地开口解释："就系（是）小牛，两人座的，载了你们俩，就早（找）不了代驾了。"

一不留神就暴露了他的口音

季小礼抓住机会："不愧是我杨老板！"

"……"

你们这些人心都脏！

四人快乐地吃吃喝喝。

吃到一半，杨修也放开了，他贼不服气："有本事和我 PK！"

季小礼撸起袖子："来就来！"

阮风和拦住他，季小礼奇怪地看过去。

阮风和淡然一笑，将自己的手机递了过去："用我的号。"

杨修："……"

呜呜呜，妈妈我玩不过这些肮脏的人！

吃完饭，戒色送杨修回家。

季小礼快乐地准备坐车回家，谁知阮风和根本没往停车场走，而是带他走出了一楼大门。

季小礼茫然地问："徒儿，咱们这是干吗去？"

阮风和低头看他，微微一笑："天气这么好，去江边散散步？"

晚风迎面而来，夹杂着凉爽惬意的水汽，顿时让人感到整个心脾都清爽了。

季小礼也笑了："好啊。"

师徒二人吃饱喝足，快乐地走过马路，来到黄浦江边。

清凉的夜风轻轻吹起，路上行人很多，还有很多游客。季小礼和阮风和需要时刻注意，以防一不小心误入别人的合照里。

渐渐地，华灯初上，江对岸的浦东夜景绚烂华丽。

干净单纯的少年双手撑在围栏上，靠着栏杆，呆呆地看着霓虹夜景。

良久，季小礼道："我这算是真的要开始新生活了吗？"

闻言，阮风和缓缓低头，看他："你在担心？"

季小礼抬起头。

四目相对，无言中，两人相视一笑。

"明天一定会更好！"

"嗯。"

"徒儿，有你在我挺放心的！"

"嗯。"

"遇见你，真好！"

"嗯。不过，就算你这么说，你明天也得写商业计划书。"

季小礼："……"

你能别破坏气氛吗？

江对岸，震旦大厦的LED显示屏上缓缓映出几个大字——明天会更好。

是的，明天会更好。

我们的明天，也会越来越好。